Samantha Downing vit à La Nouvelle-Orléans. Fascinée par les histoires depuis sa plus tendre enfance, elle rêvait d'écrire des romans si captivants que ses lecteurs ne pourraient pas lâcher ses livres, y compris en pleine rue, au risque de percuter un mur. Elle n'a jamais pris de cours d'écriture. Après avoir commis une dizaine de romans qu'elle jugeait elle-même mauvais, elle envoie finalement aux éditeurs *Pas de secrets entre nous*. Son premier roman rencontre un succès phénoménal et est traduit dans le monde entier. *On te retrouvera* est son deuxième thriller psychologique.

De la même autrice :

Pas de secrets entre nous
(Prix des Lectrices 2021)
On te retrouvera
Ça t'apprendra

Ce livre est également disponible
au format numérique

www.editions-hauteville.fr

Samantha Downing

On te retrouvera

Traduit de l'anglais (États-Unis) par Élodie Coello

Hauteville

Hauteville est un label des éditions Bragelonne

Titre original : *He Started It*
Initialement publié aux États-Unis par Berkley,
une marque de Penguin Random House.
Copyright © Samantha Downing, 2020
Tous droits réservés.

© Bragelonne 2021, pour la présente traduction

ISBN : 978-2-38122-203-5

Bragelonne – Hauteville
60-62, rue d'Hauteville – 75010 Paris

Mail : info@editions-hauteville.fr
Site Internet : www.editions-hauteville.fr

PREMIÈRE PARTIE

Plus que quatorze jours

Une héroïne, voilà ce que vous voulez. Un personnage à encourager, auquel vous identifier. Mais avec des défauts, sans quoi ça vous donnerait des complexes. Une héroïne imparfaite, c'est mieux. Un personnage capable d'enfreindre les lois pour protéger sa famille, mais sans aller jusqu'à tuer, sauf en cas de légitime défense. Pas de meurtre, donc, en tout cas pas de sang-froid. C'est la règle numéro un.

La seconde, c'est la fidélité. Les hommes peuvent se permettre une petite aventure extraconjugale et rester les héros de l'histoire, mais une femme infidèle ? C'est rédhibitoire.

J'en conclus que je ne serai pas votre héroïne.

Pour autant, j'ai une histoire à vous raconter.

Elle commence en voiture. En SUV, pour être plus précise. Chacun est assis selon son rang, l'aîné au volant. C'est Eddie. Sa femme occupe le siège passager, j'y reviendrai.

Derrière lui, sur la banquette du milieu, la cadette de notre fratrie. À savoir moi, Beth. Pas Elizabeth. Beth, tout court. J'ai deux ans de moins qu'Eddie, et il ne manque jamais une occasion de me le rappeler. Physiquement, je n'ai pas à me plaindre, bien que je ne sois plus aussi jeune et mince qu'avant. Mon mari est à côté de moi. Là encore, on y reviendra ; à l'origine, nos conjoints n'étaient pas censés être du voyage.

En troisième place, à l'arrière, notre benjamine, le bébé surprise. Portia a six ans de moins que moi, mais j'ai parfois l'impression qu'un siècle nous sépare. Sans mari ni compagnon, elle a la banquette du fond pour elle toute seule.

Et, derrière elle, nos valises à roulettes. Bien alignées côte à côte, c'est le seul moyen de toutes les faire rentrer dans le coffre. Je l'avais déjà expliqué à Eddie la première fois. Quant aux sacs à main et ordinateurs portables, ils sont disposés sur les valises. Pas besoin d'être hôtesse de l'air pour savoir comment optimiser l'encombrement des bagages.

En dessous, il y a la roue de secours et, dans le renfoncement sur le côté, une caisse en bois fermée par un verrou de cuivre. Notre grand-père est dans cette petite boîte spéciale, à l'écart du reste. Il a été incinéré.

On ne parle pas de lui. En fait, on ne parle pas du tout. Les rayons du soleil passent à travers la vitre, et je sens leur chaleur sur ma cuisse. La climatisation m'assèche les sinus. Eddie écoute du jazz instrumental.

Je me tourne vers Portia. Elle a les yeux fermés et un casque sur les oreilles. Je suppose que la musique qu'elle écoute n'est ni instrumentale ni jazzy. Ses longs cheveux noirs lui retombent devant le visage. Ce n'est pas sa couleur naturelle. Dans la famille, on est tous pâles de peau, blonds aux yeux bleus. Mes cheveux sont encore plus clairs que ceux des autres, car je les décolore. Eddie est d'un blond à peine plus foncé. Portia se teint les cheveux en noir depuis quelques années déjà. C'est assorti à ses ongles. Cela dit, elle n'est pas gothique. Enfin, plus maintenant.

Le changement radical d'ambiance musicale me surprend. Je n'ai pas vu la main de Krista s'approcher de la radio. Krista, c'est la femme d'Eddie : peau mate, cheveux bruns, les yeux noisette, irisés de petits éclats dorés. Il l'a épousée quatre mois après l'avoir rencontrée. C'était sa nouvelle réceptionniste.

Les enceintes beuglent de la musique pop, un tube de dance vieux de cinq ans, déjà mauvais à l'époque.

— Le jazz m'endort, explique-t-elle.

Mon mari relève brièvement les yeux de son ordinateur. Le changement de musique lui a échappé, mais pas la voix de Krista.

C'est peut-être elle, votre héroïne.

— Pas de souci, répond mon frère, dont je devine le grand sourire.

Je laisse mon regard se perdre dehors. Atlanta est loin derrière nous. Et toute la Géorgie avec elle. On est au nord de l'Alabama, après Birmingham et sa population aussi éparse que méfiante. On pourrait rouler plus vite et prendre de l'avance sur le trajet. Mais ce n'est pas le but.

— On mange ?

Portia et sa voix enrouée par la sieste. Elle s'est redressée, le casque autour du cou et les yeux grands ouverts comme ceux d'une enfant.

Elle a toujours joué de son rôle de gamine, de chouchou de la famille.

— Tu veux qu'on s'arrête ? demande mon frère en baissant le volume de la musique.

— C'est une bonne idée, intervient sa femme.

Mon mari hausse les épaules.

— Oui, insiste ma petite sœur.

Eddie me regarde dans le rétroviseur comme si mon avis pesait dans la balance alors que la majorité l'a déjà emporté.

— Parfait, conclus-je. Allons manger.

On se gare sur le parking d'un restaurant, *Le Rond-Point*, dont vous devinez l'allure : à la fois faussement rustique avec son enseigne affublée d'un lasso et d'une chèvre, et naturellement décrépit par les années. Authentique sans vraiment l'être, comme nous tous finalement.

On sort de la voiture, et Portia est la première devant l'entrée, Krista sur ses talons. Mon frère, lui, prend son temps. Il s'attarde, regarde le coffre et hésite.

À cause de notre grand-père. C'est notre premier arrêt du voyage, la première fois qu'on doit le laisser seul.

— Ça va aller ? je lui demande en lui tapotant le bras.

Eddie ne me regarde pas, focalisé sur le coffre qui renferme les cendres de notre grand-père. On tient à cette boîte comme à la prunelle de nos yeux, mais pas pour des raisons émotionnelles.

— Tu veux rester là ? Je t'apporte un doggy bag si tu veux.

Mon sarcasme le fait tiquer.

Il me regarde d'un air choqué, comme si je lui annonçais que je quittais mon compagnon de longue date pour un homme rencontré la veille.

Il n'aurait pas de leçon à me donner, puisque c'est précisément ce qu'il a fait. Eddie a quitté sa femme pour refaire sa vie avec la réceptionniste.

— C'est bon. Pas la peine d'être relou.

Vous voilà prévenus. C'est moi, la méchante de l'histoire.

Au *Rond-Point*, on prend place sur une banquette en arc de cercle en Skaï bordeaux. Deux fois trop grande pour nous cinq. Krista et ma petite sœur se sont glissées au centre, laissant le côté à Felix. C'est mon mari. Felix, pâle comme un linge, la mâchoire carrée, les cheveux d'un blond de paille, cils et sourcils assortis. Les jours de grand soleil, il disparaît presque.

— Oh non, gémit Portia. Ils n'ont rien pour les végétariens ici.

Elle mange de la viande mais vérifie quand même, ainsi que l'accessibilité aux personnes à mobilité réduite, et refuse de fréquenter un lieu non équipé par souci d'équité.

— Du coup, on s'en va ? je lui demande.

Aucune réponse. Alors je m'installe.

Les hamburgers sont grillés au feu de bois, les frites croustillent, et le bacon suinte. Le tiercé gagnant, selon mes critères. Le seul impair serait l'absence de café décent, mais j'avale leur jus amer sans broncher. Je suis du genre fair-play.

— On devrait mettre un système en place, décrète Eddie (il me rappelle notre père). La route sera longue, il faudra payer l'essence, la nourriture et les chambres d'hôtel. Je propose qu'on paie chacun son tour. Surtout, mettons-nous d'accord et évitons de nous chamailler pour des histoires de sous. C'est bien la dernière chose dont on ait besoin.

Mon mari me devance :

— Ça me va. Beth et moi, on paiera notre part.

Seul un époux peut vous trahir de la sorte. Ou un frère.

À la benjamine de s'exprimer. Comme elle n'a pas vraiment entamé de carrière professionnelle, cet arrangement ne joue pas en sa faveur.

Belle ironie.

Elle bâille, puis opine. En langue Portia, cela signifie qu'elle est d'accord pour l'instant, mais se réserve le droit de mettre son veto plus tard.

— Génial. Celle-ci est pour moi, déclare notre frère en se levant avec la note, car ici il faut payer directement à la caisse.

Felix va aux toilettes, et Portia sort passer un coup de fil. À table, je me retrouve seule avec ma belle-sœur et mes dernières gorgées de café tiède.

— Je sais que vous traversez une épreuve difficile, dit-elle en me touchant la main. Mais j'espère qu'on vivra aussi de bons moments. C'est ce que votre grand-père aurait voulu, j'en suis sûre.

C'est gentil de sa part, quoiqu'un brin cliché. En de telles circonstances, je n'en attends pas moins d'elle. Ni plus, d'ailleurs.

N'empêche, si tout partait en vrille et qu'on devait s'entretuer, je commencerais par elle.

Vous pensez sans doute que j'exagère. Mais vous avez tort.

Non, je ne suis pas une psychopathe. Ce serait trop facile. Sous prétexte que quelqu'un est dépourvu d'empathie et doit se faire violence pour éprouver la moindre émotion, on le catalogue comme psychopathe. Encore un psychopathe, allez savoir pourquoi, se dit-on nonchalamment. Ou un *sociopathe*. Enfin, vous voyez où je veux en venir.

Mais là, il ne s'agit pas de ça. C'est une histoire de famille. J'aime mon frère et ma sœur, vraiment. Et, en même temps, je les déteste. L'histoire de notre vie. On s'aime, on se hait, on s'aime, on se hait, un yo-yo permanent.

C'est ça, la famille. On a beau prétendre le contraire, ce n'est jamais « un pour tous, tous pour un ». Personne ne voudra l'admettre, mais dans une fratrie, chacun poursuit sa mission secrète. En tout cas, moi j'ai la mienne.

ALABAMA

Devise de l'État :
Nous osons défendre nos droits

Ce n'est pas la première fois qu'on fait ce road trip. Il y a vingt ans, notre grand-père nous a emmenés faire ce voyage : il voulait épargner à ses petits-enfants les disputes incessantes de leurs parents. Des cris à tout bout de champ, des portes qui claquaient, des repas pris dans un silence pesant. Papa dormait sur le canapé, même s'il refusait de l'admettre, et maman feignait la bonne humeur. Une épreuve pour elle qui aimait claquer les portes des placards, des chambres, et tout autre objet susceptible d'être claqué.

Eddie et moi, les plus proches en âge, on en parlait souvent. On se préparait à l'inévitable divorce. On avait même parié sur la date : la veille du jour de l'An. Mon frère l'avait inscrit sur son calendrier des Nine Inch Nails, barrant d'une grande croix la case du 31 décembre. On était prêts à parier que, l'année suivante, nos parents ne seraient plus ensemble.

C'était l'été et, dans ce climat tendu, les journées caniculaires n'en finissaient plus. À l'époque, on habitait tous à Atlanta, y compris grand-père. Il est venu nous voir en plein mois d'août, seul. Grand-mère était morte six mois auparavant.

Il nous a fait asseoir sur le canapé pour nous annoncer :

— Vos parents ont besoin d'être un peu seuls. Ils ont des problèmes d'adultes à régler.

— Ils vont divorcer ? a demandé mon grand frère.

— Non, ils ont simplement besoin de se retrouver. C'est pourquoi on part à l'aventure.

— Quel genre d'aventure ? ai-je voulu savoir.

— Le genre génial, a clamé grand-père, haut et fort dans l'espoir de nous convaincre.

Tout me paraissait préférable à l'atmosphère sinistre de la maison. Je passais un été merdique, trop long et trop chaud. À peine a-t-il suggéré qu'une aventure aiderait à réparer les dégâts entre nos parents que je campais sur le pas de la porte, prête à partir.

Grand-père avait un monospace. Du plus loin que je me souvienne, il avait toujours conduit ce véhicule vert grisâtre. J'avais de nombreux amis dont les parents possédaient ce type de voiture. Les monospaces avaient l'avantage d'être assez vastes pour qu'on ne s'y sente pas à l'étroit pendant un long voyage. Et puis, il y avait de quoi accueillir au moins six passagers. On a donc grimpé à bord et pris la route.

Premier arrêt : Tuscumbia, Alabama. Une ville perdue au nord, tout près de la frontière du Tennessee. En 1880, Helen Keller y est née, dans une maison appelée Ivy Green désormais devenue un lieu touristique. C'est la première destination où nous a conduits grand-père.

La maison elle-même n'est pas immense. Plutôt modeste, blanche et de plain-pied. Au cours de la visite guidée, on a découvert l'histoire d'Helen, le monde noir et silencieux qui l'emprisonnait, et la façon dont Anne Sullivan lui a sauvé la vie. La pompe à eau d'origine est toujours en place, c'est là qu'Helen a appris le mot « eau » et entamé sa longue ascension hors des profondeurs abyssales de son isolement.

Dehors, on a fait le tour de la propriété. Grand-père ne cessait de parler d'Helen Keller, qu'il qualifiait de prodige. Je ne saurais dire si je connaissais déjà son histoire ou non avant de me rendre à Ivy Green. J'aimerais penser que oui, que je n'étais pas une gamine ignorante, mais qui sait ?

Je me souviens de la fin de la visite, quand on a regagné la voiture. Eddie en équilibre sur le muret de briques bordant le chemin, Portia qui courait d'un trottoir à l'autre, à la recherche de la fleur la plus parfumée. Je la talonnais pour lui donner mon avis, bien qu'elle ne m'ait rien demandé.

Grand-père nous a regardés en secouant la tête.

— Vous avez bien de la chance d'avoir encore tous vos sens.

— Rappelle-toi ce qu'a dit la guide, ai-je rétorqué. C'est après une maladie qu'elle est devenue sourde et aveugle. Aujourd'hui, on guérit de tout.

— C'est vrai, a renchéri mon frère aîné. On a des vaccins.

Grand-père a semblé déçu de notre réaction.

— Petits veinards. Vous mériteriez qu'on fasse le test. Vous feriez moins les malins si je vous bandais les yeux et les oreilles.

L'idée m'a paru bête, et j'ai ri. Les autres aussi, car on vivait la grande aventure dans tout le pays. Notre destination : la Californie, affirmait grand-père. On verrait l'océan Pacifique pour la toute première fois.

Aujourd'hui, vingt ans plus tard, on retourne visiter Ivy Green, à la différence qu'on connaît déjà son histoire. Tout le monde a vu le film *Miracle en Alabama*, le destin d'Helen Keller est au programme de toutes les écoles américaines. Notre seule surprise est la taille de la maison, sans parler du petit cottage où Helen a été isolée pendant un temps avec Anne Sullivan. Quand j'étais petite, tout me paraissait immense.

Sur le départ, Felix frappe dans ses mains.

—Quelle histoire incroyable !

—N'est-ce pas ? dit Krista. J'adore les parcours hors du commun. Si seulement une chaîne de télévision ne passait que des films et des émissions sur des personnalités inspirantes.

—Pour ça, tu as les chaînes religieuses, suggère Portia, cinglante.

—Mais non, des histoires comme celle d'Helen Keller, se défend ma belle-sœur.

—Tu veux dire une chaîne consacrée aux enfants handicapés ?

Prenant conscience que ma petite sœur se paie sa tête, Krista abandonne et préfère s'éloigner.

Tout le monde grimpe en voiture, et plus personne ne parle de l'enfant prodige. Le trajet se poursuit sur une route déserte. La nuit est déjà d'encre quand Eddie s'arrête devant un motel en bord de route. Le *Stardust*.

—Qu'en pensez-vous ? propose-t-il.

Un trou paumé avec le câble et le wi-fi ? Parfait.

—Il est trop tôt, geint Portia de son air de gamine. Je peux conduire si tu es fatigué.

—J'en prends note, opine notre frère aîné en se garant devant la réception avant de bondir hors de la voiture.

Autoritaire comme il est, personne n'est surpris de le voir monopoliser le volant et choisir nos motels, c'est lui tout craché. Depuis toujours. Et sa femme assise à l'avant, souriant et hochant la tête sur le rythme de la musique, n'a pas l'air de s'en formaliser. Portia, en revanche, se renfrogne et s'enfonce dans son siège.

Je soupire et sors mon téléphone, des fois qu'il y aurait sur Instagram du nouveau au sujet de tous ceux que je laisse derrière moi. Du nouveau sur lui.

Ce soir, Portia dort avec mon frère et sa femme. On s'est mis d'accord sur l'alternance des nuits de sorte à économiser sur les chambres d'hôtel tout en laissant aux couples leur intimité. Notre petite sœur ne passera aucune nuit seule, puisqu'en célibataire elle est seule tout le temps. C'est la théorie de Krista, en tout cas. Je pense qu'elle se venge, après avoir été la cible des railleries de Portia devant la maison d'Helen Keller.

À peine entrés dans notre chambre, Felix et moi, on asperge de désinfectant et de spray antibactérien tous les draps, serviettes et dessus des meubles. Les deux cintres y ont droit aussi.

Pardon de passer pour une germaphobe, mais dans un motel en bord de route, c'est du bon sens. C'est comme en avion : est-ce que vous prendriez votre repas sur la tablette sans la nettoyer avec une lingette au préalable ?

Notre routine terminée, je m'écroule sur un lit.

— Premier à la douche ! annonce mon mari.

— Si tu veux.

Je le regarde s'éloigner avec cette interrogation qui me taraude parfois : nos enfants hériteraient-ils de ses cheveux ternes blond paille ? On est mariés depuis six ans, en couple depuis bientôt neuf ans, et aucune réponse à cette question. Aucune grossesse non plus, d'ailleurs.

On s'est rencontrés en dernière année de fac, au salon de l'emploi. Il faisait la queue pour le stand Global Com et moi pour celui de Williams Kane. Deux grosses sociétés internationales avec des centaines de postes à pourvoir dans tous les domaines imaginables. Chacun dans sa file, on s'est retrouvés côte à côte. Par politesse, on a échangé quelques conseils sur les entreprises où postuler et sur celles à éviter. Une conversation banale, en somme. À cette période de ma vie, j'avais besoin de banalité.

Il a fini en disant :

— On a de la chance d'être nés ici.

— Pourquoi ?

— Parce que personne ne nous oblige à passer toute notre carrière dans la même boîte. Cinq ans maximum. Et si on veut vraiment partir, on peut envisager une démission au bout de deux ans. Moins de deux ans, par contre...

Felix a haussé les épaules, d'un air de dire « c'est mort ». Sous la barre des deux ans dans une même entreprise, on est jugé peu digne de confiance. Ou malhonnête.

— C'est vrai, ai-je admis. On a de la chance.

Ni l'un ni l'autre n'a décroché de boulot ce jour-là, mais on a tous les deux atterri dans la plus grande compagnie du secteur, International United, au sein de services différents, bien sûr. Aucune entreprise ne laisserait un couple travailler au coude à coude, ou en tout cas pas si l'un et l'autre comptent garder leur emploi.

En sortant de la salle de bains, Felix est déjà sec, en caleçon et tee-shirt flanqué des Dolphins de Miami. On n'est pas vraiment branchés football, mais il arrive parfois qu'on regarde un match.

—À ton tour, m'invite-t-il.

Il reste peu d'eau chaude, si tant est qu'il y en ait eu. Quand je retourne dans la chambre, mon homme est étendu sur un lit. Pas celui que j'occupais tout à l'heure.

—J'ai mal aux jambes d'avoir passé la journée en voiture, se plaint-il. Ça ne te dérange pas qu'on dorme chacun dans son lit pour cette fois ?

—Pas de problème. Ils sont trop petits, de toute façon.

—Oui, comparés au nôtre.

Je m'assieds et programme le réveil sur mon téléphone.

—Et si on allait se promener demain matin ?

—Bonne idée, acquiesce-t-il.

Réveil à 7 heures, donc.

—Comment tu te sens ?

—Bien.

—Je parle du fait de revoir Eddie et Portia. Ça faisait longtemps, me rappelle-t-il.

C'est vrai. On habite loin les uns des autres. Mon frère et Krista vivent à Dauphin Island, au sud de Mobile dans l'Alabama ; et l'on dort ce soir à l'opposé de ce même État. Felix et moi, on réside à Woodview en Floride, tandis que ma petite sœur n'a pas quitté La Nouvelle-Orléans depuis qu'elle y a fait ses études. Aucun d'entre nous n'est resté à Atlanta, mais on a grandi là-bas. Le point de départ de notre premier road trip.

Dans la famille Morgan, l'éloignement reste le secret d'une bonne entente.

Nos dernières retrouvailles remontent à quelques années, quand Portia a décroché son diplôme. En l'espace de deux jours dans la même ville, on a passé environ huit heures ensemble. Huit heures d'ivresse. Notre sœur a enchaîné les cocktails : vodka-Red Bull, Gin tonic et Aperol. Trois boissons individuellement dangereuses. Le mélange est mortel.

Grand-père n'était pas là. Aucun de nous ne l'avait revu depuis des années.

À l'époque, Eddie n'avait pas encore rencontré sa réceptionniste, il habitait toujours avec Tracy. Je l'aimais bien, elle était plus intelligente que mon frère et ne se privait pas de le lui rappeler, ce qui n'avait pas l'air de lui déplaire.

Je me souviens qu'on était dans un bar des beaux quartiers, non loin de la fac de Tulane, la veille de la remise des diplômes. Il faisait une chaleur étouffante, je portais un débardeur et une jupe à fleurs. Tracy faisait chic dans sa robe d'été sans manches. Ses bras étaient si fermes que c'en était presque irréel.

— Tu connais ton frère, disait-elle, légèrement cassante. Parfois, c'est un con. Mais un con attachant.

Elle n'avait pas tort. Des types comme Eddie, on en a tous connu. À l'école, c'est celui qui peut faire un doigt d'honneur au professeur sans prendre d'heure de colle, ou convaincre un enseignant de lui faire repasser un examen qu'il a raté. C'est le gars que tout le monde veut fréquenter, même quand il prépare un mauvais coup. Enfin… *surtout* quand il prépare un mauvais coup.

Du Eddie tout craché.

Je n'ai jamais eu l'occasion de demander à Tracy ce qu'elle pensait de la fille avec qui il est sorti à la fin de ses études. Cette femme n'aurait jamais qualifié mon frère d'attachant. Elle l'accusait de l'avoir giflée, a même porté plainte contre lui, mais l'affaire est restée sans suite. Eddie la traitait de folle, jurant ses grands dieux qu'il ne l'avait pas frappée, qu'il n'aurait jamais fait une chose pareille.

J'ai cru mon frère. Et j'ai cru cette fille. Tantôt l'un, tantôt l'autre, toujours ce même yo-yo. Je n'ai jamais su le fin mot de l'histoire : mon frère est-il un con attachant ou un con tout court ?

C'est à cela que je songe, dans le lit du *Stardust*, lorsque Felix me demande comment je me sens. J'essaie de rester objective.

— Ça va. Je vais bien.
— Tant mieux. Bonne nuit.
— Bonne nuit.

J'attends que sa respiration ralentisse. C'est assez rapide. Il s'est toujours endormi facilement, où qu'il soit.

Je me lève, m'habille et quitte la chambre.

Dehors, je guette un mouvement, un signe de vie. Il n'est même pas 22 h 30, et je sais que Portia n'est pas dans son lit à écouter respirer Eddie et sa femme. Deux options : le bistrot de l'autre côté de la rue ou la boutique de spiritueux derrière le motel. Je tente la piste de l'alcool.

Le parking est presque vide, et mon pas résonne comme si quelqu'un marchait derrière moi. Je m'arrête à deux reprises pour vérifier que je ne suis pas suivie. Je pose même un genou à terre pour m'assurer que personne ne se cache sous un vieux camion abandonné. C'est si calme, si désertique que je ne peux m'empêcher d'imaginer que j'ai de la compagnie.

Pourtant, je ne croise pas un chat jusqu'à la boutique. Et là, le parking est bondé, des gens partout, bien vivants. Le *Drip-Drop Liquors* est le seul établissement du coin à faire office de bar.

Portia est à l'intérieur et attend son tour à la caisse. À part elle, je ne vois qu'une autre femme, assise sur le siège passager d'une voiture, fumant une cigarette. Ce soir, le *Drip-Drop* a du monde.

Je dois me planter à côté de Portia pour qu'elle me remarque.

— Prends double dose.

Le sourire aux lèvres, elle soulève un pack de six canettes de Coca et une bouteille de rhum. J'approuve d'un hochement de tête. À côté d'une pile de gobelets en plastique posée sur le comptoir, un prix est griffonné au marqueur rouge au dos d'un billet de loterie. Cinquante cents le verre. On en achète deux.

— Allons dans la voiture, propose Portia. J'ai pris les clés d'Eddie.

Elle a toujours été maligne, on ne le lui dit pas assez. Peut-être à cause de toutes ces années qui nous séparent.

Quelques minutes plus tard, on est installées sur la banquette arrière, et je bois mon premier rhum-Coca depuis des années. Depuis la fac, peut-être. On n'a pas de glaçons, mais le Coca est frais. Au vu des circonstances, c'est déjà pas mal. Tout est une question de contexte.

— C'est bizarre, commence Portia.

— Quoi ?

— Tu étais au courant pour le testament ?

— Non. J'ai appris son existence quand le notaire de grand-père l'a lu.

Je me tourne vers le coffre, où se trouve l'urne.

— Eddie a pris la caisse avec lui dans la chambre, m'informe ma petite sœur.

— Ah. D'accord.

On sirote notre boisson. Au bout de quelques gorgées, on finit par y prendre goût.

— C'est ce qu'on boit au boulot, me dit-elle. Parce qu'on dirait un soda. Tous les serveurs carburent au rhum-Coca.

Un bar ? Mensonge.

Portia prétend être serveuse, mais en réalité elle est strip-teaseuse, et ce, depuis la fac. Certes, je ne vois pas mon frère et ma sœur très souvent, mais je les connais par cœur.

— Tu dois en avoir marre de fréquenter de la viande soûle à longueur de soirée.

— Oui, j'en ai marre depuis un moment. Mais les autres boulots qui recrutent sans expérience ne rapportent pas autant.

— Tu n'as pas tort.

— Je ne ferai pas ça toute ma vie, précise-t-elle, marquant une pause pour finir son premier verre. J'ai juste besoin de trouver ma voie.

— L'argent de grand-père te permettra de rembourser tes prêts étudiants.

Portia acquiesce.

— Oui, heureusement.

Il ne reste que nous pour toucher l'héritage. Grand-mère est morte bien avant lui, et nos parents sont hors jeu.

— Qu'est-ce que tu penses faire?

Elle hausse une épaule tout en remplissant son gobelet puis recharge le mien.

— Je pourrais peut-être me reconvertir dans les soins à la personne. Assistante médicale ou un truc comme ça. Je pourrais même faire des études d'infirmière.

— Tu serais douée.

Portia sourit. J'y vois juste assez pour détailler ses yeux. D'un bleu clair, comme ceux de grand-père. Les miens sont glauques comme les fonds marins et ceux d'Eddie d'un bleu marbré.

— Comment va se passer ce voyage, d'après toi?

C'est drôle qu'elle pose cette question alors que le périple est déjà entamé. On aurait pu y réfléchir avant de partir.

Ce voyage nous est tombé dessus sans prévenir, le jour où le notaire de grand-père nous a appelés. Un appel groupé.

— Ni enterrement ni cérémonie. C'est écrit noir sur blanc, a annoncé l'homme avec un accent rauque de Géorgie. Votre grand-père a souhaité s'en tenir à une brève notice nécrologique dans le journal local. Il a rédigé son propre texte.

Abasourdis, on a gardé le silence. À croire qu'on jouait à celui qui tiendrait le plus longtemps sans réagir.

— Il a demandé à être incinéré. Pour le reste, je vais vous le lire. (Un bruissement de papier nous a surpris. Grand-père avait dégotté le seul notaire à ne pas s'être équipé d'un ordinateur.) « Partez faire le road trip. À l'arrivée, dispersez mes cendres. Quand j'aurai rejoint ma dernière demeure, mon héritage sera divisé à parts égales entre chacun de vous. » Une provision est fournie pour la location d'une voiture. Des questions ?

Le road trip, pas *un* road trip. Il ne pouvait s'agir que du voyage auquel on pensait.

Non, on n'avait pas de question.

— Quant à l'héritage, le capital de votre grand-père comprend sa maison, une voiture, un fonds de pension et le contenu d'un compte en banque. Le tout sera divisé en trois parts égales. (Une pause.) La maison, la voiture et le mobilier n'ont pas encore été évalués, mais les liquidités s'élèvent à 3 453 000 dollars. D'ici à ce que ses cendres soient dispersées à l'endroit indiqué, on connaîtra le montant exact.

Cette somme m'a donné le vertige. Et encore, il s'agissait seulement de l'argent immédiatement disponible.

— Il reste toutefois quelques conditions à remplir pour recevoir votre part, a poursuivi le notaire. Votre grand-père stipule que celui qui finit en prison, ne termine pas le voyage ou dévie du parcours original ne touchera pas un centime.

Il en va ainsi. D'abord le road trip, ensuite l'argent. Grand-père ne l'a même pas gagné : il a hérité de la sœur de notre grand-mère qui n'avait pas d'enfants et a tout gardé pour lui.

L'appel terminé, Eddie m'a envoyé un mail ainsi qu'à Portia pour régler les détails logistiques. Pas une seule seconde, il n'a remis en question le projet de grand-père. Il allait de soi que personne ne s'y opposerait.

On méritait cet argent. On l'attendait depuis longtemps.

Il y a vingt ans, on a fait ce road trip tous ensemble. Grand-père voulait nous faire découvrir le monde, à commencer par les États-Unis. Finalement, ça s'est transformé en tabou, une histoire restée sous cloche. Chacun la garde pour lui, sous une épaisse couche de déni, comme si l'on refusait de croire que tout ça est vraiment arrivé.

Alors comment se déroulera ce second voyage, d'après moi? Ce sera le voyage d'une vie. Et quand il sera terminé, plus rien ne sera comme avant. Comme la première fois.

— Tout ira bien, finis-je par répondre à Portia. Ça va bien se passer.

Elle lève les yeux au ciel. Je ne cherche pas à discuter.

Et je ne lui parle pas du journal. Personne ne sait que je l'ai. Le papier a jauni, les autocollants de la couverture se sont ternis, mais le titre rêveur reste lisible.

Tes sentiments: le guide
Questions réfléchies pour jeunes filles réfléchies

12 août 1999

Quelles sont les trois femmes que tu admires le plus ?

Tout d'abord, sache que je n'avais pas prévu d'utiliser ce journal. C'est un cadeau d'anniversaire, moche en plus, et il traînait sous mon lit depuis. Je l'ai retrouvé en sortant ma valise pour le voyage. Je l'ai emporté au cas où je m'ennuierais, et puis c'est tout. Ça, c'est dit.

Ensuite, je n'admire personne. C'est une question piège, puisque je finirai un jour par dire : « Je ne suis pas ces trois femmes et ne le serai jamais, mais je les admire plus que je ne m'admire moi-même. »

Or, je trouve ça naze. Comme si les filles ne manquaient pas déjà assez d'assurance comme ça.

Le bon côté des choses, c'est que mon psy serait super fier de moi pour avoir reconnu un truc aussi malsain. Je lui raconterai quand on rentrera. Le Dr Lang n'est pas vraiment médecin, seulement psychothérapeute, mais je l'appelle Dr Lang pour lui rappeler ce qu'il n'est pas.

Nos séances me donnent l'impression d'être sur ces machins qui tournent dans les aires de jeux, avec les barres en métal. Comment font les adultes pour ne pas voir combien ces trucs sont débiles et dangereux?

Cette question vaut aussi pour mes séances de psy.

Plus que treize jours

Felix ne sait pas grand-chose du premier road trip. Il sait qu'on l'a fait, c'est à peu près tout. Cacher des trucs pareils à son mari, ça ne se fait pas, me direz-vous. Mais, pour l'instant, je préfère m'en tenir à ça. Les couples qui croient bon de se raconter leurs moindres faits et gestes vont droit dans le mur ; cette montagne d'anecdotes s'accumule comme autant de déchets malodorants dont on ne sait plus comment se débarrasser.

Par contre, je suis bien forcée de lui raconter ma soirée arrosée d'hier avec Portia, puisque je ne suis pas en état de partir en promenade.

— Tant mieux, me dit-il. Je suis content que vous ayez passé du temps ensemble.

J'ai envie de le frapper. Ce doit être ma gueule de bois.

Le rhum s'échappe encore par tous les pores de ma peau à l'heure où je rejoins la cafétéria du motel pour le petit déjeuner. Portia est jeune, elle a bonne mine même sans maquillage, avec sa tignasse relevée en gros chignon lâche sur le sommet du crâne. Le seul fait de voir ses cheveux attachés rend les miens encore plus douloureux.

—Vous êtes sorties hier soir? demande Eddie, toujours propre sur lui, même en tee-shirt et pantalon kaki.

À ses côtés, Krista fait la moue. Je parie qu'elle n'avait pas compris dans quel genre de motels on passerait la nuit au cours de ce voyage.

—On n'est pas sorties, rectifié-je. On a bu, c'est tout.

—Ouais, on n'est allées nulle part, confirme ma sœur.

Eddie plisse les yeux d'un air de nous mijoter un discours paternaliste, du genre: «Attention, les filles. On n'est pas là pour faire la fête. Évitons de nous soûler dans un trou perdu.»

Mais il s'abstient. Il se contente d'esquisser un sourire qui illumine son regard et met en valeur ses pommettes. Et voilà, Eddie est passé de simple con à con attachant.

—Vous auriez pu m'inviter, déplore-t-il. Histoire d'égayer un peu le voyage.

—Parle pour toi, proteste Portia. Avec l'âge, tu deviens chiant.

—Merci.

—Si je ne te le dis pas, qui osera te prévenir?

—Les petites sœurs sont là pour ça, renchéris-je.

Toujours souriant, notre aîné se tourne vers Felix.

—C'est une coalition.

—Ça m'en a tout l'air, opine mon mari.

—Un conseil à me donner?

—Baisse la tête et ferme-la?

—Check.

Et ils se tapent dans la main.

On retourne à l'hôtel rassembler nos affaires. Lors du premier road trip, je volais un cendrier à chaque étape. C'était il y a vingt ans, on avait le droit de fumer dans les chambres.

Ce genre de motel proposait donc des cendriers et des pochettes d'allumettes. Toujours ces mêmes cendriers carrés avec des encoches aux quatre coins pour poser sa cigarette. À croire qu'ils sortaient tous de la même usine. Ils étaient en verre, je crois, et pesaient leur poids. Cette robustesse me plaisait bien, alors je les piquais.

Je les enveloppais dans mes tee-shirts pour qu'ils ne s'entrechoquent pas. Au bout de cinq cendriers, grand-père a trouvé mon sac un peu lourd.

— Des livres, ai-je prétexté.

À son regard plissé, on comprenait que je n'avais pas le profil d'une grande lectrice.

Quelques nuits plus tard, mon sac pesait encore plus lourd. Alors grand-père l'a vidé. Il a déballé les cendriers les uns après les autres. Huit en tout.

— Mais, Beth, pourquoi tu as fait ça ?

Haussement d'épaules.

— Pourquoi pas ?

Il a hésité, marmonné, affirmant que le mieux à faire serait de restituer ces cendriers. C'est ce que feraient d'honnêtes gens, en tout cas. Or, grand-père ne l'était pas.

— Tu peux en garder un si tu veux, a-t-il finalement tranché. Le reste ira à l'Armée du salut, ou à une asso.

J'en ai gardé deux. Ne jamais céder. À douze ans déjà, on ne me la faisait pas.

Aujourd'hui, il n'y a aucun cendrier dans la chambre du motel. Rien de solide ni de trop lourd. Cette pièce n'a rien d'autre à offrir que des serviettes boulochées et des draps rêches. Pas de bible non plus. La télévision est vissée au mur, et la télécommande attachée à un câble.

C'est décevant. Je quitte ce motel avec ma nuit alcoolisée pour seul réconfort. Dans la voiture, en partant, je me retourne vers l'enseigne du *Stardust*. Et si je prenais une photo ? Non, ce trou à rat ne mérite pas qu'on s'en souvienne.

Mon mari est de ceux qui prennent tout en photo. Dès qu'il se trame quelque chose, Felix dégaine son téléphone. Le mec qui défile dans la parade tout en filmant la scène, c'est lui. Il nous a filmés lorsqu'on a chargé les bagages dans le SUV et sur les premiers kilomètres en quittant l'agence de location de voitures à Atlanta, puis a pris des photos du *Rond-Point*. J'imagine qu'il a également immortalisé le *Stardust*. Je ne lui ai pas posé la question.

Parfois, il poste la vidéo sur les réseaux sociaux, est pris de remords un peu plus tard, puis la supprime. Moi, ça m'est égal. Je ne regarde jamais ses vidéos. Qui les regarde, d'ailleurs ? Plus d'une fois, je veux dire. Personne, et je parie que vous non plus. Jusqu'au jour où quelqu'un meurt. Et là, on se repasse en boucle toutes les vidéos de cette personne, parce que c'est tout ce qu'il nous reste. Je sais, je l'ai fait.

Un jour, ces films et ces photos seront tout ce qu'il vous restera de quelqu'un. Alors choisissez bien vos moments.

Mais si Felix a envie de perdre son temps à filmer la vie, grand bien lui fasse.

Quand on arrive sur l'autoroute, je me recroqueville de mon côté de la banquette, appuyée contre la vitre. Dormir. Le seul véritable remède contre la gueule de bois. Dormir, prendre son mal en patience et regretter amèrement d'avoir passé l'âge pour ces conneries.

Je dérive sans mal, puis un éclat de rire me réveille. Mais, surtout, la voix de mon mari.

— ... et ils ont eu un bébé. La pauvre, ils l'ont appelée Grillardise, raconte-t-il.

— Grillardise à la fraise ! hurle Krista.

— Puis ils sont repartis dans l'espace, renchérit Eddie. Retrouver leurs amours perdues.

— Attends, intervient ma sœur depuis la banquette arrière. Tu veux dire que ce hérisson a couché avec l'extraterrestre ?

— Et le mutant! s'exclame Felix.

Le jeu de l'histoire. On y jouait étant petits, en voiture, mais pas comme ça. Je fais semblant de dormir tout en écoutant les exploits sexuels d'une hérissonne prénommée Bonnie. Fornicatrice en faveur de l'égalité des chances, rappelle Portia.

Au cours du premier voyage, on se racontait aussi notre histoire, celle d'un autre hérisson. Il s'appelait Chester et ne forniquait avec personne. Jamais. En revanche, il aimait beaucoup Paulina, une hérissonne à qui il offrait des lombrics et des grillons pour le goûter. Il passait son temps avec ses copains, avec qui il partait vivre de folles aventures dignes de jeux vidéo.

Notre grand-père adorait ces histoires. Il les comparait aux bandes dessinées qu'il lisait dans sa jeunesse. Depuis ma banquette arrière, je pouvais deviner qu'il gloussait, car tout son corps était secoué de soubresauts.

J'écoute l'histoire de Bonnie, et quand la lassitude me gagne, je me redresse.

— Tiens, la Belle au bois dormant est réveillée, annonce mon frère.

— Je n'ai pas rêvé, vous parliez bien de la vie sexuelle des hérissons?

Krista me répond en agitant l'index:

— Pas seulement des hérissons. Bonnie couche avec toutes sortes d'animaux.

— Ce ne sont pas vraiment des animaux, nuance Portia.

Mon mari me regarde d'un air dépité.

— Des sortes de créatures, dit-il.

— Des aliens!

— Des mutants!

— Des monstres mythologiques!

— Et même des dieux. Grecs. Ou nordiques!

Je résume:

—De la bestialité, en somme. Et de la pire espèce.
—Attention !
La voix de Krista se perd dans un crissement de pneus avant l'impact.

Notre voiture a dérapé sur la route à double sens, elle a fait un tour complet, et a foncé la tête la première dans le bas-côté.

—Personne n'est blessé ? Personne n'est blessé ? répète Eddie sur le ton monocorde d'un disque rayé.

—Non, répond Felix.

—Je suis vivante, signale Portia.

Moi aussi, ça va. Pas de fractures, à peine une douleur dans le bras à l'endroit où je me suis cognée contre la portière. Ma belle-sœur pleure. Enfin, elle chouine. Son front rouge témoigne d'un choc à la tête. Eddie la prend par la main et examine sa blessure.

—Ce n'est rien, dit-il. Tu ne saignes pas.

J'examine Krista, moi aussi. On ne sait jamais avec les chocs à la tête. Mais mon frère a raison, elle n'a rien de grave, il n'y a même pas de bosse.

Felix se tourne vers la chaussée et demande :

—Qu'est-ce qui s'est passé ?

—Un pick-up a foncé droit sur nous. Vous ne l'avez pas vu ?

—On l'a percuté ?

Aucune réponse.

J'ouvre ma portière et je sors. Il n'y a pas un chat sur la route. Ah si, un pick-up s'éloigne à l'horizon.

—Il a filé. Il n'a même pas pris la peine de s'arrêter.

—Quel con! peste mon frère.

Felix me rejoint et fait le tour de la voiture.

—On a crevé!

—C'est pas vrai! soupire ma sœur en descendant par l'arrière. Pitié, dites-moi que vous savez changer une roue.

Tout le monde inspecte le pneu. On dirait que la roue arrière s'est pris une pierre aiguisée comme un diamant.

Mon frère reprend le volant pour dégager la chaussée, au cas où une autre voiture passerait par là. Mais c'est peu probable. La route est déserte, flanquée de champs de maïs, quelques fermettes au loin, et c'est tout. Rien à faire. Rien à voir.

—Je peux changer la roue, annonce mon mari.

Eddie est ressorti de la voiture.

—Moi aussi.

Celle qui m'inquiète, c'est Portia, adossée contre la portière et en équilibre sur une jambe.

—Ça ne va pas?

—J'ai mal à la cheville. J'avais les pieds contre le dossier quand on a viré de bord.

—Laisse-moi regarder.

Elle refuse.

—Merci, *maman*, mais je vais survivre.

Derrière le SUV, Felix et Eddie sortent les bagages pour accéder à la roue de secours. Sous ses airs de geek informatique, mon homme s'y connaît en mécanique. Ça surprend toujours les gens. Les moteurs le fascinent, prétexte-t-il.

Mais c'est faux.

S'il sait réparer les voitures, c'est parce qu'il a grandi dans la précarité et que sa famille a toujours roulé dans des poubelles.

Je l'entends dire à mon frère :

— Il va falloir acheter un nouveau pneu. On ne peut pas traverser le pays avec ça.

— Ça me paraît évident.

Eddie fait mine de s'y connaître, mais si ça ne tenait qu'à lui, il aurait déjà appelé une dépanneuse.

Je me régale de voir Felix dicter à mon frère ce qu'il doit faire, faisant de lui son assistant. Mon mari aime bien seconder, mais pas Eddie. Je ne devrais peut-être pas me réjouir autant du malheur de mon aîné. À moins que ce ne soit normal au sein d'une fratrie d'être ainsi compétitifs, voire vindicatifs.

Je méditerai là-dessus un autre jour. Quand je n'aurai rien de mieux à faire, en passant la serpillière.

— Enlève ta chaussure, j'ordonne à Portia.

Elle s'exécute. Sa cheville est enflée. Il lui faut de la glace et de quoi faire un bandage. Et un cachet d'ibuprofène pour la douleur. Absorbée par ma liste, les mains encore tremblantes sous le coup du choc, je n'entends pas arriver la voiture. Elle vient se garer à notre hauteur lorsque je la remarque enfin.

Un pick-up noir. Le même que celui qui s'éloignait à l'horizon tout à l'heure.

— Tout le monde va bien ? Vous avez besoin d'aide ? s'enquiert le chauffeur.

Un jeune avec une casquette sur ses cheveux jaunes et une clope au bec. Sur le siège passager, un autre homme plus âgé arbore une grosse barbe grisonnante. Leur camionnette est énorme. Une femme est assise à l'arrière, côté route. Je ne distingue que sa longue tignasse auburn.

— On a crevé, rien de grave, répond Felix.

Mon frère s'approche, redressant les épaules.

— On va s'en sortir, ça ira.

— Vous en êtes sûrs ? lui demande l'autre homme avec un sourire. Si besoin, on s'y connaît en mécanique.

Ils proposent de l'aide, mais ne sortent pas de leur véhicule pour autant.

— Non merci, c'est bon, décline Eddie.

— C'est vous ?

Portia.

Tout à l'heure assise sur la banquette pour soulager sa cheville, la voilà à présent debout sur un pied, fusillant du regard les inconnus.

— C'est vous qui nous avez foncé dessus, pas vrai ?

— Nous ? répète le barbu avant de se mettre à rire, imité par ses compères. Ma belle, vous étiez au bord de la route, on s'est juste arrêtés pour vous proposer un coup de main.

— C'est comme ça que vous nous remerciez ? s'insurge le jeune chauffeur. On s'arrête pour vous aider, et vous nous accusez d'avoir provoqué l'accident ?

— Ce n'est pas très aimable, renchérit l'autre homme.

Krista finit par sortir de la voiture, les poings sur les hanches et le dos cambré. C'est mauvais signe. Elle est de ces citadines qui n'ont jamais rien vécu de grave et sont convaincues que le malheur n'existe que sur Internet.

Eddie fait un pas vers les inconnus qu'il ne quitte pas des yeux.

Je serais curieuse de voir comment ça se terminerait s'ils se battaient, mais je m'interpose malgré tout devant mon frère.

— Merci d'avoir proposé votre aide, dis-je au barbu. On devrait s'en sortir. On a presque fini de changer la roue.

Je montre Felix qui nous fait signe avec sa clé à molette.

Oubliez la méchante. Je suis la paix incarnée.

L'homme me dévisage longuement. J'opine en souriant de toutes mes dents.

— Comme vous voudrez, finit-il par lâcher. Content que personne ne soit blessé.

Le pick-up avance pour opérer un demi-tour et repartir d'où il est arrivé.

— Ils ont fait demi-tour, fait remarquer Portia. Donc c'était bien eux !

Personne ne le confirme, mais personne ne soutient le contraire.

— Le Parrain, décrète Portia. Je vous jure, c'était le Parrain de l'Alabama.

— Pas faux, acquiesce notre frère. À la santé du Parrain.

Dans un éclat de rire général, tout le monde trinque.

Quelques heures se sont écoulées depuis notre accident. La voiture de location a un pneu flambant neuf, la roue de secours a retrouvé sa place dans le coffre, et Krista a recouvert de poudre son front rouge. Quant à Portia, on a bandé sa cheville, et elle arbore une nouvelle paire de tongs bon marché.

La stupeur générale s'est peu à peu dissipée, émoussée par le temps, l'alcool et les rires. Une tension pareille ne peut pas durer trop longtemps, sans quoi ça pourrait mal finir.

Maintenant que le danger est derrière nous, je me réjouis que Felix soit là, ce qui n'était pas le cas jusqu'à présent. Il ne devait pas faire partie de l'aventure, et Krista non plus. C'était notre voyage à nous.

Peu après l'épisode du notaire, Eddie a appelé pour annoncer que sa femme nous accompagnerait.

— On est mariés depuis six mois, a-t-il justifié. Je ne vais pas l'abandonner pour partir en road trip avec mes frangines.

— Elle ne peut pas se débrouiller toute seule ? ai-je rétorqué.

Eddie a soupiré. Un gros soupir frustré comme si j'étais la cause de tous les problèmes.

—Écoute, je sais que tu ne l'as jamais rencontrée…
—La faute à qui ?

Un silence. Je ne connaissais pas Krista puisque mon frère ne nous a pas invitées au mariage, sous prétexte que c'est arrivé très vite, qu'ils ont fait un saut à la mairie avant de partir en lune de miel à la montagne. Moi, je pense qu'il ne voulait pas qu'on soit là. Peut-être parce qu'il a trompé sa femme pour épouser sa réceptionniste.

Mais j'ai gardé mes remarques pour moi, et il a changé de sujet.

—Felix peut venir aussi, a-t-il suggéré.
—Ce n'est pas la question.
—On n'est plus des enfants, Beth. Je suis un homme marié, et je compte venir avec ma femme.

Voilà pourquoi j'ai amené Felix. Parce que je suis une femme mariée et qu'il doit m'accompagner. En outre, j'ai pensé qu'en présence de nos moitiés tout se passerait bien. Que les pièces rapportées nous forceraient à la neutralité. Qui oserait mal se comporter devant sa femme ou son mari ?

Jusqu'à présent, le stratagème semble fonctionner. Si Felix n'avait pas changé la roue aujourd'hui, allez savoir ce qui serait arrivé. Mais d'un autre côté, sans nos compagnons, Eddie aurait-il été aussi distrait au volant ? Peut-être que non. Peut-être que oui. Ça n'a plus d'importance. À trop se triturer l'esprit, on finit par devenir fou.

LOUISIANE

Devise de l'État :
Union, justice et confiance

Pas de Mississippi. On a rapidement traversé l'État pour rejoindre la Louisiane. On est tous soulagés que le curieux épisode du pick-up noir soit loin derrière nous. Il a fallu un peu de temps pour qu'on s'en remette.

Si l'on ne s'est pas attardés dans le Mississippi, ce n'est pas à cause de l'accident. On suit le tracé du premier voyage, tout simplement. Prochain arrêt : Gibsland, en Louisiane. De tous les lieux touristiques, grand-père a choisi celui de l'arrestation de Bonnie et Clyde, si tant est que l'on puisse qualifier ainsi une mort sommaire sous une pluie de balles.

En route vers Gibsland, grand-père nous a raconté l'histoire de ce couple de criminels de sa voix de baryton, sans l'ombre d'un accent. Il aurait pu passer à la radio à l'époque où les histoires se racontaient de vive voix.

— Bonnie et Clyde, c'est l'une des plus belles histoires d'amour du xxe siècle. Ils étaient jeunes, fougueux, et braquaient des banques pendant la Grande Dépression.

Il nous a fait croire qu'ils vivaient une grande aventure romantique, que la crise économique justifiait presque leurs exploits. Moi, je me fichais bien des banques et de leurs difficultés de l'époque. Et puis, je n'avais aucune raison de mettre en doute la version de grand-père. On n'avait pas de smartphones pour vérifier les faits.

Ce soir-là, on a dormi dans un chalet à Black Lake, où se trouvait la planque de Bonnie et Clyde deux jours avant leur mort.

— Demain, on ira visiter le musée qui leur est dédié.

Ce soir-là, je me suis endormie en imaginant ce que peut ressentir une personne assez célèbre pour avoir son propre musée, en hommage à tout ce qu'elle a accompli. Et moi, que pouvais-je accomplir, à part des braquages de banque, pour que l'on érige mon musée? Guérir le cancer, peut-être. C'est la première idée qui m'est venue.

Grand-père nous avait tellement parlé de Bonnie et Clyde que j'avais le sentiment de tout savoir de leur histoire avant même d'arriver au musée. Je savais comment ils s'étaient rencontrés, combien de banques ils avaient braquées, sans compter les épiceries et stations-service. Ils avaient des dizaines de braquages à leur actif. Bonnie et Clyde avaient monté un gang.

— On devrait monter notre gang, ai-je proposé.

C'était le petit déjeuner, on dégustait des œufs, du bacon et de la bouillie d'avoine, le tout baignant dans le beurre et le sirop.

Grand-père s'est mis à rire.

— Tu n'as pas besoin de gang, tu as déjà ta troupe. Une troupe de coyotes.

— On dit une *meute*, l'ai-je corrigé. Pas une troupe.

— Tu vois? Je croirais entendre japper un coyote. Vous êtes les petits coyotes les plus costauds et les plus méchants de la rive est.

— On est sur la rive ouest, a rectifié mon frère. On a traversé le Mississippi.

— Et alors? ai-je demandé.

— Je précise, c'est tout.

Comme si c'était important. On était de petits coyotes en l'honneur desquels un musée serait érigé. On se fichait bien de savoir si on était à l'est ou à l'ouest du Mississippi.

En route pour le musée, on s'est perdus. Celui-ci était situé au bout d'un chemin sinueux et boisé, à l'écart de l'autoroute, et il était encadré de deux échoppes. Devant l'entrée, une vieille voiture criblée d'impacts. Ce n'était pas la vraie voiture, évidemment, mais il s'agissait du même modèle que celle que Bonnie et Clyde conduisaient lorsqu'ils sont morts. Eddie a trouvé ça génial, jusqu'à ce qu'on pénètre dans le musée.

C'était très loin de ce que je m'étais figuré. Tout l'univers que je m'étais construit autour des histoires de grand-père s'écroulait. Dans mon musée imaginaire, il n'y avait pas de sang. Ni de cadavres, d'ailleurs.

Puisqu'on se trouvait près de l'endroit où Bonnie et Clyde étaient morts, le musée commémorait ce jour spécifique. Celui de l'embuscade.

Les murs étaient tapissés de photos en noir et blanc de leurs dépouilles, des hommes qui les avaient tués et de leur voiture, la vraie. Au milieu de la pièce trônait une vitrine remplie de pistolets. C'est là que j'ai découvert l'arme préférée de Clyde ; l'énorme pistolet-mitrailleur Browning n'avait rien de romantique.

— Fantastique, n'est-ce pas ? s'est exclamé grand-père. Tous ces efforts mobilisés pour arrêter un seul couple.

Fantastique ? Ben voyons.

À l'arrière du musée, le clou du spectacle : ils avaient reconstitué la scène de la tuerie avec des mannequins de Bonnie et Clyde couverts de sang, avachis l'un sur l'autre dans la voiture criblée de balles. Elle avait vingt-trois ans. Et lui, vingt-cinq.

Si c'était ça l'amour, ça paraissait bien glauque.

On n'était pas les seuls touristes du musée. Deux couples en route pour Savannah s'étaient arrêtés pour le visiter, comme nous. Les deux hommes étaient policiers, d'où leur curiosité pour la méthode qui avait permis de neutraliser Bonnie et Clyde. Ils n'étaient pas là pour la romance.

— Il a pris dix-sept balles, a constaté l'un. Et elle, plus de vingt.

Grand-père s'était bien gardé de nous dire que Bonnie et Clyde n'étaient pas de simples braqueurs de banque. Qu'ils étaient des criminels. Ils avaient tué au moins treize personnes, selon les rapports.

C'en était trop. Je suis sortie m'asseoir sur un banc, avec le sentiment que c'était moi, la victime de l'arnaque. Je ne voulais plus de musée à mon nom.

Grand-père m'a rejointe.

— Ça ne va pas ?

J'ai fait la moue.

— Ce n'étaient pas des gentils.

— Ah. (Il s'est assis à côté de moi.) Tu sais, il arrivait à ta grand-mère de porter des vêtements affreux. C'est horrible à dire, mais c'est vrai. Elle avait un chemisier aux motifs d'ananas. (Soupir.) Je détestais ce chemisier.

— Et alors ?

— D'après toi, est-ce que je lui ai dit que je le trouvais horrible ?

J'ai haussé les épaules.

— Pourquoi pas ?

— Parce que ça l'aurait blessée.

Pourtant, il l'avait blessée de bien d'autres façons.

Je voyais clair dans son petit jeu. J'avais douze ans, bon sang ! Pas quatre.

— Tu as menti à grand-mère, ai-je répliqué. Pour ne pas la vexer.

— C'est vrai. J'ai toujours dit à ta grand-mère que je la trouvais belle. Et elle l'était, même dans des habits moches.

Je l'ai longuement observé avant de déclarer :

— Les gens font parfois des trucs méchants. Je le sais.

— Oui, mais ils le font pour les gens qu'ils aiment. Toute la nuance est là.

— C'est pour ça que Bonnie et Clyde ont tué des gens ? Parce qu'ils s'aimaient ?

Il a acquiescé.

— Je pense, oui.

Moi, je ne pensais pas. En fait, je le trouvais même un peu barjo de comparer des meurtres à des chemisiers moches.

— Qui est partant pour le musée de Bonnie et Clyde ? lance Eddie.

Cette fois, on ne risque pas de se perdre, on a le GPS.

— Oh non, pas le musée ! s'agace Portia, allongée sur la banquette arrière, le pied toujours bandé.

— Un musée sur Bonnie et Clyde ? s'étonne Krista. Ça n'existe pas.

— Bien sûr que si, dis-je.

— Tu es sérieuse ? me demande Felix.

— Évidemment ! Bonnie et Clyde ont vécu l'une des plus belles histoires d'amour du XXe siècle. Vous n'étiez pas au courant ?

Krista se retourne sur son siège pour poser sur moi ses yeux écarquillés, les pommettes mouchetées de taches de rousseur dorées.

— J'ai vu le film, lâche-t-elle. C'est *tellement* romantique.

Je lui souris en hochant la tête. La pauvre, quand elle apprendra la vérité dans ce musée, elle risque d'avoir le même choc que moi à l'époque. Ou peut-être que son adoration pour ce couple est telle que le musée ne permettra pas de briser le mythe.

C'était le cas de grand-père, quand on y pense. Pour lui, on a le droit de faire du mal si c'est par amour.

Je n'y comprenais rien quand j'étais petite. Mais j'ai changé.

13 août 1999

Quelle est ta plus grande réussite ?

J'ai battu toute ma famille à Risk, plusieurs fois. Et je ne plaisante pas, c'est vrai. Papa veut qu'on y joue au moins une fois par semaine. Toujours après le dîner, toujours ensemble, personne ne déroge à la règle.

La première fois que je les ai tous battus, ils m'ont accusée d'avoir triché. Une victoire usurpée n'est pas une vraie victoire, c'est comme dans la vie. Voilà le genre de discours que nous rabâche papa. Il affirme que les gens se trompent à propos des échecs, que ce n'est pas « le top du top en matière de stratégie ». Pour lui, le top, c'est Risk. Et en particulier Secret Risk, où chacun mène sa mission sans que les autres sachent en quoi elle consiste.

Voilà pourquoi on y joue, explique papa. Ce jeu repose sur notre capacité à nous allier, à tenir parole aussi longtemps que possible avant de craquer. En fait, c'est le jeu de la vie. Ce sont ses mots, pas les miens. Personnellement, je ne parlerais jamais comme ça. Je dirais plutôt qu'il s'agit de baiser les autres avant de se faire baiser, mais maman me jetterait un regard noir et papa me collerait une claque, alors je la mets en veilleuse. Enfin, j'essaie.

N'empêche que j'ai gagné, et plus d'une fois. On appelle ça le talent. Rien à voir avec la chance.

Parfois, j'oublie que les cendres de grand-père sont dans le coffre. Je les ai rangées dans un coin de mon esprit, et quand l'idée refait surface, je m'empresse de la chasser.

Oublie les cendres. Oublie papi. Parle d'autre chose.

— Fantastique, non ?

On visite le Bonnie & Clyde Ambush Museum. Cet endroit est conforme à mon souvenir, à ceci près qu'il me fait moins peur.

Portia refuse d'y mettre les pieds. Elle nous attend dehors, au téléphone avec un ami de La Nouvelle-Orléans dont on se demande s'il s'agit de son mec. À six ans déjà, elle trouvait l'histoire de Bonnie et Clyde trop ringarde, et ce musée ne lui faisait ni chaud ni froid.

— Tu ne m'as jamais dit que tu étais venue ici, me glisse Felix tandis qu'on avance main dans la main, ce qui me met mal à l'aise.

— Ça m'était sorti de l'esprit.

Il s'arrête devant la voiture et ses mannequins ensanglantés.

— Beurk.

Ma belle-sœur laisse échapper un petit cri, ce qui amuse beaucoup Eddie.

— Je savais que tu flipperais, ricane-t-il. Je suppose qu'ils n'ont pas mis cette scène dans le film.

Elle secoue la tête, agitant sa queue de cheval brune qui lui donne des airs de pom-pom girl.

— Pas que je me souvienne.

Mon frère me décoche un clin d'œil qui me fait soupirer, car je sais où l'on se dirige ensuite.

Après le musée, plus loin sur la route, on se rend sur le lieu où le couple a trouvé la mort. Il y a même une plaque commémorative. Grand-père avait adoré.

— C'est dingue! souffle mon mari.

Ce mémorial m'évoque une tombe. Il indique l'endroit précis où les balles ont eu raison de la voiture de Bonnie et Clyde. Je nuance:

— Ce sont les gens qui sont dingues.

— C'est clair.

Et l'on n'est pas mieux que les autres: pour le déjeuner, on mange des hot dogs en hommage au couple mythique. Leur ultime repas, paraît-il. Bonnie serait morte avec la moitié du sandwich à la main.

Portia est la seule à refuser de se prêter au jeu et commande une soupe.

— Vous êtes de grands malades, fait-elle remarquer.

— Je commence à me demander dans quoi je me suis embarquée en me mariant avec toi, marmonne Krista, jetant un regard en biais à mon frère.

— C'est une visite parfaitement normale pour tout Américain qui se respecte, se défend-il nonchalamment. Sinon, Bonnie et Clyde ne seraient pas restés dans l'histoire. Je me trompe?

— Non, dois-je reconnaître.

Eddie lève son verre de thé glacé, et l'on trinque.

Le premier road trip m'aura appris au moins une chose: de temps en temps, il faut savoir perdre une bataille. Pour éviter que ça finisse dans en bain de sang. Mieux vaut garder le silence et acquiescer docilement. C'est ma résolution du voyage. Sinon, on n'arrivera jamais jusqu'au bout.

— Vous êtes vraiment tordus, lance Portia avec un sourire. Et la saucisse, c'est trop gras.

Pas faux.

— Bon, et maintenant ? Le Texas ? demande Felix.

— Le Texas ? s'étonne ma sœur.

Mais je prends le relais :

— Pas encore. On va vers le nord.

Mon mari s'apprête à répondre, mais je le coupe dans son élan.

— Le nord. Direction l'Arkansas.

Grand-père disait toujours que l'Arkansas mérite une meilleure réputation, ne serait-ce que pour ses lieux touristiques improbables : le salon de coiffure où s'est rendu Elvis juste avant de rejoindre l'armée, le premier magasin Walmart, divers sites consacrés à Bill Clinton, sans parler du monument dans lequel eut lieu la première dissection légale sur un corps humain. L'Arkansas regorge vraiment de curiosités !

Ainsi qu'un mémorial dédié à Henry Humphrey. Mais ça, on le garde pour nous.

— Vous verrez, c'est une surprise, dis-je simplement à Felix et Krista. Soyez patients.

— Il y aura du sang ? s'inquiète-t-elle.

— Je ne pense pas.

— Comment faites-vous pour vous souvenir de tout ce qu'on a visité la dernière fois ? marmonne Portia. Pour moi, c'est le flou artistique.

Je repense au journal dans mon sac. Le seul livre que j'aie emporté.

— Tu étais trop petite, nuance Eddie.

Elle lui tire la langue comme une enfant de six ans. De retour en voiture, elle met son casque et s'allonge sur la banquette arrière.

Felix sort son téléphone, je sais déjà qu'il va passer en revue les lieux touristiques en Arkansas. Il déteste les surprises.

Je lui vole son portable.

—Interdiction de tricher.

—Je ne trichais pas.

—Menteur!

Chacun se replie dans ses quartiers, métaphoriquement parlant, et le silence retombe dans la voiture.

Quand on était petits, grand-père nous faisait le même coup. Il ne disait jamais quelle était la prochaine étape, et le suspense nous rendait fous. On geignait, on pleurnichait, on le suppliait. Tous d'accord pour une fois. Au début, il en a ri, et puis il s'est lassé:

—Fermez-la.

Un premier signe d'impatience.

Mais il en fallait plus pour nous arrêter. Notre papi piquait parfois des colères homériques, mais la plupart du temps, c'était un homme assez agréable. Il était même plutôt bon perdant. Et puis, ce road trip était pour nous une grande aventure. Je ne m'attendais pas à ce qui allait suivre.

Il a baissé la voix, articulant chaque syllabe comme si c'était le dernier avertissement:

—FERMEZ-LA!

Son coup de poing sur le tableau de bord nous a fait sursauter. À bien y penser, c'est ce geste qui m'a fait taire. Aucun de nous n'avait envie de s'en prendre une. Les colères de grand-père étaient spectaculaires, un peu comme quand maman se fâchait, mais en pire.

Même Eddie n'était pas rassuré, c'est dire! Ma sœur, pour une fois, l'a un peu mise en veilleuse. Pas facile pour une petite fille de six ans. Ni pour aucun d'entre nous, d'ailleurs.

Lorsque grand-père a repris la parole, c'était sur un ton parfaitement anodin, comme si de rien n'était.

— Vous devez avoir faim. Qui veut manger au McDonald's?

Tout le monde. On était morts de faim. Dès qu'il a tourné le dos, on s'est juré de ne plus jamais l'énerver.

La menace de la violence physique éclipse tous les caprices. Enfant, cette peur est omniprésente et, même en tant que femme, elle est encore là, tapie dans un coin de mon esprit. Un coup de poing peut tout changer.

Moi, en tout cas, ça m'a changée. Je ne le savais pas encore, j'avais douze ans. Mais plus tard avec mes premiers petits copains, au lycée puis à la fac, c'est devenu une évidence. Les hommes au tempérament impétueux me répugnaient. Moi, je voulais de celui qui restait dans son coin en silence sur son ordinateur ou plongé dans un bouquin, ou qui ne savait pas trop où se mettre dès qu'il y avait du monde.

Felix est de ceux-là. Il ne hausse jamais la voix et préfère quitter la pièce ou partir faire un tour en voiture. Il n'a jamais levé la main sur qui que ce soit. C'est l'une des raisons pour lesquelles je l'ai épousé. Avec lui, je n'ai pas peur.

Et il est si facile de le manipuler. Aujourd'hui encore, il ignore le véritable motif qui nous a poussés à quitter Miami pour nous installer au centre de la Floride.

ARKANSAS

Devise de l'État :
Le peuple gouverne

On arrive après la tombée de la nuit. Une petite ville, des rues désertes et un monument pas comme les autres. La plaque dédiée à Henry Humphrey est placée devant l'entrée du commissariat de police d'Alma, en Arkansas.

— On y est, annonce Eddie.

Il sort son téléphone pour allumer la torche, et on l'imite, baignant de lumière les gravures du mémorial trônant sur la pelouse.

— Bon sang, encore Bonnie et Clyde ? marmonne mon époux.

Eh oui. Henry Humphrey était l'une des malheureuses victimes du gang. Ils l'ont fait entrer de force dans la banque et ont pillé le coffre. Henry a été épargné, ce que l'on pourrait prendre pour un coup de chance, mais à tort. Le lendemain, il s'est retrouvé au milieu d'une fusillade avec le gang, et il y a laissé sa peau.

Je me souviens encore du jour où, plantée devant le mémorial, j'écoutais grand-père raconter l'histoire d'une victime de plus du célèbre gang.

— Ne jamais crier victoire trop vite, a-t-il conclu.

— Parce qu'on peut se faire tuer le lendemain ?

Il m'a souri.

— Bon, ce n'est pas toujours aussi dramatique.

— T'es débile! m'a glissé mon frère à l'oreille.

En apprenant l'histoire d'Henry Humphrey, ma belle-sœur prend un air horrifié et s'exclame d'une voix assourdie par ses mains contre sa bouche :

— Par pitié, dites-moi que ce voyage n'est pas sur le thème de Bonnie et Clyde !

— Je croyais que tu trouvais leur histoire romantique? rappelle son mari.

— Seulement au cinéma.

Felix me tire par la manche. Dans le noir, ses yeux pâles luisent comme deux phares.

— Rassure-moi, on ne va pas suivre Bonnie et Clyde à la trace pendant tout le trajet, si?

Mon aîné se tourne vers nous, les paumes levées.

— Détendez-vous. C'est le dernier arrêt consacré au gang. Promis, juré, craché. Si je mens, je vais en enfer.

Krista lui donne une tape sur le bras. Voilà qui clôt notre visite du mémorial dédié à Henry Humphrey.

Moins de vingt minutes plus tard, on déballe nos valises dans un nouveau motel sordide. *L'Auberge Rouge* n'est ni une auberge ni rouge. La seule auberge rouge dans les parages, c'est celle qui est dessinée sur l'enseigne de l'établissement. Les chambres restent dans le ton du voyage, et les serviettes de bain sont rêches. Demain, il faudra racheter du spray désinfectant.

Felix est sous la douche quand je reçois un texto d'Eddie.

Tu me rejoins dehors ?

Je réponds :

Je te retrouve devant les distributeurs automatiques.

Parfois, je me demande à quoi aurait ressemblé le premier road trip avec des portables.

Je crie à mon mari que je vais chercher des biscuits, je prends un peu de monnaie et je sors dans le couloir. Les distributeurs sont situés à l'autre bout du motel, après la quinzaine de chambres. Comme l'autre soir, je ne croise personne sur le trajet, et si quelqu'un m'observe je ne le remarque pas.

La seule âme qui vive, c'est Eddie qui fait les cent pas, les yeux rivés sur son téléphone.

Me voyant approcher, il m'adresse un « salut » d'une voix sourde.

— Salut. Tu chuchotes ?
— Presque.
— Pourquoi ?

Il s'apprête à me répondre, mais se ravise. Les distributeurs sont sur la gauche : un pour les boissons, l'autre pour les friandises. Entre un paquet de nachos et les biscuits Oreo, mon cœur balance. Ce sera les deux, pas le choix.

— Quoi de neuf ? je lui lance en glissant les pièces dans la machine.

Le tintement résonne dans le vide, comme si personne n'avait introduit de sous là-dedans depuis des siècles.

— Ça va ? me demande-t-il.

Je hausse les épaules.

— C'est à moi de te poser la question.
— Krista n'est au courant de rien. Pas des détails, en tout cas.
— J'ai cru comprendre.

Les biscuits Oreo tombent dans le caisson, suivis des nachos. Je passe à la machine des sodas.

— Felix non plus.
— Il ne sait rien du tout ?

Je secoue la tête:

—Rien.

—Tant mieux. C'est assez bizarre comme ça.

Je me tourne vers lui.

—C'est toi qui tenais à ce qu'ils nous accompagnent.

—Je sais. Et je n'en suis pas fier.

Notre dernier tête-à-tête remonte à des années, mais je lis toujours en lui comme dans un livre ouvert. Il refuse d'admettre combien ce voyage le dérange. Et moi aussi.

—D'après toi, pourquoi grand-père tenait-il à ce qu'on refasse ce voyage?

—Il était vieux, suggère mon frère. Il voulait sans doute nous jouer un dernier coup tordu pour nous rendre paranos. Nous faire croire qu'il y a un sens caché à tout ça. (Une pause.) Ce qui semble fonctionner sur Portia.

—Ah bon?

J'ai répondu trop vite, et ma surprise est visible. S'adossant à un poteau, Eddie pousse un soupir.

—Elle était trop petite. Elle a détesté le premier road trip.

C'est le moins qu'on puisse dire. À six ans, notre sœur ne comprenait pas la moitié de ce qui lui arrivait et des raisons pour lesquelles grand-père se mettait dans tous ses états. Elle croyait toujours que c'était sa faute.

—J'ai demandé au notaire si on pouvait s'épargner le voyage, avoue Eddie.

J'ai fait la même chose.

—Et?

—Et il a dit que non. Le testament doit être respecté à la lettre.

La même réponse qu'à moi.

—Felix et moi, on aurait bien besoin de cet argent.

—Nous aussi. Plus d'un million chacun, ce n'est pas rien.

Exactement. Je me suis renseignée auprès d'un comptable, et je sais précisément combien on va toucher: beaucoup.

Certes, les droits de succession sont taxés, mais on n'aura pas d'impôt foncier, car la somme ne dépassera pas les cinq millions de dollars. Avec ce pactole, on finira de payer la maison, et il nous restera assez pour une retraite confortable. Peut-être même pour s'offrir de vraies vacances. Ou pour ouvrir un compte épargne afin de financer les études de notre futur enfant. Si tant est qu'on finisse par en avoir un.

Ce sont les premières idées qui me sont venues à l'esprit. Ensuite, j'ai eu des pensées moins pragmatiques : avec cet argent, je pourrais changer de boulot, ne plus travailler dans le même immeuble que mon mari. Ce qui impliquerait une réduction de salaire. Mais je m'y ferais.

Ma dernière pensée a été la plus abstraite : cet héritage me permettrait de divorcer de Felix et de m'installer ailleurs. De toute façon, les choses auront évolué d'ici là. Le road trip sera terminé, et tout rentrera enfin dans l'ordre. On retrouvera l'existence qu'on aurait dû avoir depuis le début.

Parfois, je m'en veux terriblement d'imaginer l'avenir sans Felix. C'est mal, je le sais.

Tout comme je m'en suis voulu de l'avoir trompé.

Pire encore, je l'ai fait en connaissance de cause.

Voilà ce qui se passe lorsqu'on reçoit soudain une petite fortune : la vie nous apparaît sous un nouveau jour. L'argent nous offre plus d'options, et plus on a d'options, plus on se sent libre.

—Il faut continuer, dis-je à mon frère. On n'a pas le choix.

Il acquiesce et s'éloigne, mais j'ai encore une question à lui poser.

—Krista est au courant pour nos parents ?
—Je lui ai raconté qu'ils étaient morts.

Parfait. J'ai servi la même histoire à Felix.

14 août 1999

À quoi ressemble ta journée idéale ?

D'abord, il n'y aurait pas école. Ensuite, je recevrais un message ou un appel de Cooper, mais là, j'en demande peut-être trop. Tout dépendrait de son humeur. Selon les jours, il peut être très con. C'est d'ailleurs pour cette raison qu'on n'est pas ensemble en ce moment.

Cette journée, je la passerais dehors, loin de ma famille, avec mes meilleures copines, Meghan et Sara. On irait au lac, s'il ne fait pas trop humide et que les environs ne sont pas encore infestés de moustiques. Si c'est pour repartir avec les jambes boursouflées de piqûres, non merci. On passerait la journée à se baigner et à papoter, puis on retournerait chez Meghan, parce qu'elle est riche. Sa maison est tellement grande que ses parents s'apercevraient à peine de notre présence. On se maquillerait avant d'aller faire du shopping au centre commercial. Meghan achèterait ses vêtements parce qu'elle peut se le permettre. Moi, je volerais les miens.

Je ne rentrerais qu'à l'heure du dîner. Et j'apprendrais que Cooper a appelé parce qu'il a fini par comprendre qu'on est faits l'un pour l'autre. Mais je le ferais un peu mariner avant de le rappeler. Au dîner, mon plat préféré : du poulet au parmesan, et je ne raclerais même pas la couche de fromage gratiné. Je finirais mon assiette et j'enchaînerais sur un dessert, quitte à ne plus avoir faim pendant une semaine.

Papa et maman ne se disputeraient pas. Ils n'échangeraient pas un seul regard assassin. Le repas se déroulerait dans une ambiance apaisée. Ensuite, on jouerait à Risk, et je gagnerais, évidemment, puisque c'est ma journée idéale. Ah, et grand-mère serait là. Elle me manque tellement. Je la laisserais peut-être même gagner la partie, pour la peine.

Plus que douze jours

Si vous êtes déjà parti en road trip, vous connaissez la chanson. Le premier jour, on est excité par le voyage, ravi de quitter son quotidien. On se parle gentiment, même entre frères et sœurs. Le deuxième jour, l'excitation perdure, quoiqu'un peu moins intense.

Au troisième jour, la fatigue s'installe. C'est comme une gueule de bois après l'enthousiasme excessif initial. Et puis, on prend conscience qu'on est coincé avec ces gens pour un petit bout de temps. Désormais trop fatigué pour les faux-semblants, on redevient soi-même.

Même Krista.

Tout le monde connaît une Krista. C'est celle qui organise les Noëls entre collègues, qui fait signer les cartes d'anniversaire collectives, et lorsque des gâteaux faits maison apparaissent comme par magie près de la machine à café au bureau, ce sont forcément les siens, vous y avez droit toutes les semaines.

En Arkansas, on découvre l'autre Krista. Celle qui arrive en retard au petit déjeuner, épuisée comme après une nuit blanche. Pas maquillée, des cernes plus noirs que ses sourcils, ses beaux cheveux à présent raplapla, comme après un shampoing sec.

Elle se laisse choir sur le siège près d'Eddie qui a déjà commandé sa spécialité de la région et met de la crème dans son assiette de gruau. Krista grogne. Littéralement, elle grogne.

— Je vois que tu ne comptes pas vivre assez longtemps pour voir tes enfants entrer au lycée.

Je me fige, la fourchette à mi-chemin de ma bouche. Portia cesse d'arracher la croûte de son pain. On ne sait pas comment réagir à cette bombe que Krista vient de jeter sur la table. Eddie et elle n'ont pas d'enfants. Il est assez malin pour ne pas le lui rappeler.

— Je ne vais pas mourir pour quelques semaines de malbouffe, fait-il simplement remarquer.

— Ce soir, on pourrait choisir un restaurant plus raffiné, suggère Felix.

— Et comment! Je vote pour, valide ma sœur.

Krista fait de grands signes à la serveuse qui finit par s'approcher. La quarantaine passée, elle a des varices trahissant ses longues journées à slalomer entre les tables.

— Des fruits, commande ma belle-sœur. Ceux que vous voudrez, pourvu qu'ils aient l'air bons. Et une tranche de pain au froment. Sans beurre.

La femme opine, patiente.

— Ce sera tout?

Krista jette un regard à nos tasses de café. Noir et sans sucre, il ne faut pas trop en demander.

— Du café, je suppose.

— Merci, lance Eddie à la serveuse avec un clin d'œil.

Elle lui sourit en s'éloignant. Sa femme se remet à grogner.

J'essaie de me rappeler de quoi on parlait avant l'arrivée de Krista. C'était au sujet de notre prochaine destination.

— Alors, reprends-je. L'Oklahoma.

Mon grand frère s'apprête à me répondre, mais Krista l'interrompt.

— Il ne sera plus question de Bonnie et Clyde, si ?
— Je t'ai déjà dit que non.
— Oui, mais parfois tu mens.

Et vlan.

Cette deuxième bombe est révélatrice. Krista n'est pas seulement fatiguée par le manque de sommeil et les plats trop gras. Eddie s'est encore comporté comme un con.

— On doit aller aux Three Corners, ce sera donc d'abord le Missouri, lui dis-je.
— Les Three Corners ?
— C'est là que se situe la frontière entre le Kansas, le Missouri et l'Oklahoma. C'est un endroit où l'on peut se trouver dans les trois États à la fois.

Ma belle-sœur semble avoir un avis sur la question, mais le retour de la serveuse nous épargne de l'entendre.

En guise de fruits, elle apporte du melon et de l'ananas, le pain est complet, et tout a l'air comestible, même le café fume encore. Pourtant, Krista fait la grimace à peine la serveuse repartie. Le geste un brin véhément, elle plante sa fourchette dans un morceau de fruit.

— Quelqu'un a vu le match hier soir ? lance Eddie en donnant un petit coup de coude à mon mari. Cette année, les Cowboys se défendent.

Krista embroche un autre fruit.

Ma petite sœur, qui n'en manque pas une, lève les yeux au ciel avec tellement d'ostentation que j'en ai mal pour elle.

— C'est bon, j'en ai marre. Je vais prendre l'air.

Elle se lève et sort, sans même évoquer la note qu'elle est pourtant censée payer. Personne n'y fait allusion. Je tire la manche de Felix qui, je le sais, pense à ce genre de détail. Il hoche brièvement la tête.

— Et après les Three Machins ? demande Krista. On visite le site de l'attentat d'Oklahoma City ?

— Non, répond son mari.

Ayant fini mon petit déjeuner, je m'en vais aux toilettes et j'y reste assez longtemps pour le pister sur Instagram, mais il n'a rien posté aujourd'hui. Il est encore trop tôt, j'imagine.

Lorsque je retourne à notre table, tout le monde est parti. Felix me fait signe au comptoir.

— On a crevé, m'annonce-t-il.

Et il ne s'agit pas d'une simple crevaison. Le nouveau pneu est à plat, celui qu'on vient de changer. Plusieurs pensées me traversent l'esprit. Ça ne me dit rien qui vaille.

— Il doit être défectueux, en déduit mon frère.

Mon mari acquiesce.

Krista boude.

Ma petite sœur regarde son téléphone.

— Il y a un garage à trois kilomètres, nous informe-t-elle. Apparemment, c'est ouvert.

Trois kilomètres. On va devoir remettre la roue de secours pour y aller en voiture. Felix s'en chargera, c'est son domaine. Il le sait et se dirige vers le coffre en bombant le torse.

— Beth ?

C'est Portia, qui m'attire vers le diner's, à l'écart des autres.

— Et si on prenait des cafés pour la route ?

— Si tu veux.

Cette fois, on est servies par le caissier. Plus âgé que nous, il porte une chemise et un pantalon de treillis en guise d'uniforme. Sur son badge figure seulement l'inscription « Responsable ». On commande du café pour tout le monde, y compris Krista. Vu son humeur, qu'on lui prenne un café ou pas, elle nous fera une scène de toute façon.

Une fois qu'on est seules, ma sœur me glisse à l'oreille :
—J'ai revu le pick-up. Le pick-up noir.
Troisième bombe de la matinée.
—Où ça ? Ici, ce matin ?
—Non, sur la route. Pas tout du long, mais plusieurs fois.
—Tu es sûre que c'était le même ? Il y a un paquet de pick-up dans la région.
—Certaine. J'ai reconnu le chauffeur.
—Alors tu crois qu'ils nous suivent pour crever nos pneus tous les jours ? Qui ferait un truc aussi tordu ?
Haussement d'épaules.
—Je te dis ce que j'ai vu, c'est tout.
Cette fois, Portia règle l'addition. Elle sort une impressionnante liasse de billets et laisse un généreux pourboire. Pas si fauchée que ça, la frangine. À moins que ce ne soit là tout son budget pour le voyage. Avec Portia, on ne sait jamais. Elle peut être fourbe quand elle s'y met.

Felix a changé la roue une fois de plus, et l'on arrive au garage. Un seul regard suffit au garagiste pour comprendre la situation. La sentence tombe :
—Des clous.
—Des clous ? s'étonne mon époux.
—Oui, au moins deux. Ça doit dater d'hier. Et ça s'est dégonflé dans la nuit.
On le dévisage avec des yeux ronds. Le jeune garagiste prend l'air de celui qui a mieux à faire que de s'occuper d'un pneu crevé.
—C'est moi qui ai changé la roue, dit Felix. Je n'ai pas vu de clous.
—Tenez, ici.
L'autre ramasse la roue comme un vulgaire bout de papier et nous désigne les coupables. Deux petits clous discrets plantés dans le pneu.
—Mince, je n'avais rien remarqué.

Ce qui ne semble pas surprendre le professionnel. Comprenant qu'on fait un road trip, il nous recommande d'acheter un pneu neuf.

—Vous ne voudriez pas courir le risque qu'il explose, pas vrai ?

—Certainement pas, répond mon mari avant de l'accompagner pour choisir un pneu tout neuf.

Sur le parking, Portia s'est éloignée pour donner un coup de fil en sirotant son café. Elle fait ça tout le temps, comme si ses appels devaient être passés à l'abri des oreilles indiscrètes.

Eddie et Krista patientent à l'autre bout du parking sans s'adresser la parole. Ils se font la gueule, j'imagine.

J'écris à mon frère.

Tu n'aurais pas revu le pick-up noir, par hasard ?
Apparemment, il nous aurait suivis.

Je le regarde sortir son portable et lire mon message. Il se raidit. De surprise, peut-être. Ou parce que quelque chose lui revient soudain en mémoire.

Depuis l'Alabama ? Tu es sérieuse ?

Tu l'as vu, oui ou non ?

Non, je ne l'ai pas vu traverser trois États pour nous suivre.

Son coup de fil terminé, ma sœur nous rejoint, et je sais d'avance ce qu'elle va nous dire :

—Ces clous ne sont pas arrivés là par hasard.

Je bois mon café en me demandant si la conversation vaut la peine que j'y ajoute mon grain de sel. Krista et Eddie se disputent déjà, ai-je vraiment envie de rendre cette matinée plus dramatique encore ?

— Vraiment ? je m'exclame.

— Si on a roulé sur des clous, pourquoi sont-ils plantés dans la roue arrière et pas dans la roue avant ?

Peut-être parce qu'on tournait. Qu'on dépassait une autre voiture. Parce que Eddie tripotait la radio et a légèrement dévié de sa trajectoire. Ou pour un million d'autres raisons qui ne me viennent pas à l'esprit parce que ce café est un jus de chaussette absolument dégueulasse.

Portia se plante face à moi, le regard droit. Elle est convaincue que ce pick-up nous a suivis. Au cinéma, ça finirait par une scène de cannibalisme au sein d'une bande de losers. Mais là, c'est la réalité.

— Tu regardes trop de films.

— Peut-être, répond-elle après une brève hésitation. N'empêche que c'est une drôle de coïncidence.

— C'est bizarre, je te l'accorde.

— J'aurais dû les prendre en photo, regrette-t-elle.

Là encore, je lui donne raison d'un signe de tête. Ça me rappelle notre enfance, quand Portia faisait des bêtises derrière ses airs de petite fille modèle. Elle ne bernait personne, mais on faisait comme si, par flemme. En grandissant, elle a fini par comprendre qu'on préférait passer outre plutôt que de se fatiguer avec ses histoires. Aujourd'hui encore, je lui cède.

— Dommage qu'aucun de nous n'ait fait carrière dans la police, on les aurait retrouvés, ces salauds ! s'emporte-t-elle.

Ce n'est plus un film, là, c'est une série policière.

— C'est vrai, dommage.

— Ou alors, on aurait dû devenir hackers. Eux aussi savent pister les gens.

Par chance, mon frère et sa femme interrompent les élucubrations de Portia. Krista boude toujours, mais Eddie arbore un grand sourire. Comme d'habitude. Il demande si ce sera encore long, l'occasion pour ma sœur de reprendre ses allégations.

—Et toi, tu l'as vu?

—Vu quoi?

—Le pick-up. Il nous a suivis.

Oubliant sa mauvaise humeur, ma belle-sœur est soudain tout ouïe.

Eddie se tourne vers moi, mais je ne réagis pas.

—Non, je n'ai rien vu, dit-il.

Notre sœur se renfrogne, prête à taper du pied, mais Felix, sorti de nulle part, nous rejoint.

Il se met à bavasser au sujet du pneu, de mécanique et de tous les articles géniaux dont regorge ce garage. Au milieu de sa tirade sur les raisons pour lesquelles il n'a pas remarqué les clous en changeant la roue, il s'interrompt. Il vient de s'apercevoir que personne ne l'écoute.

—Que se passe-t-il? demande-t-il.

—Portia a une théorie, répond mon frère.

—Ce n'est pas une théorie, c'est un fait!

Elle lui tourne le dos pour s'adresser à Felix.

—J'ai revu le pick-up. Il nous suit à la trace depuis l'Alabama.

Mon mari la dévisage, puis nous regarde un à un.

—Ben oui, je sais. Je pensais que tout le monde l'avait repéré.

Portia lui sourit, triomphante.

—Une minute. Tu l'as vu? s'indigne mon frère.

—Oui. Enfin bon, pas sur tout le trajet, mais je l'ai vu à plusieurs reprises. Franchement, au début, je ne pensais pas qu'il nous suivait. Je me disais qu'il allait simplement dans la même direction que nous.

Je bouillonne:

—En faisant les mêmes détours sur trois États? Et tu ne m'as rien dit?

— J'ai dit « au début », se justifie-t-il en prenant cet air condescendant qui m'exaspère. Mais maintenant que le pneu est crevé…

Il hausse une épaule pour appuyer son discours. Eddie lève une main.

— On se calme. Vous pensez réellement que ces types ont fait tout ce chemin pour mettre des clous dans notre pneu neuf?

— Je suis d'accord, renchéris-je. Qui traverserait trois États pour suivre une voiture?

— Des psychopathes? suggère ma sœur.

On se regarde fixement, c'est à celui qui tiendra le plus longtemps, mais l'irruption du garagiste met fin à cette confrontation visuelle.

— La voiture est prête! nous crie-t-il depuis l'entrée du garage.

Portia s'éloigne la première, encore d'humeur à taper du pied. Eddie et Felix poursuivent la discussion sur le pick-up, le pneu, les clous, et l'improbabilité de l'ensemble.

C'est ma belle-sœur qui me tire par la manche. Le soleil fait briller ses yeux comme deux lanternes luisantes.

— Beth, chuchote-t-elle.

Alors, par réflexe, je chuchote aussi.

— Quoi?

— Ils ont raison. Le pick-up nous a suivis.

Elle semble tellement convaincue.

— Qui te dit que c'était vraiment eux?

— J'ai entendu du bruit sur le parking du motel hier soir. Eddie dormait, alors je suis allée voir par la fenêtre et je l'ai reconnu. Le plus vieux des deux hommes qui étaient à bord du véhicule.

Je secoue ma tête remplie de questions. En a-t-elle parlé à mon frère? Lui a-t-il répondu qu'elle était folle? Est-ce la cause de leur dispute ? Et du fait qu'elle ait traité Eddie de menteur ?

— C'est-à-dire ? Tu l'as vu se promener sur le parking ?
— Non. Il était assis sur le capot de notre voiture.

Quel jour on est ? Bah, on s'en fout !

D'après toi, que signifie : « vivre une vie authentique » ? Le fais-tu ?

Ce journal est encore pire que ce que je croyais, mais comme je suis toujours coincée dans ce road trip à la noix, tant pis. Je continue.

Si « vivre une vie authentique » signifie ne pas mentir quotidiennement, alors non, ce n'est pas vraiment le genre d'existence que je mène. Et je n'aurais même pas envie d'essayer. Le mensonge rend la vie tellement plus facile ! Dois-je prévenir papa et maman que je vais ailleurs que là où ils me croient ? Aurais-je dû les prévenir la première fois que j'ai bu de l'alcool, fumé un joint ou pour tout le reste ? Aurais-je dû leur raconter la première fois que je suis sortie avec ce type beaucoup plus vieux que moi ?

Non. Personne ne mène une vie authentique à mon âge, et ceux qui prétendent le contraire sont des menteurs.

Tiens, aujourd'hui par exemple. J'ai raconté trop de mensonges pour tous les compter, dès ce matin quand j'ai dit

« ça va » à tous ceux qui me demandaient comment j'allais. C'était faux.

Après une seule tartine au petit déjeuner, j'ai dit que je n'avais plus faim. C'était faux. J'avais faim, parce que j'ai toujours faim, mais il est hors de question de prendre du poids pendant ce voyage.

Quand j'ai dit qu'il me tardait de voir les Three Corners, c'était à moitié faux. Je me fiche de me trouver dans trois États à la fois, mais j'en ai ras le bol de Bonnie et Clyde. Qui plus est quand grand-père nous rebat les oreilles avec son amour éternel pour grand-mère. Ça me donne envie de vomir. Alors je fais comme si ça me plaisait et je mens.

Ce n'était pas de gaieté de cœur, mais ce bobard-là était plus facile, parce qu'il faut savoir choisir ses combats. Comme dans Risk. On ne peut pas lutter sur tous les fronts à la fois, sans quoi on risque d'y perdre toute son armée.

Finalement, à bien y réfléchir, peut-être que je vis une vie authentique. Mais à la sauce Risk.

MISSOURI

Devise de l'État :
Que le bien-être du peuple
soit la loi suprême

On a repris la route, direction les Three Corners. Tout le monde a les yeux rivés dehors, à guetter le pick-up.
—Si vous le voyez, appelez les flics, dit Felix.

C'est fou comme ils sont tous persuadés d'être suivis. Moi, je n'ai rien vu, je le jure. Est-ce que d'autres détails m'ont échappé ?

Visiblement, je ne suis pas la seule : Eddie ne s'est rendu compte de rien, lui non plus. Un millier de choses nous opposent, mais on a au moins ça en commun.

J'attire son attention dans le rétroviseur, en haussant les sourcils. Il lève les yeux au ciel.

Mon frère et moi, on doit communiquer discrètement, comme lors du premier voyage. À l'époque, on avait aussi ces moments où l'on ne pouvait pas se parler librement devant les autres.

Le premier soir, on a pris une chambre à deux lits dans un motel du nord de l'Alabama aussi miteux que le *Stardust*. Grand-père nous a laissé les lits pour dormir dans le lit de camp qu'il avait emporté pour le voyage.

— Hors de question de vous laisser sans surveillance dans une autre chambre.

— On est assez grands, me suis-je insurgée.

En réalité, je n'avais aucune envie de me retrouver seule dans ce motel.

— C'est comme ça.

Le deuxième soir, il a appelé nos parents depuis une cabine téléphonique.

— Je n'aime pas les portables, c'est trop aliénant, disait-il à une époque où les portables n'étaient pas aussi répandus qu'aujourd'hui.

Aliénant. Je connaissais mal ce mot, mais je savais que ce n'était pas positif.

On était à l'extérieur du motel, aux cabines téléphoniques, et l'on avait choisi la plus éloignée de celle occupée par un type dont on ignorait s'il était ou non client du motel. S'il fallait s'en méfier ou pas.

Grand-père nous a fait passer le combiné, chacun notre tour.

— Bonjour, ma puce. (La voix de ma mère était tendue, comme lorsqu'elle se retenait de crier. Elle venait sans doute de se disputer avec notre père.) Comment vas-tu ? Tout se passe bien ?

— Oui, ça va.

— Où êtes-vous ?

— Hum… en Louisiane, je crois. On est à…

Grand-père m'a pris le téléphone des mains.

— C'est au tour de ton frère.

Il m'a fallu plusieurs jours avant de comprendre ce qui se tramait.

On arrivait au Texas. Il avait contourné l'État pour y pénétrer par le nord et descendre en direction du sud, prétextant :

— Ce fichu Texas est trop grand. Si on essaie de le traverser, il finira par nous avaler tout cru.

La seule partie qui l'intéressait, c'était le carré nord de l'État vers Amarillo. Grand-père voulait voir la rangée de Cadillac enterrées jusqu'au pare-brise.

À peine franchie la frontière, on a marqué un arrêt à une station-service. Le temps qu'il fasse le plein, je m'étais assise derrière le volant. Quelque chose avait glissé de sa poche, tombé entre le siège du conducteur et la console centrale. J'ai plongé la main et repêché un téléphone portable.

Je l'ai montré à Eddie et, en ouvrant le petit clapet, on a découvert des centaines d'appels manqués. Tous venaient de notre téléphone fixe, à la maison.

Le premier datait du jour de notre départ en voyage.

Portia dort avec nous ce soir, mais pour l'instant elle prend l'air dehors. Je la comprends, c'est fatigant de rester aussi longtemps cloîtrés tous ensemble dans un espace confiné. Certes, on pourrait dépenser notre héritage à l'avance et se payer des chambres individuelles, mais rien ne garantit qu'on touchera un jour cet argent. On n'est pas encore arrivés au bout.

Je suis donc seule avec Felix dans la chambre. Il est assis à la table près de la fenêtre et fait semblant de travailler. En réalité, il guette le pick-up.

Quant à moi, assise sur un lit, je zappe d'une chaîne de télévision à l'autre. La réception est mauvaise, et le bouquet limité, je me rabats donc sur un épisode de série que j'ai déjà vu. La première fois, il était déjà médiocre.

À peine deux secondes de silence, et mon mari n'y tient déjà plus :

— Tu as vu le pick-up ?
— Non. Je ne l'ai pas vu.

— Tu n'as pas dû faire attention et Eddie non plus. Nous, on l'a vu.

Et il se retourne vers la fenêtre.

— Alors tu ferais un meilleur détective que moi.

— Ce n'est pas ce que je veux dire.

On dirait que je l'ai vexé. Ne l'aurais-je pas un peu cherché ?

Si, peut-être.

Je monte le son de la télévision.

Malgré le manque d'intimité et toutes ces journées passées à cinq dans la voiture, Felix et moi, on parvient à peu près à nous entendre. Sachant que je ne voulais pas qu'il soit du voyage, je suis agréablement surprise.

Avant de partir, ce n'était pas tout rose entre nous, vous l'aurez compris. Vous avez peut-être également deviné qu'il aimerait avoir des enfants, et vite. Moi, je ne suis pas pressée. En fait, je ne suis même pas sûre de vouloir être mère un jour. Ni avec lui ni avec personne. Ces temps-ci, c'est un sujet sensible.

Notre dernière dispute à ce propos remonte à quelques jours avant le départ en road trip. On était au restaurant avec deux autres couples, tous parents de mômes en bas âge qu'ils mettaient au centre de toutes les conversations. Felix buvait volontiers leurs anecdotes, admirait leurs photos, se pâmait devant les draps à motifs de dinosaure de l'un, devant les premières lectures de l'autre. Sans exagérer, la perspective lui mettait l'eau à la bouche.

Lorsque j'ai pris mon verre pour avaler une gorgée de vin, il a posé une main sur la mienne. Délibérément.

— On a hâte de fonder notre propre famille.

Ça a surpris tout le monde, surtout moi.

— C'est merveilleux, félicitations ! s'est exclamée l'une des femmes, qui n'est qu'une vague connaissance.

J'ai pincé la paume de mon époux qui s'est empressé de retirer sa main, le sourire crispé.

Il se doutait que j'aurais deux mots à lui dire, c'est pourquoi il s'est éclipsé à peine passé le pas de notre porte d'entrée. La dispute n'a jamais eu lieu. Elle est toujours là, latente, prête à resurgir à la première occasion. Il suffirait d'en reparler. Mais j'hésite à le faire. Rien de tel qu'un bon vieux road trip pour rapprocher les couples ou les briser. Chaque jour, presque à chaque heure, cette hésitation me reprend.

— Ne sois pas fâchée, lance-t-il sans quitter des yeux le parking, impatient de me donner enfin tort.

— Je ne suis pas fâchée, seulement fatiguée.

J'éteins la télévision et la lampe de chevet. En saisissant mon téléphone pour programmer le réveil, je remarque seulement un texto reçu il y a une trentaine de minutes.

De la part de Krista.

Eddie te ment. Il a vu que le pick-up nous suivait.

Plus que onze jours

Avant ce voyage, je n'avais jamais rencontré Krista et n'ai donc aucune raison de lui faire confiance. Tout comme je n'ai aucune raison de me méfier d'elle. Elle a mon numéro, on les a tous échangés au premier jour du road trip, au cas où. Je ne réponds pas à son message, mais il me fait passer l'envie de dormir. Que je mente à Eddie est une chose, mais qu'il me mente en retour, c'en est une autre.

Au petit déjeuner, tout le monde fait son rapport. Personne n'a aperçu le pick-up ni ses passagers. Ou plutôt personne ne « pense » avoir vu le pick-up, une nuance que je trouve intéressante.

Je ne parle pas du texto de Krista que j'ai laissé sans réponse, ni à Felix ni à mon frère. Je la laisse un peu mariner, ça lui fera les pieds.

Aujourd'hui, on part vers l'ouest, tout droit vers Dodge City, au Kansas. Je n'oublierai jamais grand-père qui répétait à longueur de journée : « Plus vite on sera à Dodge, plus vite on en repartira. »

Aucun de nous ne reprend ses paroles à son compte aujourd'hui. Le silence règne jusqu'au moment où Portia ouvre la bouche.

— Hier soir, j'ai calculé le temps qu'on gagnerait à rouler non-stop jusqu'à Dodge City. (Sa voix s'impose bruyamment depuis la banquette arrière et remplit l'habitacle.) Si on se relaie pour prendre le volant et qu'on ne s'arrête que pour manger et faire le plein, on y sera en moins de deux jours.

On croirait un défi à relever. Un défi qu'elle nous lancerait. Quand elle était petite, on lui lançait constamment des défis : cap ou pas cap ? Serait-ce sa façon à elle de nous rendre la pareille ?

— Impossible, répond notre aîné. Concrètement, on pourrait le faire, mais ce n'est pas sur cette formule qu'on s'est mis d'accord.

— Tu penses vraiment que le notaire refuserait de nous verser l'argent pour si peu ? grommelle-t-elle.

— Il n'a pas le choix, lui explique Felix. Il ne fait qu'exécuter les dernières volontés de votre grand-père.

Elle perd patience.

— Et s'il n'est pas au courant ?

La voiture est en location, payée par l'État et dotée d'un GPS intégré. N'importe qui retrouverait la route qu'on a empruntée, les heures où elle a roulé et celles où elle s'est arrêtée.

Je lui montre le tableau de bord et dis :

— Tout est enregistré. Notre itinéraire est soigneusement consigné dans cette boîte.

Ma sœur retombe mollement sur son siège.

— L'un de nous aurait dû faire des études d'informatique.

Elle marque un point.

Mais tout de même, hors de question de dévier du circuit original. Je ne le permettrais pas.

Voyant que plus personne ne parle, Portia bat en retraite et met son casque sur ses oreilles. Le silence revient et dure jusqu'à l'arrêt suivant pour faire le plein d'essence. Eddie demande à la cantonade si quelqu'un a connu les stations où un larbin fait le boulot à la place du client. Seul Felix répond par l'affirmative.

Ma belle-sœur ouvre la portière côté passager.

— Je vais acheter de l'eau. Quelqu'un en veut ?

Elle me lance un regard entendu.

— Je t'accompagne, dis-je. Je vais me prendre de quoi grignoter.

Une fois qu'on est seules dans la boutique de la station, Krista me demande si j'ai reçu son message.

— Je l'ai vu ce matin. Tu as dû l'envoyer quand je dormais.

Bref hochement de tête, puis elle me murmure d'un ton de conspiratrice :

— Je pense qu'Eddie a menti pour éviter de provoquer un mouvement de panique, mais il a vu le pick-up.

— Comment le sais-tu ?

Je chuchote, moi aussi.

— Quand je lui ai parlé de l'homme sur le parking, il m'a répondu qu'il était au courant. Qu'il les avait vus.

J'enregistre l'information tout en oscillant entre les chips au vinaigre et le pop-corn sans sel. Je prends les deux et finis par croire qu'Eddie m'a bel et bien menti. Ce ne serait pas une première, ni une dernière d'ailleurs. Peut-être que cette fois, c'était pour une bonne raison.

— Oui, il doit chercher à maintenir le calme. C'est assez logique.

Je me dirige vers une rangée de distributeurs à café. Ce sont les derniers modèles, généreux en quantité. Le parfum le plus sucré fera l'affaire. Krista est sur mes talons.

— Mais tu ne trouves pas ça bizarre ? insiste-t-elle.

— Qu'Eddie ait menti pour nous protéger ? Non.

Elle attrape plusieurs bouteilles d'eau dans les étagères réfrigérées.

— Non, pas ça. Que tu sois la seule à ne pas avoir vu le pick-up. C'est bizarre, non ?

Présenté ainsi, c'est un peu étrange, effectivement. Mais c'est pourtant vrai, je ne l'ai pas vu.

Je suis trop occupée à guetter quelqu'un d'autre.

— Vous l'avez peut-être vu quand je dormais.

— Possible.

À la première occasion, j'écris à mon frère :

Es-tu sûr de bien connaître ta femme ?

C'est méchant ? Peut-être un peu.

Mais c'est comme ça, entre frangins. On cherche constamment à se venger de quelque chose, et la vengeance est un plat qui peut se manger très froid. Or, Eddie a quelques bricoles à se reprocher.

Tandis qu'on reprend la route, il me lance un regard noir dans le rétroviseur, mais je ne lui prête pas attention. S'il m'a menti, il méritait ce texto. Si sa femme a menti, il avait besoin de ce texto. Dans les deux cas, j'ai bien fait.

La dernière fois aussi, j'avais raison, et il le sait. J'avais raison pour grand-père.

L'idée m'a frappée brutalement, comme un flash. Peu après qu'on a découvert son téléphone portable et tous les appels manqués de nos parents, j'ai dit à mon frère :

— On ne devrait pas être ici.

Il était tard. Tous agglutinés dans une autre chambre de motel, Eddie et moi, on était les seuls à ne pas dormir.

— Comment ça ?

— Ce voyage avec grand-père. Ce n'était pas prévu.

— Pourquoi ?

Je me suis penchée à son oreille pour murmurer à toute vitesse :

— Pour quelle autre raison nous aurait-il caché ce téléphone ? Et pourquoi papa et maman appelleraient-ils aussi souvent ?

— Ils s'inquiètent pour un rien.

— Et grand-père ne nous laisse jamais seuls. Jamais.

J'ai désigné son lit de camp, toujours déployé contre la porte de la chambre.

— C'est pour que personne ne puisse entrer.

— Ni sortir.

— Tu es folle. À t'entendre, on croirait…

— Tu as remarqué la voix de maman au téléphone ? Chaque fois, on dirait qu'elle est au bord des larmes.

Il a haussé les épaules.

— Peut-être, et alors ?

Ce soir-là, je n'ai pas réussi à convaincre mon frère. Il lui a fallu du temps avant d'envisager que grand-père ait pu nous enlever. Pour être franche, l'idée ne m'aurait jamais traversé l'esprit s'il n'y avait pas eu l'histoire de grand-mère.

Elle est décédée environ six mois avant ce premier road trip. Et depuis, on voyait grand-père tout le temps. Parfois, on le trouvait chez nous en rentrant de l'école, et il restait tard, au point que papa et maman débattaient tout bas pour déterminer si c'était lui ou elle qui lui demanderait de partir. De temps à autre, il dormait dans le grenier au-dessus de ma chambre, et je l'entendais crier dans son sommeil. Ce n'étaient pas des hurlements dirigés vers quelqu'un, mais plutôt le genre de cris qu'on pousse quand on fait des cauchemars. Souvent, je l'entendais appeler grand-mère. Sa mort l'avait beaucoup affecté.

Chaque fois que ça me revient, je me force à penser à autre chose. Alors je prends mon téléphone pour aller sur Instagram et je cherche de ses nouvelles. Il m'aide à me concentrer sur mon objectif et sur la véritable raison de ma présence ici. Le reste, c'est du bruit blanc. Ça l'a toujours été.

KANSAS

Devise de l'État :
Jusqu'aux étoiles par
des sentiers ardus

Le Kansas est un État aussi vaste qu'il est plat. C'est en tout cas l'impression qu'il donne. On n'y croise que peu de collines, peu de villes et peu de gens. Et il donne l'impression aussi de tourner en rond.

— Saviez-vous que l'on surnommait Dodge City la « capitale des cowboys » ? nous lance Felix sans quitter des yeux son portable.

— Je l'ignorais, répond mon frère.

— Comment pourrait-on le savoir ? renchérit Krista.

— Apparemment, on y trouve la quintessence du western, lit mon mari.

À l'arrière, Portia nous tourne le dos et surveille la route, téléphone dégainé, prête à prendre une photo du pick-up.

— Moi, je ne me souviens que du musée, dit-elle.

C'est justement notre destination.

— Le Boot Hill Museum ? demande Felix, surfant toujours sur le site Internet de la ville.

Non, pas ce musée-là.

Je lui tapote le bras et désigne du menton son smartphone.

— Arrête, Felix.

Il range l'appareil en bougonnant.

—Krista ?

Elle pivote vers moi, le visage à moitié dissimulé sous une casquette d'Eddie. Le soleil cogne fort au Kansas.

—Oui ?

—Je viens de m'apercevoir que tu étais la dernière arrivée dans la famille et qu'on ne t'avait encore jamais passée aux Douze.

—Oh non, j'avais complètement oublié ! s'exclame Portia, toujours tournée vers la vitre arrière.

—Quelle poisse, Beth a raison, soupire Eddie. Tout le monde doit y passer.

—C'est la poisse ? s'inquiète sa femme.

—Seulement un petit quiz, la rassure-t-il.

Je souris et j'ajoute :

—Oui, pour apprendre à mieux te connaître.

Krista paraît se détendre un peu.

—Ah, bon. D'accord.

Sur son ordinateur, Felix ouvre un document Word. Les réponses aux douze questions sont consignées, préservées pour la postérité, prêtes à revenir nous hanter. Ce qui arrive généralement pendant les vacances.

Les cinq premières questions restent basiques. Où es-tu née ? As-tu des frères et sœurs ? Des enfants ? Où as-tu fait tes études ? Que fais-tu dans la vie ? Krista y répond sans hésitation.

Puis viennent les cinq suivantes, moins évidentes.

—Trois adjectifs qui te correspondent, lui dis-je.

—Sociable, déclare-t-elle comme une évidence. Bienveillante et puis… hum, j'ai de l'humour. Pas mal d'humour.

—C'est vrai, confirme son époux d'un ton mielleux.

—Beurk, je vais vomir, marmonne Portia.

Mais je fais la sourde oreille :

—Ensuite, trois adjectifs pour qualifier ta maman.

Krista est surprise. Comme tout le monde, la première fois. Or, cette question est cent fois plus révélatrice que la précédente.

— OK… Ma mère est gentille, compliquée et très cérébrale.

— Et maintenant, ton père.

— Drôle, accompli et très sensible.

Ce qui nous en dit long.

— Maintenant, quel est pour toi le pire métier du monde ? poursuis-je.

— Hum… pêcheur. Je ne pourrais jamais faire ça, empester le poisson toute la journée, non merci.

— Bonne réponse, approuve Eddie.

— Si tu pouvais changer une chose chez toi, quelle serait-elle ?

— J'aimerais avoir plus de patience. L'attente, ce n'est pas mon truc.

Eddie éclate de rire, puis se reprend aussitôt, car on n'a pas le droit d'émettre de commentaire sur les réponses aux Douze. C'est un jeu sérieux. C'est grand-père qui nous l'a appris.

On y a joué avant le premier road trip. Oncle Stephen, le frère de notre père, s'était fiancé à une certaine Ella, et on les avait reçus à dîner. Grand-père était présent, c'est là qu'il nous a parlé de ce jeu.

Ella était très jolie, les cheveux roux, soyeux, et elle portait une veste de velours noir si douce que j'avais envie de m'y blottir. Elle a répondu aux questions de grand-père, l'une après l'autre. Aucune ne l'a déstabilisée. Elle est restée calme jusqu'au bout. C'est en tout cas le souvenir que j'en garde, mais je peux me tromper. Ce dont je me souviens, c'est que grand-père ne l'aimait pas.

— Entre eux, ça ne durera pas, a-t-il affirmé plus tard.

Il a eu tort pendant cinq ans, puis la vie lui a donné raison.

Pendant le voyage, il nous a tous soumis aux douze questions. Mais, comme on les connaissait déjà, on n'a pas été pris au dépourvu, pas même Portia. J'ai conservé le carnet à spirales dans lequel sont reportées toutes nos réponses, mais ça fait longtemps que je ne les ai pas relues.

Des années plus tard, j'ai appris que grand-père n'avait pas inventé ce jeu. J'effectuais des recherches sur Internet quand, soudain, je suis tombée dessus. Les mêmes questions dans le même ordre, à une différence près : le vrai jeu s'appelait les Dix. Papi avait ajouté les deux dernières.

—Onzième question, dis-je à ma belle-sœur. Si tu devais tuer quelqu'un, ce serait qui ?

Elle tressaille.

—Tu es sérieuse ?

—C'est une simple question.

Qui lui prend plus de temps de réflexion que les dix précédentes réunies.

—Bon, d'accord. Au lycée, j'ai connu un type. Il s'appelait Jeff Skilling. Un salaud. Vraiment, c'était le roi des cons. Il est sorti avec une fille pendant quelques mois et, quand ils ont rompu, il a posté des photos compromettantes d'elle sur Internet. Des photos très compromettantes. (Une pause, puis un bref hochement de tête.) Oui, c'est lui que je tuerais. Jeff Skilling.

Personne ne bronche. Je parierais toute ma part de l'héritage que la même pensée nous traverse l'esprit : la fille dont elle parle, c'est précisément Krista.

—Dernière question : de quelle manière tu t'y prendrais pour le tuer ?

—Avec un flingue.

Pas l'ombre d'une hésitation.

On la regarde en silence, médusés.

— C'est violent, finit par dire mon frère.

Krista sourit.

— Mon père m'a appris à tirer, je ne manquerais pas ma cible.

— Bien, conclus-je. C'était le jeu des Douze.

— C'est tout ?

— C'est tout.

— J'ai réussi le test ?

Eddie lui décoche un sourire.

— Évidemment !

Felix referme le document intitulé : *Krista – Les Douze*. Franchement, ce fichier n'est utile que pour les réponses aux dix premières questions. Les deux dernières, tout le monde s'en souvient. En tout cas, moi, je me rappelle les nôtres.

Notre premier road trip a eu lieu au mois d'août. La chaleur était étouffante, bien plus qu'aujourd'hui en septembre. Avant même d'en arriver aux Douze, je commençais à avoir peur de grand-père, qui oscillait sans cesse entre l'enthousiasme de l'aventure et la colère. Et Portia n'en pouvait plus d'être enfermée, elle nous rendait dingues. Lorsqu'il nous a posé la question au sujet de la personne qu'on tuerait, Eddie a répondu le premier.

Sa cible était un copain dont les parents étaient riches et cédaient au moindre de ses caprices. Andy Fastow s'en vantait et se moquait de ceux qui n'avaient pas tous les derniers gadgets à la mode, contrairement à lui.

— Lui, je le tuerais sans hésiter, a décrété mon frère.

Portia a choisi son institutrice de CP, qui ne leur faisait faire que des exercices barbants et jamais aucun jeu.

— Moi aussi, je la tuerais. Comme Eddie, a-t-elle dit.

Quand est venu mon tour, j'ai choisi l'auteur d'une fusillade de masse dans l'école d'un État voisin. C'était un gamin, comme moi, mais il méritait de mourir.

—Je lui ferais avaler un flacon entier de somnifères. Il mourrait dans son sommeil sans savoir qu'il ne se réveillerait jamais.

Aujourd'hui encore, je suis convaincue que c'est le meilleur moyen d'éliminer quelqu'un. Ça évite de mettre du sang partout.

Lundi 15… ou 16 ? Bref, on s'en fout !

Quel est ton plus beau souvenir ?

Avant que grand-mère ne tombe malade, on allait toujours fêter son anniversaire avec un pique-nique. Entre filles, comme disait ma mère. On mettait nos plus belles robes et de grands chapeaux dignes de la messe du dimanche, parfois même avec des gants en dentelle. Au début, je détestais ça, car on restait là, assises au soleil à grignoter de minuscules sandwichs tout en écoutant parler grand-mère. C'était sa journée, disait maman. Et j'ai commencé à le dire aussi au bout de quelques années.

Je ne sais pas quand le changement s'est produit exactement. Je me souviens simplement que j'ai trouvé ses histoires soudain intéressantes, et j'ai arrêté de faire comme si ça me laissait indifférente.

Le dernier pique-nique date d'il y a un peu plus d'un an, juste avant que le médecin nous annonce sa maladie. Je portais une robe vert clair et un grand chapeau assorti.

C'était un costume, de ceux que portait grand-mère. J'en ai conscience aujourd'hui. À l'époque, je croyais qu'on s'amusait à se déguiser, mais grand-mère ne jouait pas la comédie. Enfin si, elle jouait son propre rôle.

Mais ça, je ne le savais pas encore. Jusqu'au jour où j'ai compris que toutes ces belles choses qu'elle disait au sujet de grand-père n'étaient que des mensonges. Quand la vérité a éclaté, elle ne portait ni belles tenues ni grand chapeau.

Elle était allongée dans son lit, maigre et pâle, trop souffrante pour s'inquiéter de son allure ou de ses vêtements. Le cancer la faisait maigrir à vue d'œil, et elle semblait vouloir consacrer le peu d'énergie qui lui restait à nous révéler la vérité sur grand-père.

—Vous me faites marcher, proteste Felix.
Eddie sourit.
—Eh non.
On est au Gunfighters Wax Museum de Dodge City, un musée de cire qui partage les locaux du Teachers Hall of Fame, dédié aux enseignants émérites du Kansas. Depuis la façade jusqu'à l'intérieur du bâtiment, l'endroit pue les années 1960 à plein nez.

—Votre grand-père vous a fait venir ici ?

Mon mari n'en revient pas. Et Krista de s'insurger :

—Cet homme avait un sérieux problème ! Quelle idée, franchement…

—Il n'était pas le seul à l'avoir eue, leur fais-je remarquer, désignant du menton les touristes qui entrent dans le musée, et parmi lesquels de nombreuses familles avec enfants. Les gens adorent la mort.

—Ils aiment la mort et les profs, ponctue mon frère.

Portia reste près de la voiture, d'où elle nous fait signe.

—Allez-y, je vous attends ici pour reposer mon pied.

Cette blessure est devenue son excuse chaque fois qu'elle n'a pas envie de prendre part à une activité. Ou alors vraiment, sa cheville est en miettes. Je me garde bien de formuler le moindre commentaire. À trop chipoter, on finit par se faire détester, surtout dans une fratrie. La famille, c'est le berceau de la rancune.

La réceptionniste, serviable, nous vend des tickets pour les deux musées au prix d'un seul, à commencer par le Hall of Fame. Grand-père nous en avait épargné la visite, disant qu'on côtoyait suffisamment de professeurs à l'école sans avoir à s'en coltiner pendant les vacances.

— De toute façon, l'école, c'est surfait, avait-il ajouté.

— ... dixit celui qui n'a aucun diplôme, avais-je rétorqué.

Insolente ? Oui, mais j'étais une gamine. À cet âge-là, ça peut passer pour de l'humour, non ?

Non, semblait estimer grand-père, car il a frappé du poing sur le capot du monospace.

— Tu deviens une sale petite peste, tu le sais, ça ?

J'ai reculé d'un pas, hors de sa portée, et haussé les épaules d'un air effronté. J'en aurais sans doute fait autant aujourd'hui.

Avant d'aller découvrir les rois de la gâchette, on traverse cette fois le musée consacré aux professeurs émérites. Aucun de nous n'est vraiment intéressé, n'ayant pas d'enfants, encore moins en âge de faire des études supérieures, mais on poursuit malgré tout la visite.

À l'étage, on découvre Buffalo Bill, Doc Holliday, Calamity Jane, tous rassemblés ici à Dodge City et mis en scène dans une ambiance far west. Les vieilles figures de cire ressemblent à des mannequins plutôt qu'à des humains. Quand j'avais douze ans, elles me terrifiaient.

Surtout cette tête d'un personnage dont je n'avais jamais entendu parler. Elle était présentée telle quelle : une tête coupée encore sanglante. Aujourd'hui, sa vue ne me fait plus ni chaud ni froid.

— Celle-ci est plutôt cool, je dois l'avouer, dit Felix en la prenant en photo avec son téléphone.

— Moi, je trouve ça glauque, marmonne ma belle-sœur. Votre grand-père était obsédé par la violence, non ?

J'échange un regard avec mon frère.

— Peut-être, répond-il.

— Possible, renchéris-je.

Oui, sans aucun doute.

Ce musée dérive bizarrement : une aile est consacrée à Dracula, Frankenstein et le loup-garou, allez savoir pourquoi. Il y a vingt ans, ils ont fait pleurer Portia ; je la revois s'enfuir en larmes, grand-père courant à ses trousses pour la rattraper. À l'époque, on n'avait pas de portables pour filmer la scène, dommage.

Aujourd'hui, personne ne panique. Cet endroit improbable nous amuserait presque.

La visite terminée, on retrouve ma sœur dehors, adossée contre la voiture. Elle joue du pouce sur son téléphone, un grand verre de soda dans sa main libre.

— Du nouveau ? demande Krista.

— Rien du tout.

Ni l'une ni l'autre n'évoque le pick-up noir que tout le monde guette, mais que personne n'a encore aperçu. Pour l'instant.

Au dîner, on se rend dans un restaurant grill ; quoi de mieux qu'un barbecue dans la « capitale des cowboys » ? L'établissement est cliché à souhait, avec une vache en plastique suspendue au plafond et de vieux rideaux vichy délavés. Notre serveuse porte un badge indiquant « Betty Sue » : un faux nom, j'en mettrais ma main à couper.

— J'ai pris du poids, se désole ma sœur. Je ne rentre plus dans mes shorts, on devrait arrêter de manger si gras.

— Après seulement une semaine ? Ça m'étonnerait. Tu fais de la rétention d'eau, voilà tout, je nuance.

Elle fait la sourde oreille :

— Stop à la viande grillée. Demain, je nous trouve un endroit où manger des salades.

Je réponds sur un ton ironique :

— Miam, ça donne envie !

— Je suis sérieuse.

— Oui, je sais malheureusement.

Krista est la seule à ne pas rire. Son humeur, plutôt au beau fixe en début de journée, s'est dégradée avec la visite du musée. On est loin du road trip de ses rêves.

— Dites, on va visiter tous les endroits les plus glauques du pays ?

— Pas tous, répond son mari.

Elle se prend le visage à deux mains.

— Alors il y en aura d'autres ? Oh non… C'est le voyage le plus tordu que j'aie jamais fait.

Elle n'a pas tort, et c'est sans compter les cendres de grand-père.

— Rien ne t'oblige à rester, lui rappelle Eddie. Tu peux sauter dans un avion et rentrer, si tu veux. Prendre du temps pour toi, en attendant qu'on termine ce voyage.

Krista relève la tête, l'idée ne lui était jamais venue à l'esprit. Finalement, elle ne fait pas vraiment partie du voyage.

— C'est vrai que…

Je l'encourage :

— Oui, tu devrais rentrer. Pourquoi te forcer si tu n'es pas à l'aise ?

Son regard pétille quand elle nous murmure :

— Après tout, on a déjà parcouru la moitié du trajet, pas vrai ?

— À peu près, réponds-je.

L'idée de s'esquiver la tente. Eddie habite une jolie maison en bord de mer, achetée avec Tracy et qu'il occupe à présent avec Krista. Très moderne, des lignes épurées et des baies vitrées donnant sur le golfe du Mexique. Avec une nouvelle femme et une villa de luxe, je ne suis pas étonnée qu'Eddie ait besoin de l'héritage.

— Vous feriez un gros détour en me déposant à l'aéroport ?

— Pas du tout ! la rassure-t-il, visiblement soulagé de voir l'idée faire son chemin. C'est quasiment sur notre route.

Mensonge. Mais je m'abstiens de tout commentaire, une fois de plus. Mieux vaut que Krista disparaisse. Le plus tôt sera le mieux. Ses geignements n'aident personne, or ils sont de plus en plus fréquents.

Mon frère se tourne vers Felix.

— Si tu veux, tu peux partir aussi. Tu n'as pas plus de raison que Krista de faire le tour du pays si tu n'en as pas envie.

— Je sais, répond mon mari. Mais je m'en voudrais de vous laisser avec ce pick-up aux trousses. Je me rongerais les sangs.

L'expression de Krista change. Elle avait oublié ce détail.

J'aurais pu frapper Eddie ! Et Felix.

— Oh non, j'avais oublié ! Si je rentre, je vais passer mes journées à me tracasser. (Krista se tourne vers son époux.) Je t'appellerais sans arrêt, ça te rendrait fou.

Il prend conscience de sa bavure, et déglutit.

— Mais non, tu n'aurais aucune raison de t'inquiéter, on ne risque rien.

— Non, non. Je reste ! tranche ma belle-sœur, apparemment à contrecœur. C'est mieux comme ça.

— Parfait, acquiesce mon frère. Comme tu voudras.

Elle se frotte les mains et lance :

— Bien. Et maintenant, où va-t-on ? Dans la ville où a sévi le plus redoutable des serial killers ? Au musée des pires tortures ?

Elle regarde Eddie. Celui-ci se tourne vers moi.

— Demande à Beth, c'est elle qui a la meilleure mémoire.

Portia montre sa chope vide à la serveuse avant de me dire :

— Je ne sais pas comment tu fais. Moi, je préfère oublier.

Je souris. C'est vrai, je me souviens de tout. En même temps, comment faire autrement ?

Et puis, le journal m'y aide. Tout le monde pense que je lis une saga familiale, car c'est la couverture que j'ai choisie pour le recouvrir. Ainsi, Felix n'y touchera jamais, il préfère les essais. Les sagas familiales, ce n'est pas son truc.

TEXAS

Devise de l'État :
Amitié

Plus que dix jours

Au petit matin, Felix et moi, on part se promener. C'est seulement la deuxième fois que je l'accompagne depuis le début de ce road trip, quelle déception. Je nourrissais de plus grandes attentes pour ce voyage.

On commence par vérifier les pneus de la voiture. Rien à signaler.

Puis on fait une marche d'une vingtaine de minutes, papotant de problèmes de bureau. De ses problèmes surtout, pas des miens. Felix aime en parler. Peut-être pour se rassurer, se prouver qu'il gère la situation. Ou se renvoyer l'image d'un homme intelligent. Même après des années, je ne saurais dire, et je m'en fiche un peu. Une fois Felix satisfait de son plan d'action professionnel, on rebrousse chemin en direction de l'hôtel.

Dans la chambre, je le remarque tout de suite.

Mon téléphone. Tous les soirs, je le pose face contre la table de chevet. Une vieille habitude pour éviter d'être réveillée par la lumière d'un nouveau message, car je serais alors incapable de ne pas le lire. C'est généralement un message du boulot, qui peut attendre le lendemain. Alors, pour éviter d'échanger des mails en pleine nuit, je retourne l'appareil.

Mais là, l'écran est bien visible. Et la lumière clignote.

Felix n'a rien remarqué, il se rend directement à la douche, et je ne le retiens pas. J'ai besoin d'en avoir le cœur net.

Comment savoir si j'ai regardé mon portable avant de partir en balade ? Je me souviens d'avoir roulé hors du lit, enfilé mes vêtements et mes chaussures avant de quitter la chambre. Si j'avais consulté mon téléphone et vu la lumière, j'aurais lu les messages. Je serais allée sur Instagram pour voir s'il a publié quelque chose.

Il faudrait vérifier l'heure de réception des mails. C'était peut-être pendant notre promenade, ce qui rendrait ma théorie caduque, puisque j'aurais pu regarder mon téléphone avant de partir.

Mais non.

Tous les messages sont arrivés dans la nuit, pendant que je dormais, et avant la balade de ce matin. Y compris les spams.

Je fouille aussitôt dans mon sac. Mon portefeuille y est toujours, rien ne manque : argent, cartes de crédit, et même le journal.

Pourtant, quelqu'un s'est introduit dans la chambre.

Je n'en parle à personne, pas même à Felix. Pas encore. Il penserait que c'est un coup des types du pick-up, notre cible préférée du moment. Mais moi, je ne crois pas que ce soit eux.

Et je suis même certaine de savoir qui c'est.

— Trouvé ! Ça s'appelle *NA-TURE*, annonce Portia en prononçant bien les deux syllabes, tandis qu'on reprend la route. Un menu sain, zéro graisse !

Génial.

Le restaurant se situe dans un coin reculé du Kansas, tout proche de la frontière avec l'Oklahoma. Sur le chemin, personne n'évoque le pick-up, ni le fait qu'on ne l'ait plus revu.

Arrivés à *NA-TURE*, on est accueillis par les patrons de l'établissement, des New-Yorkais jeunes et branchés dont l'un se targue d'avoir été chef d'un grand restaurant et l'autre d'avoir travaillé dans la publicité. Ils ont quitté la Grosse Pomme pour mener une vie plus authentique. Leur fort accent m'agace, et leurs plats n'ont rien d'exceptionnel, quoique ni gras ni faussement grillés au barbecue, c'est déjà ça. Je m'accommode donc de la fadeur de leur menu.

— Je dois reconnaître que c'était une excellente idée, déclare Felix. Ces derniers jours, on a vraiment mangé n'importe quoi.

— Oui, mais c'était bon, rappelle Eddie, s'attirant un regard noir de sa femme.

— Ça aussi, c'est très bon ! s'insurge celle-ci.

— Bon, disons que tout le monde aura apprécié, tranche Felix.

On est tous d'accord.

Ma belle-sœur est conquise par *NA-TURE*. Elle discute avec les propriétaires après le café. Mon mari s'éclipse aux toilettes, et Portia retourne vérifier le pneu. Ce qui me laisse seule à table avec mon frère pour la première fois depuis le texto de Krista.

— Dis-moi la vérité, Eddie. Tu as vu le pick-up derrière nous ?

— Non, je te l'ai déjà dit.

J'avale une dernière gorgée de mon thé bio, naturellement caféiné.

— Ce n'est pas ce qu'a l'air de penser Krista.

Il lève les yeux au ciel.

— Je lui ai menti pour la rassurer, évidemment. Je n'allais pas lui dire qu'elle se trompait.

—Ah, au temps pour moi. Je ne savais pas que tu avais peur de ta femme.

—Je n'ai pas peur, j'évite les sujets sensibles, c'est tout. Tu l'as vue s'énerver, tu sais ce que c'est…

Exact. Il y a deux jours, lorsqu'elle crachait son venin à chaque phrase.

—Qu'est-ce qui lui a pris ?

—Elle est jalouse, c'est tout. Elle me trouve trop charmeur.

—Elle n'a pas tort.

Il hausse les épaules.

—C'est plus fort que moi.

—T'es vraiment un con.

—Il paraît.

La première fois que j'ai entendu parler du Cadillac Ranch, j'ai cru qu'il s'agissait d'un ranch classique, avec des vaches, des chevaux et des cochons. Des poules partout en liberté. Des chiens qui aboient. Des cow-boys et leurs lassos. Ce genre de choses.

Mais non, il s'agit de dix Cadillac enfouies dans le sol jusqu'au pare-brise et recouvertes de graffitis. Pas de ferme, pas d'animaux, pas de pâture. Rien qu'une « sculpture », comme l'appelait grand-père, un projet artistique en plein air qui a vu le jour moyennant quelques voitures américaines et la générosité d'un mécène millionnaire.

Quelle idée stupide, m'étais-je dit à l'époque. Depuis, j'ai changé d'avis. Non pas qu'enterrer des voitures soit l'idée du siècle, mais je trouve que le résultat crée une certaine ambiance.

La dernière fois, grand-père avait apporté de la peinture. Cette fois, Eddie s'en est chargé.

—Choisissez chacun une caisse et peignez, nous somme-t-il.

On n'est pas les seuls touristes, bien au contraire. Les gens sont nombreux, pour la plupart occupés à prendre des selfies devant leurs propres graffitis. Je rejoins directement la troisième Cadillac en partant de la gauche et en inspecte le châssis, entre deux roues. Je me fiche d'apparaître sur une photo ou de passer devant quelqu'un. De la peinture verte, c'est tout ce qui m'intéresse. Ne serait-ce qu'une vague trace.

— Ça fait trop longtemps.

Portia. Elle est derrière moi et cherche au même endroit.

— Peut-être.

— Sûr, insiste-t-elle.

Puis elle s'éloigne.

Mais je continue d'examiner la carrosserie. À force de persévérance, je crois apercevoir une petite tache de ce même vert recouvert par vingt ans de graffitis.

À l'époque, il y avait moins de monde. Certains prenaient des photos, mais pas avec des téléphones. Il faisait plus chaud qu'aujourd'hui, et des enfants couraient partout, c'était avant la rentrée des classes. Ils escaladaient et se cachaient dans les voitures. Portia s'était régalée, mais pas moi. À douze ans, je me considérais déjà comme une adolescente. Trop vieille pour ces jeux-là.

Mais je me souviens du message sur cette voiture. D'un vert clair, un vert de sauterelle.

Je suis à nouveau interrompue, cette fois par Eddie.

— Arrête, me dit-il.

— Je sais, ça fait trop longtemps.

— Et on n'est pas là pour ça.

Moi, si.

Il appelle notre sœur pour qu'elle nous rejoigne. Elle approche, armée d'une bombe de peinture, l'index recouvert de noir.

— Quoi ? demande-t-elle.

—J'aimerais m'assurer qu'on est sur la même longueur d'onde, explique Eddie.

Portia se tourne vers moi, puis vers la voiture.

—Au sujet des graffitis?

—Au sujet de ce voyage, clarifie-t-il (avec quelques années et quelques kilos en plus, on croirait voir papa). On est là pour emmener grand-père à l'endroit où il souhaite que ses cendres soient dispersées. Un point, c'est tout.

—Et pour toucher l'héritage, ajoute Portia.

—C'est vrai, pour l'héritage aussi. Mais c'est tout. On ne vient pas pour autre chose.

Moi, si.

—D'accord?

Portia me lance un regard et hausse les épaules.

J'en fais autant, puis je réponds :

—D'accord.

Mensonge.

—Bien.

Notre aîné tape dans ses mains comme en signe de victoire et repart d'où il est venu, flanqué de Portia. De mon côté, je dégotte une bombe de peinture verte. Un vert clair. Je me dresse sur la pointe des pieds et réécris le texte qui figurait ici.

J'étais là
8/

À l'origine, ce n'est pas moi qui ai rédigé ce message, mais c'est précisément ce qu'il disait, avec la date incomplète. Je le repeins tel quel, même si je n'ai pas tout à fait la même écriture. Je me sens déjà mieux en voyant le graffiti à sa place.

Pile à l'endroit qu'elle avait choisi.

Vous l'avez vu venir, avouez-le. Peut-être pas consciemment, mais vous vous en doutiez parce que toutes les histoires se ressemblent.

Dans chacune, il y a une fille disparue.

Pour l'instant, notre motel, situé non loin du Cadillac Ranch, aura été le pire de tous. Et lorsqu'on repense aux précédents, ce n'est pas peu dire. *L'Hélico* a toujours été miteux, des murs fins comme du papier à cigarette et une réception donnant directement sur la rue, qui fait aussi office de bureau de tabac. Allez savoir ce qu'ils vendent d'autre. Il faut bien gagner sa croûte.

— Demain, j'aimerais qu'on choisisse un hôtel plus décent. Je ne demande pas le grand luxe, seulement de vraies serviettes et peut-être même une cafetière.

— Je vote pour, me soutient Felix.

— Et Portia pourrait avoir sa chambre. On pourrait se le permettre, ne serait-ce qu'une nuit.

— Quelle princesse ! ironise-t-il avec un sourire que je lui rends.

— La prochaine fois que tu m'appelles princesse, incline-toi.

— Promis. C'était une bonne journée, aujourd'hui. Avec les Cadillac.

— Oui, c'était chouette.

Mensonge.

— Qu'est-ce que tu as peint ? me demande-t-il.
— Comme tout le monde. Mes initiales et la date.
— Moi aussi.

Il est tard. Felix est déjà au lit et referme son ordinateur portable. La journée a été longue, je devrais être fatiguée, mais je me lève. Si brusquement que je le fais sursauter.

— Ça va ? s'enquiert-il.
— Oui, ça va. Je vais juste m'acheter quelque chose à boire et prendre un peu l'air. Ça sent le renfermé, ici.
— Ah. (Il hésite, se tourne vers la porte, puis vers moi.) Tu veux que je t'accompagne ?
— Non, repose-toi. Ne t'en fais pas pour moi.
— Emporte ton téléphone.

Je m'exécute. Et je prends aussi mon portefeuille, au passage. À peine sortie de cette chambre étouffante, j'inspire une profonde bouffée d'air frais.

Il n'y a rien à voir dehors, si ce n'est un ciel dégagé. Cinq voitures sont dispersées sur le parking, dont la nôtre. Aucune n'est immatriculée dans le Texas. On n'est pas les seuls touristes à avoir atterri dans ce trou à rat.

Vers la porte du motel donnant sur la rue, je trouve une vieille chaise en bois. Moche, mais fonctionnelle. On dirait qu'elle attend le camion des encombrants. Je n'ai pas mon spray désinfectant sur moi, mais tant pis, le bois a toujours l'air plus propre que le sol, alors je m'assieds.

J'étais là
8/

Je me suis toujours demandé si elle avait eu l'intention d'ajouter autre chose. Son nom, par exemple. Quelle importance maintenant ? Au fond, ça aurait été un message banal. Juste assez important aux yeux d'une gamine de dix-sept ans pour qu'elle veuille l'immortaliser à la peinture verte sur une Cadillac. C'est pour cette raison que je l'ai réécrit : ses mots méritent d'être là. À l'endroit qu'elle avait choisi.

Felix n'a jamais entendu parler d'elle, tout comme il n'est pas au courant pour nos parents ni pour ce qui s'est passé lors du premier voyage. Il n'a pas à le savoir, sauf cas de force majeure.

Mon portable vibre. Je m'attends à un message de Felix, mais c'est Portia :

Eddie croit que tu n'as plus toute ta tête.

Je réponds :

Ce n'est pas nouveau.

Pas faux. Tu es levée ?

Dehors. Cherche la chaise en bois.

Quelques minutes plus tard, j'entends des pas.
— Décale-toi.
Ce que je fais. On partage la chaise, chacune une fesse dans le vide.
— Alors, qu'est-ce qu'il a dit ? je demande.
— C'était après le dîner. Il m'a prise à part et m'a demandé si, d'après moi, tu allais bien. J'ai répondu que non, mais pas pire que d'habitude.
— Merci.
— De rien. Et puis il s'est mis à bavasser sur la façon dont tu as cherché le graffiti partout sur la voiture. Comme si tu la cherchais, elle. Il a peur que tu perdes la boule.
— Hum.
— Hum ?
Je hausse les épaules.

— Moi, ce que je trouve étrange, c'est qu'elle le laisse à ce point indifférent. Il n'a même pas regardé la voiture.

D'un bref coup d'œil vers ma sœur, je suis encore frappée par son allure. Elle fait si jeune, on croirait une gamine de vingt ans.

— Il a besoin de cet argent, me dit-elle.

— Comme nous tous.

— Non, il en a vraiment besoin. (Elle marque une pause pendant laquelle elle gratte le sol de sa botte en cuir.) Je l'ai entendu se disputer avec Krista à ce sujet, l'autre soir. Une histoire de jugement et de dettes.

C'est à cause de cette immense maison. Eddie a de gros problèmes financiers, bien plus graves que les miens.

— Pas étonnant qu'il protège les cendres de grand-père comme si c'était la prunelle de ses yeux.

Portia éclate de rire.

— Il garde la boîte à son chevet tous les soirs.

— Non !

— Si, je te jure. Moi aussi, j'ai besoin de ce pognon, mais pas à ce point-là.

Juste assez pour rembourser ses prêts étudiants et arrêter le striptease. Quitter son appartement miteux. Et sa colocataire qui vend je-ne-sais-quoi. De la drogue. Ou son corps. L'héritage lui suffirait largement.

— Je ne pense pas que ce soit juste une question d'argent, lui dis-je. Grand-père aurait pu nous le léguer, tout simplement. Mais il voulait qu'on refasse ce voyage.

— Eddie s'en fiche complètement.

— Et toi ?

Elle se tourne soudain vers la rue sombre, comme si une voiture allait arriver. Mais il n'y a personne.

— Ça dépend. Aujourd'hui par exemple, avec la peinture… et les Cadillac… Je me rappelle cette journée, la dispute, la peinture verte et sa crise de colère quand elle n'a pas pu terminer. Mais je ne sais pas exactement ce qui s'est passé. J'étais trop petite pour comprendre. (Soupir.) Ça fait vingt ans. Même si je le savais, ça ne changerait plus grand-chose.

Je ne suis pas d'accord. Pas du tout.

— Tu as peut-être raison, dis-je.

Portia me tapote le bras comme si elle était l'aînée.

— Évidemment que j'ai raison. Maintenant, allons nous reposer dans ce trou à rat.

J'aurais presque envie de la retenir, de lui parler de la personne qui s'est introduite dans notre chambre la veille.

— Vas-y, toi. Je ne suis pas fatiguée.

Je la regarde repartir en direction des chambres. Ma sœur n'avait que six ans lors du premier voyage. Il y a beaucoup de choses qui lui ont échappé.

Tandis que moi, je m'en souviens. De ce qui s'est passé, mais aussi de qui l'on était. Et aujourd'hui, chacun reprend fidèlement son rôle.

Portia, trop jeune pour piger ce qui se trame réellement. Moi, désireuse de tout voir, de tout savoir de tout le monde. Et surtout d'*elle*. Eddie et ses œillères, seulement intéressé par ce qui se passe droit devant, niant qu'elle ait jamais existé.

Et elle. Nikki.

L'aînée. Notre grande sœur.

Nikki, avec sa chevelure blonde indomptée, ses yeux de flammes, le corps toujours en mouvement. Ici, là, partout à la fois.

Et je lis son journal.

Je crois qu'on est mardi

À quoi penses-tu, là tout de suite?

À ce salaud, au Cadillac Ranch. Un vieux, l'âge de papa, qui restait planté derrière moi pendant que j'essayais de peindre. J'ai fini par réagir. Qui ne l'aurait pas fait? Je lui ai dit de foutre le camp. Direct.

Et voilà que soudain, c'est moi la méchante. Celle qui insulte un inconnu, et on se fiche de savoir qu'il matait mon cul. Je lui ai dit d'arrêter, alors il m'a répondu : « Il faut s'attendre à se faire reluquer quand on s'habille comme une pute. » Je l'ai traité de gros porc. C'est là que sa femme – sa putain de femme! – a débarqué et m'a dit d'arrêter de crier. Quand grand-père a enfin rappliqué, c'était trop tard, la situation avait dégénéré. Ce pervers et sa femme étaient entourés de toute leur clique d'amis, me reprochant tous d'avoir commencé.

Grand-père les a crus. Pas étonnant, c'est un adulte. Il y a un problème? C'est la faute de Nikki. On a volé quelque chose? Nikki. Quelqu'un s'enfuit? C'est encore et toujours Nikki.

En même temps, Nikki en a sa claque d'entendre ça toute la journée. Alors, forcément, elle fugue souvent.

Parfois, je me demande pourquoi je ne me suis pas barrée de ce road trip à la con. D'abord, pour Beth. Si je ne suis plus là pour la protéger, il ne faut pas compter sur Eddie pour prendre le relais. Il couverait Portia, la petite dernière, mais pas Beth.

Ensuite, je reste à cause de ce que grand-père a fait subir à mamie. J'en ai entendu parler quand elle est morte, et je suis peut-être la seule à être au courant. Quelqu'un doit la venger.

Plus que neuf jours

Au sujet du pick-up.
Hier soir, je suis restée dehors encore un petit quart d'heure. Assez longtemps pour que Portia retourne dans sa chambre.

Je n'avais pas vu passer une seule voiture dans la rue, pas une de toute la soirée. Et puis j'ai vu le pick-up. Noir, avec sa longue cabine et ses roues immenses. Les vitres avant étant fermées et teintées, je n'ai pu distinguer ni le chauffeur ni le passager.

Mais je savais que c'était eux. La vitre arrière était à peine entrouverte, et au moment où ils sont passés, une volute de fumée s'en est échappée. J'ai aperçu la tignasse auburn de la femme assise à l'arrière.

J'étais là, le cul posé sur ma chaise en bois, sous le choc. Je les ai suivis du regard jusqu'à voir leurs feux arrière disparaître au loin. Tout le monde avait raison au sujet de ce pick-up : il nous suit depuis le début. Je me suis empressée de prévenir Felix.

Il dormait depuis quelques minutes.

—Il est là, n'ai-je eu de cesse de répéter jusqu'à ce qu'il me réponde.
—Qui est là ?
—Le pick-up. Je viens de le voir.

Il a bondi hors du lit et s'est rué vers la fenêtre.
—Je ne le vois pas.
—C'était dans la rue, il n'a fait que passer.
—Tu as appelé la police ?
—Pour leur dire qu'un pick-up est passé ?

Felix m'a dévisagée, des épis hérissant ses cheveux blond paille, comme chaque fois qu'il se réveille.
—Tu as raison, ça n'aurait aucun sens.

Aucun, en effet.

Je n'ai pas appelé la police, mais j'ai prévenu Eddie.
—Je l'ai vu, ai-je dit à mon frère, au téléphone. Pas de doute, ce pick-up nous suit.
—Bon Dieu.

À présent, cette pensée me nargue par vagues régulières, comme un vieux yo-yo. Mon premier réflexe du matin : aller vérifier les pneus de notre voiture. Ils sont bien gonflés. Je me redresse et les contemple en songeant à cette femme dans le véhicule. Finalement, n'importe qui peut se teindre les cheveux.

Felix s'approche derrière moi, glisse une main autour de ma taille et, de l'autre, me tend un café.
—Il vient du distributeur ?
—Non, je l'ai commandé à la réception qui donne sur la rue. Cinquante cents seulement.

Je renifle le gobelet. Pas trop mal.
—Allez, bois.

Je m'exécute et suis agréablement surprise, j'ai connu pire.

Krista nous rejoint sur le parking, mais sans boisson à cinquante centimes.

— Que se passe-t-il ? On a encore crevé ?

— Non, réponds-je. Les pneus sont bien gonflés.

— Sans blague.

C'est Eddie. Il est derrière sa femme et porte leurs valises pour ne pas risquer d'abîmer les roulettes sur le ciment.

Krista lui lance un regard noir qu'il ignore.

Ma petite sœur fait son entrée vêtue de son attirail habituel : tee-shirt, short, lunettes de soleil, mais sans maquillage.

— Qu'est-ce que vous regardez, tous ?

— On t'attend pour savoir où prendre le petit déjeuner, lui dis-je.

D'un geste évasif, elle balaie toute notion de repas sain.

— On est au Texas.

Ce à quoi personne ne répond. On charge nos bagages, j'engloutis mon café, et l'on grimpe en voiture.

Elle ne démarre pas.

Eddie retente l'opération, mais le moteur reste coi.

Quelques minutes suffisent à Felix, la tête sous le capot, pour diagnostiquer le problème. La batterie tient la charge, et le niveau d'essence est correct, aucune panne classique en vue. Mais le relais de démarreur a disparu. Je ne prétends pas savoir ce que c'est ni à quoi il sert, mais sans lui le SUV ne repartira pas. Or, une pièce de voiture ne s'envole pas par magie, même au Texas.

— C'est du sabotage ! On nous saborde ! hurle Krista plusieurs fois.

Il semblerait, en effet.

— J'ai vu le pick-up hier soir.

— Je le savais ! s'égosille-t-elle de plus belle.

Dans le rétroviseur, mon frère me fusille du regard. Il ne lui a rien dit, il savait qu'elle réagirait ainsi. Je le savais aussi, mais le fait de nous savoir suivis me déboussole.

Et cette femme à l'arrière du pick-up me rend curieuse.

Eddie appelle un Uber et négocie de lui faire acheter un relais de démarreur pour nous l'apporter, puis passe le téléphone à Felix qui lui décrit précisément la pièce dont on a besoin. Le prix de la course nous coûtera plus cher que la pièce elle-même, mais cette solution reste plus intéressante que de demander au Uber de nous conduire jusqu'à un garage.

— Il faut appeler la police, décrète Krista en sortant son téléphone, gros comme une tablette dans son étui vert menthe.

— La police ? Bon Dieu ! lâche Portia.

— On nous a vandalisés, et plus d'une fois ! insiste ma belle-sœur.

— On ne peut rien prouver, relativise Eddie.

— Ouais, c'est nous qu'ils risquent de mettre en taule, renchérit notre sœur.

Ce qui suscite soudain l'inquiétude de Krista.

— Ah bon, mais pour quel motif ?

— C'est le Texas. Ils arrêtent les gens pour tout et n'importe quoi. Pour avoir fait perdre du temps aux flics.

— Mais il faut qu'on…

— On se calme, on se calme ! intervient Eddie, les bras tendus comme s'il interrompait un match de boxe. Je n'ai pas l'intention de rester planté là en attendant les flics. Que veux-tu qu'ils fassent ?

— Tu veux continuer de laisser faire ces salauds de l'Alabama ? Tu es sérieux ? s'affole sa femme.

— Réparons cette voiture. Après, on ira prendre le petit déjeuner et on discutera de la suite.

Eddie se tourne vers moi avec un hochement de tête.

Il se souvient. Et Portia aussi. Aucun de nous n'a oublié l'épisode des flics au Texas.

Quelle est ta plus grande qualité? Et ton plus gros défaut?

Bon sang, ces questions sont vraiment débiles. On ne peut pas être objectif sur soi, c'est quasi impossible. Mais bon, je joue le jeu...

Les gens disent que mon plus gros défaut, c'est de ne pas savoir me taire. Moi, j'estime que c'est plutôt une qualité. Qui a envie de tout refouler, de bouillonner intérieurement jusqu'à mourir d'une crise cardiaque à quarante ans? Eh bien, pas moi.

C'est vrai que ça m'attire des ennuis, mais ce n'est pas ma faute. Tiens, par exemple: hier, au Cadillac Ranch, tout le monde a rejeté la faute sur moi, alors que je m'étais fait reluquer par un vieux bonhomme.

Deuxième exemple: aujourd'hui, au musée.

Grand-père a garé le monospace, et on est entrés dans le musée. Encore un endroit glauque, c'est le thème du voyage apparemment. Cette fois, c'était le musée Devil's Rope. Sans commentaire.

Je les ai reconnus tout de suite: le couple d'hier, ce gros porc et sa femme. Je suis allée me planter à côté d'eux et j'ai attendu qu'ils me remettent. La femme m'a vue. Ses yeux ont manqué de sortir de leurs orbites, puis elle a donné un coup de coude à son mari.

Bon, je l'admets, j'ai été garce, mais vous auriez fait la même chose à ma place. J'ai dit un truc du style : « Tiens, mais qui voilà ? Le gros porc ! » Oui, je l'ai dit avec ma mauvaise voix. C'est comme ça que maman l'appelle : ma mauvaise voix.

Plutôt crever que de laisser ce pervers s'en tirer à si bon compte ! Seulement, je n'avais pas conscience qu'en ouvrant ma bouche j'amorçerais ma descente aux enfers. Le type m'a dit d'arrêter de les suivre (genre !), et la femme était convaincue que je les pistais. Je leur ai hurlé dessus, leurs copains sont venus en renfort, et les flics ont débarqué.

Apparemment, la police n'est jamais bien loin, au Texas. Un réceptionniste aurait appelé le 911.

Ils m'ont accusée d'être à l'origine de l'embrouille. Non, mais sérieusement ! Et ils répétaient en boucle : « C'est le Texas, ici », comme si ça expliquait tout. Ils m'ont interrogée, ont interrogé grand-père, et même Eddie et Beth. Heureusement, ils ont laissé Portia tranquille. Ils ne seraient pas un peu paranos, ces Texans ?

Après un interrogatoire en règle avec vérification des faits par leurs collègues depuis le poste de police, j'avoue avoir été à deux doigts de m'enfuir. Oui, il m'est arrivé de voler à l'étalage, et je me fais prendre environ une fois sur cent. En revanche, non, je n'ai jamais traqué qui que ce soit. Je ne suis pas dangereuse, leur ai-je dit. J'ai joué le rôle de l'ado débile, puisque c'est la case dans laquelle ils m'ont rangée.

Et puis, ils ont fouillé le monospace, sans doute pour vérifier qu'on n'était pas les mules d'un trafic de stupéfiants. C'est là qu'ils ont trouvé le flingue. Je ne savais même pas que grand-père avait une arme. Elle est déclarée, il a un permis et tout, alors les flics ne l'ont pas confisquée. Mais n'empêche, j'aurais aimé être au courant qu'on voyageait avec un pistolet. Et si Portia était tombée dessus ? Ce monospace n'est pas fait pour des enfants.

Plus que huit jours

Au petit déjeuner, on se croirait à une réunion des Cinq Familles de la mafia. À la différence qu'il s'agit d'une seule famille, mais avec cinq avis divergents.

Krista : appeler la police.

Eddie : poursuivre le voyage et ignorer ces barjos.

Portia : partir à leur recherche et leur tenir tête.

Felix : organiser une ronde pour surveiller la voiture pendant la nuit. On ne sait pas ce que veulent ces gens ni pourquoi ils nous suivent, alors méfions-nous.

Tous se tournent à présent vers moi. Je continue de manger ma tartine, dont l'équilibre parfait entre beurre et confiture de framboises est une grande première depuis le début du voyage.

Eddie tapote la table, irrité.

— Finissons-en une fois pour toutes avec ce voyage et retrouvons une vie normale.

Oui, je suis assez d'accord. Ma vie sera bien plus belle quand je serai rentrée.

— J'aimerais ne pas mourir dans mon sommeil à cause de ces psychopathes, se désole Krista.

C'est vrai, moi non plus.

— J'en ai marre, grogne ma sœur. On devrait crever leurs pneus, nous aussi.

Là encore, j'approuve.

Felix hausse les épaules.

— Je vous ai donné mon idée : organiser une ronde.

Organiser, toujours organiser. C'est son truc, notre frigo est couvert de Post-it.

— Bon, finis-je par intervenir. Puisqu'on est vraiment suivis et qu'ils semblent s'en prendre à nous, je suppose que Felix a raison. Surveillons-les, et une fois qu'on les aura repérés, on avisera.

Mon mari opine.

— D'accord, acquiesce ma belle-sœur.

— Moi, ça me va, approuve Portia.

Eddie lève les yeux au ciel :

— Comme vous voudrez.

— À condition d'appeler la police, insiste Krista. On ne devrait pas courir le risque de les affronter nous-mêmes.

Plus elle ouvre la bouche, plus elle m'énerve.

— Bon, très bien. Prenons une décision et passons à autre chose.

Elle balaie la tablée du regard comme pour prendre la température.

— Tout le monde est d'accord ? C'est bon pour vous ?

Et si je m'étais trompée ? Et si Eddie n'avait pas choisi Krista pour son corps et son jeune âge, mais parce qu'elle lui fait penser à notre mère ? Soudain, la ressemblance me paraît frappante.

Maman vérifiait toujours que tout le monde allait bien, notamment à l'heure des repas. Elle faisait le tour de la table pour s'assurer que personne ne manquait de rien.

Son parfum, toujours le même, me chatouillait les narines lorsqu'elle se penchait au-dessus de mon épaule. Avant de s'asseoir à son tour et d'entamer son assiette, elle disait : « C'est bon pour vous ? », exactement comme vient de le faire Krista.

Dès qu'elle avait une annonce à faire, elle s'assurait que tout le monde accusait le coup. Pour Nikki, Eddie et moi, la plus grande nouvelle jamais annoncée a été l'arrivée de Portia. Papa et maman nous ont réunis dans la salle à manger – la grande –, et maman nous a aussitôt rassurés : non, on n'avait pas fait de bêtise. Nikki s'est immédiatement détendue.

— On a une grande nouvelle à vous annoncer, a commencé maman. Je suis enceinte.

C'est ainsi qu'on a appris l'arrivée de Portia. J'avais six ans, Eddie en avait huit, et Nikki presque douze.

Eddie et moi, on a regardé maman avec des yeux ronds, sans vraiment savoir quelles seraient les conséquences de cette nouvelle.

— Ça va, les enfants ? s'est-elle inquiétée.

— Enceinte ? a répété Nikki. Et dire que je n'ai même pas le droit d'avoir un chien !

— Un bébé, ce n'est pas un chien, a déclaré notre mère.

— Mais pourquoi ? On ne te suffit pas ?

— Vous n'avez rien à vous reprocher, nous a rassurés papa.

— Ça va être génial. (Maman avait la gorge serrée, presque de colère. Comme si elle nous en voulait de ne pas avoir la réaction qu'elle attendait.) Tout se passera bien. Je vous le promets.

Je ne savais pas quoi en penser. J'étais la plus petite, et c'était parfois horrible, il y avait tant de choses que je n'avais pas le droit de faire. Mais cette place avait aussi ses avantages parce que j'avais toute l'attention pour moi. Et ça, ça allait changer.

Nikki a plissé les yeux, le menton levé.

— Je ne changerai pas ses couches.
— Personne ne t'a demandé de le faire, a rétorqué maman.
Alors ma sœur a souri fièrement.
— Bon, ça va aller ? a demandé notre mère. C'est bon pour vous ?

On a tous répondu « oui », comme on vient de le faire avec Krista.

Mon mari griffonne sur une serviette en papier les tours de garde. Cinq heures chacun, assez pour permettre aux autres de se reposer sans risquer de piquer du nez, nous explique Felix. Je vous jure, lui et ses plannings. Il me rend dingue.

Je parie que s'il apercevait le pick-up, il le prendrait en photo avec son portable sans rien faire de plus. Le pneu crevé et le vol du relais de démarreur l'ont laissé de marbre. Il est bien loin du point de rupture. Si tant est qu'il en ait un.

— Felix ? l'apostrophe ma belle-sœur. On peut très bien l'enregistrer dans nos téléphones. Pas besoin de l'écrire sur une serviette en papier…
— Attends, laisse-moi au moins terminer.

Il continue de griffonner. Parfois, mieux vaut l'ignorer, et c'est exactement ce que je fais jusqu'à ce qu'on sorte de table.

Prochain arrêt : Devil's Rope.

Oui, on est toujours au Texas. Grand-père avait raison, cet État nous avale tout cru. C'est déjà le deuxième arrêt.

Le musée Devil's Rope doit son nom aux Indiens d'Amérique qui qualifiaient de « corde du diable » le fil barbelé auquel ce musée est consacré. L'intérêt d'un pareil lieu touristique rendait dubitative l'ado de douze ans que j'étais, mais j'ai été agréablement surprise. Le fil barbelé a changé notre histoire.

La visite nous a appris l'usage qu'on en faisait au XIXe siècle, à l'époque où les gens s'installaient sur des terres dont ils décrétaient ensuite qu'elles leur appartenaient. Ils utilisaient le fil barbelé pour délimiter leur territoire et parquer leur bétail qui, sans cela, vagabondait n'importe où. C'est pourquoi les cow-boys détestaient ces fils, et les Indiens également. D'innombrables bêtes mouraient en s'y empalant, d'où le nom de « corde du diable ».

Je me souviens d'être sortie de ce musée ébahie par l'impact du fil barbelé sur notre histoire, bien plus important que Bonnie et Clyde.

Mais, à l'instant où j'allais exprimer ma béatitude, grand-père a tout gâché en nous demandant, le sourcil haussé :

— Connaissez-vous l'autre raison pour laquelle ils l'appelaient « corde du diable » ? C'est parce que plus on cherche à s'en dépêtrer, plus on est prisonnier.

Nikki a pouffé :

— Un peu comme ce fichu road trip, quoi.

Il a levé la main comme pour la frapper, mais elle a pris ses jambes à son cou. Et c'est là qu'elle est tombée sur le couple du Cadillac Ranch.

Aujourd'hui, on explique l'histoire du barbelé à Krista avant d'entrer dans le musée. Comme elle est déjà bouleversée par le fait qu'on soit suivis, mieux vaut lui dire ce qui l'attend. Personne n'a envie de la voir partir en vrille.

— La corde du diable ? Mon Dieu, quel nom affreux !

— Ce n'est pas ce que tu crois, tente de la rassurer Eddie.

Mais elle soupire.

Je reçois un texto de Felix alors qu'il est assis à côté de moi.

> Dis-moi franchement. Qu'est-ce qui s'est passé avec ton grand-père ?

> Ma grand-mère est décédée peu de temps avant le voyage. Il n'avait plus toute sa tête.

À la lecture de ma réponse, il hoche le menton.

> Ceci explique cela.

Oui et non. Felix n'est pas au courant pour Nikki, je ne peux donc pas lui révéler qu'elle était la chouchoute de notre grand-mère. Qu'elle a pris soin d'elle quand elle était malade et que grand-père n'arrivait plus à gérer la situation. Je ne peux pas lui dire combien Nikki en a voulu à grand-père pour ce qu'il a fait subir à notre grand-mère.

Alors je ne réponds pas.

Le musée est fidèle à mon souvenir, quoique plus grand et avec plus de salles. Comme nous à l'époque, Krista et Felix sont fascinés. Surtout Felix. Il insiste pour lire chaque description de chaque vitrine, ce qui allonge encore notre visite.

— Je retire ce que j'ai dit, me glisse-t-il en prenant le chemin de la sortie. C'était génial.

— C'est vrai que ce n'était pas si mal, approuve ma belle-sœur. Je ne m'y attendais pas.

Mon frère passe un bras autour de ses épaules, et l'on rejoint Portia qui nous attend dehors. Encore une fois, elle secoue la tête en nous voyant. Aucun pick-up en vue.

Eddie nous conduit vers l'autoroute, celle qu'on longeait jusqu'à présent. Et, oui, il est toujours le seul à prendre le volant. C'est comme ça.

— Vers le nord ? lui demande Krista. Encore ?
— Ouais, acquiesce-t-il.

Tous les jours, chacun reprend fidèlement sa place dans la voiture. On croirait rouler toujours sur la même route, traverser toujours les mêmes paysages, comme si l'on tournait en rond. Seuls nos vêtements changent. Et plus personne ne se maquille, sauf Krista qui se contente désormais d'un peu de rouge à lèvres. Portia garde tel quel son vernis noir écaillé.

Je sors mon ordinateur portable dans l'idée de m'avancer dans mon travail. Chaque soir, je parcours rapidement mes mails. Le seul fait de consulter ma boîte de réception m'endort. Encore maintenant et malgré plusieurs tasses de café, cette tâche m'assomme.

Avant ce voyage, je lisais toujours mes mails en me levant le matin, avant même de me rendre au bureau. Au bout d'une semaine passée sur les routes, je commence à me demander comment j'ai pu supporter un rythme pareil.

Peut-être que l'héritage me servira à m'en libérer. À oublier les factures, les charges de la maison et toutes ces contingences matérielles. Je démissionnerai et me trouverai un travail qui ne consistera pas à garder le nez collé toute la journée sur un écran d'ordinateur.

Cette pensée m'occupe une bonne partie du trajet, car j'évite encore une fois d'ouvrir tous ces messages non lus et je réfléchis plutôt à ce que je pourrais faire d'autre. Dresser des chiens, tailler des arbres, livrer des colis, emballer des cadeaux, monter à cheval ou rejoindre la troupe d'un vieux cirque sur le déclin. Ou me renseigner sur l'histoire du fil barbelé.

Nikki et moi, on pourrait faire tout ça ensemble. Ou simplement passer un après-midi sur la plage. Quand je l'aurai retrouvée, on fera tout ce qu'on voudra.

La dernière fois qu'on a quitté le musée Devil's Rope, je n'étais pas perdue dans mes pensées, et la voiture n'était pas plongée dans le silence. L'ambiance était électrique, ça hurlait, soufflait ou boudait dans tous les coins. Grand-père en voulait terriblement à Nikki d'avoir attiré la police avec son petit scandale au musée. Il la jugeait coupable, tout comme les flics.

On avait repris la route, et ma grande sœur occupait le siège passager, presque ligotée par sa ceinture de sécurité. Les bras croisés, la bouche pincée, le visage rouge, Nikki bouillonnait d'être à nouveau accusée. Et grand-père pestait : les policiers étaient à deux doigts de prévenir nos parents.

— As-tu conscience du savon que m'aurait passé votre mère ? lui vociférait-il.

Il n'avait pas tort. Ces derniers temps, maman avait toujours une bonne raison d'être en colère, or ce coup de fil de la police n'aurait rien arrangé à l'affaire.

— C'était pourtant clair ! Je t'ai expliqué que vos parents avaient besoin d'être un peu seuls. Tu veux qu'ils se séparent, c'est ça ?

— Je m'en fous.

— Tu n'as vraiment pas de cœur.

Je ne voyais pas Nikki lever les yeux au ciel, mais je l'imaginais très bien.

À l'arrière, Portia pleurait. Elle ne comprenait rien à la situation, mais elle avait été effrayée à la vue de tous ces policiers.

Eddie baissait la tête, les écouteurs sur les oreilles, le volume à fond. Les Nine Inch Nails tonnaient assez fort pour que tout le monde les entende.

— Baisse cette putain de musique ! a hurlé Nikki.

Notre frère n'a rien entendu, le menton toujours dans la poitrine.

— Surveille ton langage ! a grondé grand-père alors que lui-même passait son temps à jurer.

— Qu'est-ce que ça peut faire, qu'ils divorcent ? Tout le monde s'en fout. Tout le monde !

Portia a pleuré de plus belle.

— Moi, je ne m'en fous pas, a répondu papi.

Alors je suis intervenue :

— Menteur ! Si tu ne voulais pas que les flics appellent papa et maman, c'est parce qu'on n'a rien à faire là !

Nikki s'est alors tournée vers moi.

— Hein ?

— Beth ! m'a-t-il menacée.

— Non, attends. Répète ? a demandé – non, ordonné – ma sœur.

Je leur ai dit tout ce que j'en pensais. Que grand-père nous avait embarqués sans la permission de nos parents.

Si j'ai tout avoué, c'est pour plusieurs raisons : parce qu'ils hurlaient et que Portia pleurait ; parce que mon frère ne voulait pas s'en mêler ; parce que Nikki était dans tous ses états depuis l'épisode du Cadillac Ranch ; parce que je voulais attirer l'attention. Celle de ma grande sœur, surtout. Depuis qu'elle était ado, impossible de l'intéresser à moi.

Et puis, parce que je pensais sincèrement que grand-père l'aurait frappée si elle n'avait pas esquivé son coup de poing.

C'est à cet instant que tout a basculé. Notre voyage a changé, et nous aussi. On a soudain pris conscience de la raison pour laquelle on était là, dans cette voiture. Vous savez, cet instant crucial où l'on comprend que le chasseur est pris en chasse, que le prédateur devient la proie.

— Il nous a enlevés ? s'est écriée ma grande sœur.

— Beth! a répété grand-père. C'est ridicule. Tu as parlé à tes parents hier soir.

Je l'ai ignoré pour ne m'adresser qu'à Nikki.

— Tu as remarqué comme il reste près du téléphone, quand on les appelle ? Et la voix de maman, comme si elle était au bord de la crise de nerfs. Et... (Je me suis penchée vers elle.) Pourquoi ils n'arrêtent pas de nous demander où on est, d'après toi ? Pourquoi grand-père ne les tient pas au courant ?

Il a frappé du poing sur le tableau de bord. Plusieurs fois.

— Ça suffit !

Le regard de ma sœur s'est éclairé comme si elle venait de trouver la dernière pièce du puzzle.

— Oh, meeeerde. Tu as raison.

Eddie a retiré son casque.

— Qu'est-ce qui se passe ?

— Papi nous kidnappe.

La voiture a fait une embardée, et nous avec. Grand-père s'est rangé sur le bas-côté avant de se retourner sur son siège. Il n'avait jamais été très beau, ou peut-être quand il était plus jeune, avant que je le connaisse. Il avait le teint rougeâtre, un nez bulbeux, des jambes courtes et un long tronc.

— Personne ne vous a enlevés.

— Dans ce cas, pourquoi nous cacher ton téléphone portable ? l'ai-je acculé.

— Mon téléphone portable ?

Son air estomaqué a achevé de convaincre ma grande sœur. Elle a souri de toutes ses dents. Même Portia s'est arrêtée de pleurer.

— Oh, mon Dieu, c'est trop génial, a lâché Nikki, ce qui a stupéfait mon frère.

— Trop génial ? En quoi tu trouves ça génial ?

Elle n'a pas répondu et s'est contentée de sourire.

Quelle est ta plus mauvaise habitude ?

Sans hésitation, je dirais que je suis trop naïve. J'ai fait confiance à grand-père, je l'ai cru lorsqu'il a prétendu avoir l'accord de nos parents pour partir en voyage, alors qu'il s'était conduit comme un salaud avec grand-mère. J'ai cru que Beth me disait toujours tout. Je croyais que personne ne nous kidnappait.

J'avais tout faux. Sur toute la ligne.

Ah oui, et j'étais convaincue que grand-père était un type bien avant que grand-mère me révèle la vérité. C'était la pire des crapules.

Ce qui me rassure, c'est que les autres sont aussi naïfs que moi. Personne ne se doute de ce que je mijote. Et s'ils me soupçonnaient de quoi que ce soit, ce serait sans doute de projeter une autre fugue. Mais pas cette fois.

Tiens, si tu demandais ce qu'il en est à maman, elle te répondrait que j'ai la mauvaise habitude d'attirer les problèmes. Pourtant, ce n'est jamais moi qui commence. Mais, au bout du compte, c'est toujours sur moi que ça retombe.

OKLAHOMA

Devise de l'État :
Le travail conquiert tout

Je vous disais que Nikki était proche de grand-mère, et c'était un euphémisme. Pendant les deux dernières semaines, dès lors qu'on a appris que grand-mère était condamnée, ma sœur a pratiquement emménagé chez eux. Le cancer était à un stade trop avancé, les médecins ont arrêté tout traitement et l'ont renvoyée chez elle.

Moi aussi j'y allais souvent, mais pas autant que Nikki. Grand-mère ne pouvait plus quitter son lit et ne se réveillait que brièvement. La chambre empestait déjà la mort.

J'avais beau être jeune, j'arrivais à sentir ce genre de chose.

Si Nikki éprouvait la même aversion, elle n'en disait rien et n'aurait jamais admis que l'odeur l'incommodait.

Toutes les deux avaient un point commun non négligeable : elles étaient les aînées de fratries de quatre enfants. C'est pourquoi grand-mère offrait toujours à ma sœur les plus beaux cadeaux, la plus grosse somme d'argent et les plus grosses parts de gâteau. Elle disait toujours que les aînés essuyaient les plâtres de parents qui n'avaient pas encore conscience du pétrin dans lequel ils se fourraient. Que les aînés subissaient leur manque d'expérience.

— Je suis votre cobaye, lançait alors Nikki à nos parents. Les aînés sont tous des cobayes.

Tout ce que disait grand-mère devenait pour elle parole d'évangile. Impossible de lui faire entendre raison ou de l'empêcher de sécher deux semaines de cours pour rester au chevet de sa grand-mère.

Ce que j'étais très loin de soupçonner à l'époque, c'était l'implication de ma sœur sur le plan médicamenteux.

Je n'avais pas conscience qu'elle se chargeait de veiller à ce que grand-mère prenne les bons traitements au bon moment ; pas seulement pour le cancer, mais aussi pour la tension, la thyroïde, le cholestérol et la douleur. Elle rangeait les flacons sur la table de chevet selon un code couleur, de crainte que grand-père ne vienne tout mélanger.

Quelques heures après ma révélation sur notre enlèvement, on était dans un autre motel, à nouveau coincés dans la chambre par le lit de camp de grand-père. Et par son pistolet, car désormais on était tous au courant de son existence. Je ne pensais pas grand-père capable de nous tirer dessus, mais je n'avais pas l'habitude des armes à feu. C'était comme une bestiole venimeuse, j'avais peur de m'en approcher.

Tandis que je glissais vers le sommeil, j'ai senti le souffle de Nikki à mon oreille.

— Suis-moi.

Je n'ai pas hésité une seconde.

Notre seule solution de repli était la salle de bains. Elle a fermé la porte derrière nous et allumé la lumière. Dans sa main, elle tenait la trousse de toilette de grand-père.

— Je te pardonne de ne pas m'avoir prévenue plus tôt, a-t-elle chuchoté.

— D'accord. Merci.

Ce n'était pas ce que je voulais lui répondre. Je voulais lui expliquer que j'avais attendu d'être sûre de ce que j'avançais ;

si je m'étais trompée, s'il ne s'était pas agi d'un enlèvement en bonne et due forme, Nikki se serait moquée de moi. Mais ce n'était pas le moment de lancer le débat.

Elle s'est assise en tailleur par terre, dans son pantalon en coton et son vieux tee-shirt arc-en-ciel qu'elle traînait depuis toujours. J'attendais impatiemment d'en hériter, mais elle n'était pas encore prête à s'en séparer.

Assise avec elle dans la salle de bains, j'avais l'impression de retomber en enfance. On pouvait passer une éternité à jouer par terre dans sa chambre avec des poupées, des jouets ou tout ce qui nous tombait sous la main, tant que maman ne nous criait pas d'aller dormir. Parfois, on se rebellait. Nikki allumait une lampe torche, et l'on continuait de s'amuser pendant que tout le monde partait se coucher.

Notre relation a changé le jour où ma sœur a estimé qu'elle était trop âgée pour jouer avec moi.

Le road trip nous a fait revivre cette enfance, à commencer par ce soir-là dans la salle de bains : elle m'a confié un secret, ce qu'elle n'avait plus fait depuis une éternité.

Je l'ai regardée sortir les flacons de médicament de la trousse de grand-père, lire chaque étiquette avant de les poser sur le carrelage blanc sale. Je me retenais de lui demander ce qu'elle faisait, j'étais censée deviner.

— Bon, a-t-elle chuchoté. Maintenant, observe.

Elle a ouvert les couvercles et versé un cachet par flacon dans sa paume. Trois d'entre eux se ressemblaient beaucoup, les deux autres pas du tout.

— Et alors ?
— Regarde !

Elle a pris plusieurs cachets d'une bouteille, les a transvasés dans une autre. Impossible à présent de les distinguer. Puis elle a recommencé avec un autre flacon, puis un autre, jusqu'à tout mélanger.

— À partir de maintenant, il prendra trop de Vicodin.

—D'accord.

Ses yeux se sont mis à briller dans le noir.

—Tu sais ce que ça veut dire ?

J'ai haussé les épaules.

Soupir.

—Ça veut dire que désormais, c'est nous les capitaines du navire. Et grand-père ne pourra pas nous arrêter.

M'efforçant de cacher ma confusion, j'ai opiné. Que voulait-elle dire par « capitaines » ? Allait-on appeler papa et maman pour leur demander de venir nous chercher ? Pourvu que oui, je n'avais pas envie d'être kidnappée plus longtemps.

Évidemment, prévenir nos parents n'était pas au programme de Nikki. Loin de là.

Et moi, je la regardais mélanger tous ces cachets sans avoir la moindre idée de ce qu'elle mijotait.

Je repense à tout ça pendant qu'Eddie nous fait traverser le *panhandle* de l'Oklahoma, cette longue bande de terre d'une largeur de cinquante-cinq kilomètres. À l'ouest, elle part vers le Texas et le Colorado, et à l'est vers le Kansas. On va vers l'ouest.

—Ah ! Le voilà !

Ne sachant pas de quoi parle ma sœur, je relève la tête.

—Voilà quoi ? Le Colorado ?

—Non, le pick-up.

Ce qui attire l'attention de tout le monde.

—Tu nous fais marcher ? demande notre frère.

Portia ne répond pas, appuyée contre le dossier de sa banquette pour regarder par la vitre arrière. Je grimpe par-dessus les sièges qui nous séparent.

—Où ça ?

Elle le pointe du doigt. À notre droite, juste derrière un SUV gris métallisé, je reconnais le pick-up avec sa longue cabine, et ses jantes noires. Aucune plaque d'immatriculation à l'avant, typique des États du Sud.

—C'est eux? s'enquiert ma belle-sœur.

—Ça se pourrait, je réponds.

—Non, c'est sûr! s'exclame Portia.

On roule sur la voie de droite. Le SUV gris commence à nous dépasser par la gauche.

—Ralentis pour voir s'ils nous doublent.

Mon frère m'obéit et surveille le pick-up dans son rétroviseur latéral.

Notre changement de vitesse agace la voiture derrière nous qui klaxonne. Portia décoche au très jeune chauffeur un joli doigt d'honneur. L'adolescent ne peut pas se déporter sur la voie de gauche, puisque le pick-up lui bloque le passage.

—Il va nous dépasser, annonce ma sœur.

—Si le pick-up nous double, c'est qu'il ne nous suit pas, tranche Eddie, ce à quoi personne ne répond.

—Attendez, dis-je. Il ralentit.

—Et pas qu'un peu! confirme Portia.

L'adolescent s'engage sur la voie rapide et nous dépasse. Le pick-up, lui, reste en retrait.

—Sors à la prochaine sortie. Ensuite, on retournera sur l'autoroute pour voir s'ils nous suivent vraiment.

—Fan de séries policières? me taquine ma petite sœur.

Felix répond à ma place:

—De films. Elle regarde surtout des films.

—Bon, fais ce que je te dis, Eddie.

Il s'exécute et accélère pour reprendre une vitesse normale. Le pick-up en fait autant. À la sortie suivante, mon frère tourne sans mettre son clignotant. Tout le monde regarde par la vitre arrière.

Je cherche la tignasse auburn de la passagère.

—Ils se sont décalés sur la voie de droite, nous informe Portia.

Mon frère s'arrête au premier feu rouge. Après avoir quitté l'autoroute, on attend que le pick-up emprunte la voie de décélération. Un silence tendu. On retient tous notre souffle en voyant le véhicule noir sortir à son tour.

Alors c'est vrai, on est suivis pour de bon.

Eddie jure tout bas :

— Putain.

— Le feu est vert, lui indique mon mari.

Mais il ne met pas les gaz. Tout s'enchaîne soudain, Portia sort en trombe de la voiture et se dirige vers le pick-up en approche.

Qui s'arrête devant ma sœur.

Felix sort à son tour.

Krista dégaine son téléphone :

— J'appelle la police !

— Qu'est-ce que vous voulez, à la fin ? hurle ma sœur à pleins poumons.

Le chauffeur du pick-up fait vrombir son moteur, les pneus crissent, et la voiture poursuit sa route. Loin de Portia, loin de nous. Ils prennent à droite. À l'opposé de l'autoroute.

Disparus. En un claquement de doigts.

— La police est en chemin, nous informe Krista.

On attend. Maintenant que Krista a appelé la police, c'est tout ce qu'on peut faire. Un seul coup de fil leur suffit pour nous localiser, connaître notre nom et notre numéro de téléphone. C'est partout comme ça, y compris en Oklahoma. Personnellement, je commence à me poser des questions sur cet État. La dernière fois que je suis venue, c'est le jour où j'ai prévenu Nikki qu'on avait été enlevés. Le jour où tout a dérapé.

Au moins, cette fois-ci, il y a seulement cette histoire de pick-up.

— Vous me laisserez parler, nous ordonne Eddie.

Krista aimerait protester, mais se ravise. Je pousse un soupir en écrivant à mon grand frère :

Les flics vont nous prendre pour des barjos.

Il lit mon message, puis se tourne vers moi et acquiesce. Soyons clairs, bien sûr que ce pick-up me fout la trouille, mais on n'a aucune information solide à fournir à la police.

Les passagers de ce pick-up savent très bien ce qu'ils font.

Je n'ai pas le temps de faire part de mes pensées à Eddie, la cavalerie débarque. Ici, on l'appelle Oklahoma Highway Patrol. Ce sont deux motards. On est garés sur le bord de la route et on les attend dehors, à l'exception de Portia qui est retournée dans la voiture et refuse désormais d'en sortir.

Les deux hommes portent, ô cliché, des lunettes de soleil type aviateur.

Eddie se présente, s'autoproclamant chef de meute. À ses côtés, sa femme, les bras croisés.

Portia m'envoie un texto.

Ne laisse pas Krista parler.

Je hausse les épaules en sachant qu'elle guette ma réaction. À quoi s'attend-elle, au juste ? À ce que je la plaque au sol pour la faire taire ? Ça ne m'étonnerait pas de Portia.

Mon frère se met à tout leur raconter depuis l'Alabama jusqu'à l'Oklahoma de sa voix de charmeur, tout sourire, ponctuant ses phrases d'un rire faussement gêné, comme s'il était embarrassé que sa femme ait appelé les autorités pour si peu. Bel effort, mais ça sonne faux.

Et je n'ai aucun moyen d'arrêter Krista :

— Ils ont crevé nos pneus avec des clous !

— Vous les avez vus faire ? demande l'un des agents dont le badge indique « Feldman ».

— Pas vraiment, mais…, répond nonchalamment Eddie.

— Qui d'autre voulez-vous que ce soit? J'ai vu l'un d'eux errer sur le parking cette nuit-là!

— Quel parking?

— Celui d'un motel, loin d'ici. Ils nous suivent depuis plusieurs jours!

— Et le relais de démarreur? intervient l'autre officier du nom de Pineda. Quelqu'un aurait-il aperçu celui qui vous l'a volé?

Silence.

Ma belle-sœur bouillonne.

— Mais bon sang, je vous jure! Pas besoin de tout voir de mes yeux pour comprendre ce qui se passe.

Portia a eu raison de rester dans la voiture. À croire que ses études l'ont rendue plus maligne que moi. À moins que ce ne soit son expérience de stripteaseuse. Ou son célibat, peut-être. Je prendrai le temps d'y réfléchir quand les forces de l'ordre seront hors de ma vue.

— Qu'est-ce que vous attendez de nous, au juste? demande Pineda.

Mon frère devance sa femme.

— Écoutez, il se pourrait qu'on dramatise un peu. Je vais être franc avec vous, on est tous un peu à cran. Notre grand-père vient de nous quitter, et on l'emporte vers sa dernière demeure. C'est le but de notre voyage.

Les policiers échangent un regard. Feldman se retourne pour rejoindre sa moto, rechaussant ses lunettes en s'éloignant.

L'autre soupire:

— Vous auriez mieux fait de prendre l'avion.

Un point pour Pineda.

L'Oklahoma est le théâtre de scènes bien étranges, et ça fait vingt ans que ça dure.

Sur cette même portion de cinquante-cinq kilomètres, grand-père commençait à accuser le coup des cachets. Nikki et moi, on l'avait allongé à l'arrière du monospace. Il marmonnait comme s'il avait trop bu.

— Il faut appeler les secours, s'inquiétait notre frère. Et papa et maman.

Il a fouillé la poche de grand-père.

— C'est ça que tu cherches ?

Ma grande sœur brandissait le portable fièrement.

— Appelle-les, Nikki.

— Non, on n'appelle personne. Il n'est pas malade.

— Mais regarde-le ! Comment peux-tu…

— Il a pris trop de médocs, c'est tout.

— Qu'est-ce que tu en sais ?

— Je le sais parce que j'ai mélangé tous ses médicaments.

Elle défiait Eddie de son regard franc. Alors il s'est tourné vers moi, et j'ai regardé grand-père, sonné mais pas inconscient. Il avait très bien entendu.

— Pourquoi ? a-t-il bredouillé.

Tous rassemblés dans ce monospace garé sur le parking d'un fast-food à la sortie de l'autoroute, on attendait la réponse de Nikki. Moi-même, j'ignorais pourquoi elle agissait ainsi. Je ne le lui avais jamais demandé, de peur de passer pour une idiote.

— À cause de ce que tu as fait à grand-mère.

— Mais de quoi…

Elle l'a interrompu en levant la main.

— Arrête. Elle m'a tout raconté.

Il essayait de se redresser.

— Je ne comprends pas de quoi tu parles.

Elle s'est penchée tout près de son visage.

— Oh, vraiment ? Tu ne te rappelles pas l'avoir battue ?

Tout le monde était sous le choc. Surtout moi.

— C'est la vérité, insistait Nikki. Tu l'as giflée, tu l'as bousculée, tu l'as même frappée plusieurs fois. (Son regard était dur.) Elle m'a tout dit. Elle voulait se confier à quelqu'un avant de mourir.

— Non, a protesté grand-père.

— Si.

Portia est venue se blottir sur mes genoux pour se protéger de cette situation qu'elle ne comprenait pas.

— Qu'est-ce qui se passe ? a-t-elle voulu chuchoter, mais sa voix se bloquait dans sa gorge.

— Ce qui se passe, c'est que notre grand-père est un homme horrible, lui a expliqué notre aînée. Il a été affreux avec grand-mère, et maintenant il l'est avec nous.

Il s'est alors laissé retomber sur la banquette, sous le choc, et n'a plus pipé mot. Eddie avait les bras croisés. Portia a enfoui la tête dans mon giron.

Avant cette révélation, je ne détestais pas grand-père. Je n'avais aucune raison de ne pas l'aimer. Et voilà que, soudain, je le haïssais.

J'ai compris bien plus tard que grand-mère ne savait pas qu'elle parlait à Nikki. Vers la fin de sa vie, elle perdait la boule. Elle se confiait en croyant s'adresser à sa sœur, pas à sa petite-fille.

Mais ces histoires étaient vraies. Absolument toutes.

Nikki, le téléphone toujours dans la main, m'a fait un signe de tête. Très bref. Un geste sûr, sec. Et elle a annoncé :

— À partir de maintenant, c'est *notre* voyage.

Quel personnage historique aimerais-tu rencontrer ?

Le Dr Lang m'a déjà posé cette question. Elle doit être révélatrice de notre personnalité, j'imagine. Mon psy s'attendait à ce que je réponde Jésus, George Washington ou Lincoln, des choix classiques. Alors je l'ai fait. J'ai cité Washington, le premier président des États-Unis, parce que ce titre le rendait clairvoyant sur l'histoire de notre pays. Clairvoyant, c'est le terme que j'ai employé, ce qui a bien fait rire le Dr Lang. Mais je m'en fiche royalement. Il est payé par mes parents, par l'assurance maladie ou par je ne sais qui, ce n'est rien de plus qu'un pion, un employé.

Il n'aime pas quand je le lui rappelle.

Mais si je devais répondre franchement, je dirais que j'aimerais rencontrer le type qui a inventé Risk. J'ai toujours trouvé que papa en faisait trop lorsqu'il disait que ce jeu n'était pas un simple jeu, que c'était la métaphore de la vie.

Chaque tour est composé de trois phases : le renfort, le combat et la manœuvre.

Pour le renfort, il s'agit de positionner ses troupes et d'établir ses alliances. Beth a toujours été ma plus grande alliée.

Ensuite, le combat. C'est ce qu'on a fait avec grand-père, sauf que les cachets ont remplacé les armes.

Enfin, la manœuvre pour renforcer sa position. On a ainsi rallié Eddie à notre cause, et Portia n'avait pas d'autre choix que de nous suivre.

Je ne parle pas souvent de mes parents en ces termes, mais papa avait peut-être raison pour ce jeu.

COLORADO

Devise de l'État :
Rien sans la providence

On passe à la seconde phase de notre voyage, celle qui correspond à la prise de contrôle de Nikki lors du premier road trip. Felix et Krista ne sont pas au courant. Ils ne savent pas non plus que notre destination et notre objectif ne vont pas tarder à changer.

Cette fois, on entame cette deuxième phase avec un hôtel digne de ce nom.

À peine entrés sur le sol du Colorado, on s'enregistre au comptoir de notre premier Holiday Inn. Le premier établissement du voyage possédant des couloirs intérieurs à la place de coursives extérieures, le petit déjeuner compris et des machines à café dans les chambres. Comble du luxe, il y a même un bar dans l'hôtel, où tout le monde se rejoint.

Il y fait sombre, les murs sont en carton, et la jeune barmaid a l'air de s'ennuyer ferme, à deux doigts de sortir son smartphone pour passer le temps. Les autres clients semblent être des gens du cru. On dirait qu'ils se connaissent tous, voire qu'ils partagent d'étranges relations incestueuses dont on ne saurait rien s'ils ne braillaient pas leurs histoires, tous à moitié ivres.

—Disons qu'on s'est ligués contre lui, explique mon frère, un œil sur une télévision rediffusant un match de football et l'autre œil sur notre tablée.

Felix me demande :

—Vous vous êtes ligués contre votre grand-père ?

Je hausse les épaules. On ne devrait pas aborder ce sujet, c'est pourquoi j'évite de trop boire ce soir.

—Rien de grave, tempère Eddie. On lui a simplement annoncé qu'on ne voulait plus visiter de lieux sordides où des gens ont été tués, pris en embuscade ou immortalisés dans de la cire.

Krista sirote son Spritz sans rien dire, renfrognée depuis notre entrevue avec la police. Portia en est à sa troisième vodka-tonic, elle est d'humeur joyeuse et s'exclame :

—C'est quand même fou le nombre de sites touristiques consacrés à des gens assassinés, dans ce pays ! Pourquoi tient-on tant à honorer leur mémoire ? Pourquoi ne s'intéresse-t-on pas plutôt aux lieux où ont été conçus les gens ? Les États-Unis stigmatisent complètement le sexe, c'est scandaleux.

Pour ponctuer son discours, elle repose brutalement son verre sur la table.

—Pas faux, concède notre aîné sans quitter le match des yeux. Finis les sites de tueries, les musées glauques et les Bonnie et Clyde. Cette fois, on arrête vraiment.

Il marque une pause, puis il fait signe à la barmaid de servir une autre tournée. Je rapporte tous les verres au comptoir en un seul voyage, un tour d'adresse appris pendant mes années de fac.

—Et maintenant, on va où ? demande Felix.

Le sourire d'Eddie souligne ses fossettes.

—C'est une surprise.

—Une bonne, j'espère. Ça changerait, marmonne Krista.

Pour la peine, je lui tends un nouveau Spritz bien corsé.

—Allez, bon sang, éclaire-nous !

Mais mon frère ne cède rien. Il ne dit pas à Felix qu'on retournera bientôt sur nos pas. Car si le premier road trip a duré si longtemps, ce n'était pas pour rien.

— Puisque tu ne veux rien nous révéler, autant parler d'autre chose, propose Krista.

— Comme tu voudras.

— Bon. Et ce pick-up alors ?

Je préfère me taire. Moi aussi, cette histoire m'inquiète. Surtout cette passagère à l'arrière. Cela fait un moment que je n'écoute plus les piques que lance mon frère à sa femme et que je m'intéresse plutôt aux clients de ce bar, cherchant du regard notre Parrain de l'Alabama.

— Au pick-up, déclare Portia en levant son verre.

Seul Felix trinque avec elle. Eddie et sa femme sont trop occupés à se fusiller du regard.

— On met en place les tours de garde ? demande Krista.

Mon frère acquiesce d'un hochement de menton.

Elle sort la serviette en papier sur laquelle mon mari a griffonné son programme et qu'elle conserve précieusement depuis.

— En fait, ton tour a commencé il y a deux heures, lui indique-t-elle.

— Cet hôtel de luxe nous monte à la tête, se justifie Felix en se redressant pour s'étirer. Notre fenêtre donne sur le parking, je surveillerai la voiture depuis là-haut.

Sur ce, il me dépose un baiser sur le front et quitte le bar sous les yeux de ma belle-sœur qui se tourne ensuite vers son époux sans perdre son air agacé.

— Tu es magnifique, lui dit-il.

Elle finira par craquer. Je le lis dans ses yeux vitreux.

— Ton petit jeu ne marche pas sur moi, grommelle-t-elle.

Menteuse.

Il lui tend la main.

— Viens, il est temps d'aller se coucher.

Elle marmonne, souffle, puis accepte sa main, et ils prennent le chemin de l'ascenseur.

— Quel cinéma! soupire Portia.

— Tu l'as dit…

— Tu bois autre chose?

— Je préfère éviter. Le prochain tour de garde est pour moi.

— Ah, effectivement.

Ce soir, elle porte ses bottes signature, un jean et un tee-shirt délavé de l'université de Tulane. On croirait une étudiante et non une stripteaseuse un soir de relâche.

— Tu viens? je lui demande en me levant.

Elle montre son verre, loin d'être vide.

— Quand j'aurai terminé.

J'hésite, sans doute à cause de cette idée provinciale selon laquelle une femme ne devrait pas boire seule dans un bar d'hôtel. Encore une règle de bienséance écrite par un homme pour pouvoir faire le tri entre les filles de bonne famille et les traînées.

— File, allez!

Je finis par obéir. Si elle est capable de gérer des touristes ivres morts à La Nouvelle-Orléans, elle est capable de gérer ceux d'un trou perdu au fin fond du Colorado.

Au moment de sortir, je me retourne. Portia a déjà quitté notre table pour rejoindre le bar et papote avec la barmaid.

Elle ne risque rien, me dis-je. Si les psychopathes du pick-up voulaient s'en prendre à nous, ils l'auraient déjà fait. Mais j'ai beau me le répéter, je rejoins quand même ma sœur.

— Tu es sûre que ça va aller?

Elle me rit au nez.

— Oui, ne t'en fais pas. Je te jure que ça baigne. Hors de ma vue!

Je m'en vais.

Notre chambre est au troisième étage et surplombe le parking derrière l'hôtel. Je prends l'escalier en espérant que la montée me tirera de ma léthargie. Je ne suis pas encore fatiguée, mais j'ai sommeil rien qu'à l'idée de scruter notre voiture pendant des heures.

Le palier du deuxième étage dispose d'une fenêtre donnant sur le flanc du bâtiment. On n'y voit rien, si ce n'est un accès reliant l'entrée de l'hôtel au parking. Et derrière, un petit carré d'herbe et un chemin débouchant sur la rue. C'est là que j'aperçois mon mari.

On peut difficilement le manquer, même dans la nuit. Ses cheveux blonds et sa peau claire se détachent dans l'obscurité. Il se tient sur le petit sentier, pas vraiment dissimulé par les arbres qui longent celui-ci.

Ce qui me frappe, c'est cette petite lueur. Non pas celle d'un téléphone portable, mais celle d'une cigarette allumée.

Pourtant, Felix ne fume pas. Il n'a jamais fumé de sa vie.

Plus que sept jours

Je pourrais immédiatement sortir réclamer une explication à Felix sur cette cigarette, mais je préfère le tester. Je lui laisse le temps de la fumer jusqu'au bout, de regagner l'hôtel et de remonter jusqu'à notre chambre. Quand j'entre à mon tour, il est à son poste et surveille la voiture depuis notre fenêtre. Il se redresse et s'étire comme s'il était immobile depuis longtemps.

Je me penche pour l'embrasser. Son haleine sent la menthe fraîche avec un soupçon de bière, mais je détecte des relents de tabac froid sur sa chemise.

— Tu sens la cigarette.

— Je sais, dit-il en grimaçant. En sortant vérifier la voiture tout à l'heure je suis passé devant un groupe de fumeurs.

— Ah, ça doit être ça.

Alors qu'il va prendre une douche, je m'assieds au bord de la fenêtre. Avant de le surprendre à fumer, je n'avais aucune intention de passer une partie de la nuit à surveiller le SUV. Mais maintenant, je me sens trop nerveuse pour dormir.

Le truc, c'est que c'est interdit. Chez International United, ils n'embauchent que des non-fumeurs, car ils gèrent déjà assez de problèmes de santé et paient des assurances hors de prix. On nous a fait passer des tests à l'entretien d'embauche. Les lois interdisant de fumer se répandent comme une traînée de poudre, et les entreprises comme IU en font leur fonds de commerce. Felix ne met pas seulement sa santé en péril, il risque également son gagne-pain. Et qui devra l'entretenir s'il perd son boulot ?

Sa femme, peut-être ? Sa femme qui touche bientôt un héritage ?

Depuis que je connais Felix, je ne l'ai pris qu'une fois en flagrant délit de mensonge. Oui, une seule. C'était il y a cinq ans. Un bobard, ce n'est rien du tout. Ma famille ment comme elle respire depuis toujours. On ne peut pas triompher à Risk sans maîtriser l'art du double jeu.

Et puis, Felix m'a menti pour une bagatelle. Une histoire de soirée entre mecs qui a mal tourné. Je savais que la soirée avait eu lieu, sans plus. Puis un type franc du collier s'est confié à sa copine qui m'a ensuite tout raconté.

Mais cacher qu'on fume, c'est différent. Ce n'est pas non plus un mensonge par omission ; ceux-là, il m'arrive d'en faire. Par exemple, le jour où j'ai expliqué pour quelles raisons je souhaitais aller vivre au centre de la Floride : j'ai dit que c'était pour le travail. C'était la vérité. Du moins, en partie.

Mais là, Felix me sert un véritable mensonge. Et il a été bon : ni bafouillage ni hésitation, aucun des signes que j'ai l'habitude de guetter. Cette pensée me tient éveillée tout le temps de mon tour de garde, au cours duquel je n'observe rien d'anormal. Personne ne s'approche de la voiture. Je repense à mon téléphone retourné, l'autre matin. Et si c'était Felix et non un tiers entré par effraction ? Peut-être qu'il me dissimule d'autres secrets.

Toujours debout ?

Eddie. Il veut savoir si je suis fidèle au poste.

Bien réveillée. Rien à signaler.

Il répond par un pouce en l'air avant d'ajouter :

Je me fiche de ces types de l'Alabama. J'en ai juste marre qu'on saccage la voiture. C'est une perte de temps et d'argent.

Certes, il lui arrive d'être un con, mais Eddie est aussi parfois le seul à garder les pieds sur terre.

Entre mon tour de garde et le réveil précoce de Felix pour sa promenade matinale, je dors à peine trois heures. Cette fois, je ne l'accompagne pas en balade. En revanche, je me demande s'il en profitera pour fumer.

J'aurais préféré ne pas le surprendre, ça m'aurait fait un souci en moins pendant ce voyage. Sans compter cette journée consacrée aux extraterrestres.

Nikki ne s'était jamais vraiment intéressée à eux auparavant, elle n'avait jamais manifesté d'intérêt pour les petits hommes verts ni les ovnis. Elle n'avait même pas aimé *Men in Black*, et voilà qu'elle s'était mise en tête de dénicher des extraterrestres dans le Colorado. Un lieu venait d'y ouvrir ses portes : l'UFO Watchtower. Nikki avait décidé de nous y conduire. À dix-sept ans, elle avait déjà commis tant d'infractions que son permis lui avait été retiré.

Ma sœur n'a pas seulement pris le contrôle du road trip ; elle a également pris la main sur la musique, qu'elle écoutait à plein volume. Tout en faisant vrombir le moteur sur l'autoroute – aussi fort que peut vrombir un monospace –, elle montait le son à fond sur ses morceaux préférés d'Oasis, Radiohead et en particulier Garbage. Sa chanson favorite : « I Think I'm Paranoid ».

Grand-père s'est mis à refuser d'avaler le moindre cachet, pas même les bons traitements, dans l'espoir de reprendre ses esprits et le contrôle de ce voyage. Il avait toujours sous-estimé Nikki, c'était l'un de ses plus grands défauts. Elle dissolvait les pilules dans l'eau, or il ne pouvait pas refuser de boire. À moins de vouloir mourir.

J'étais assise avec elle à l'avant et je passais la tête par la vitre entrouverte. Eddie et Portia étaient derrière nous tandis que grand-père occupait la banquette du fond, muet comme une tombe. Nous, au contraire, on débattait de l'aspect des petits hommes verts.

— J'espère qu'ils ne sont pas vraiment verts, disait ma sœur aînée. Je déteste cette couleur.

— Moi aussi.

— Moi, j'aimerais qu'ils soient noir et bleu, renchérissait Eddie. Ce serait cool.

— Violet! hurlait Portia. Avec une trompe d'éléphant!

— Oui, violet à pois, ai-je gloussé.

Nikki s'opposait à cette hypothèse.

— Je déteste les pois.

— Moi aussi, ai-je menti. Des rayures alors?

Elle a haussé les épaules.

On s'est goinfrés de bonbons jusqu'à frôler l'indigestion. La veille au soir, on s'était fait livrer des pizzas à l'hôtel, puis Nikki nous avait forcés à appeler nos parents, car, à ce moment-là, on ignorait s'ils avaient lancé la police à notre recherche. Ma sœur supposait que non, puisqu'on roulait toujours dans la même voiture et qu'on n'avait pas changé de plaque d'immatriculation. Cette conversation avait occupé tout notre repas.

— Je parie que maman n'appellera jamais les flics, a-t-elle affirmé. Elle ne prendrait pas le risque d'envoyer son père en prison.

— Mais papa en est capable, a nuancé Eddie.

— Impossible, il ne ferait pas ça à maman.

Mon frère commençait à avoir mal au ventre à cause de toute cette malbouffe.

— Pourquoi on ne rentre pas à la maison ? Pourquoi on s'embête à continuer ce voyage ?

— On ne peut pas rentrer. Je suis loin d'avoir fini.

— Fini quoi ? ai-je demandé à notre sœur.

Elle a désigné la banquette arrière où grand-père était encore sonné.

— Je n'en ai pas terminé avec lui.

On a tous attendu, curieux d'en savoir davantage.

— Je le fais pour grand-mère.

J'ai pris parti pour elle, comme toujours. Si elle avait un plan, je la suivais.

— Nikki a raison, continuons. Papa et maman ne savent pas qu'on a compris le manège de grand-père. Ils croient encore qu'on s'amuse.

Elle a acquiescé.

— C'est justement la clé. Faisons comme si de rien n'était, comme si on passait du bon temps avec grand-père. Et… (Le doigt pointé, elle semblait nous donner un ordre.) Ne donnez aucun indice sur l'endroit où on est. Faites comme si grand-père continuait de nous surveiller.

Elle a composé le numéro et leur a parlé la première, prétextant qu'il se trouvait juste à côté de nous.

Ce n'était pas faux. Il était à côté d'elle, mais endormi.

Elle a passé le téléphone à Eddie qui a tenu son discours habituel : « Tout se passe bien, on s'amuse comme des fous », puis il m'a tendu le combiné.

Je poussais trop fort mon enthousiasme, mais n'en avais pas conscience à l'époque. J'essayais seulement d'impressionner Nikki.

Portia s'est exprimée la dernière. Elle ne disait pas grand-chose, mais ne pleurait plus, c'était déjà ça. Personne n'aurait su dire ce qu'elle comprenait de cette situation. En tout cas, elle faisait confiance à Nikki.

Cette dernière lui avait donné des instructions bien précises quant à ce qu'elle devait dire à nos parents : « C'est super. Et très rigolo. J'ai mangé des M&M's aujourd'hui. »

Des phrases bateau qu'une fillette de six ans serait capable de prononcer en toutes circonstances. Parfois, notre petite sœur était maligne et parfois beaucoup moins. En la regardant porter le téléphone à son oreille, j'ai retenu mon souffle.

— Coucou, a-t-elle dit. Super, très rigolo. J'adore les M&M's.

Bon, le plan fonctionnait.

Le premier soir après le putsch de Nikki s'était bien passé. On se sentait livrés à nous-mêmes. Grand-père dormait presque en continu, et la peur se lisait sur son visage lors de ses rares instants de conscience. Ce qui pouvait se comprendre, au vu du contexte. N'empêche, il l'avait bien cherché.

Notre seul problème était l'argent. On serait bientôt à court de ressources.

Lors du premier road trip, je n'ai aperçu ni aliens ni ovnis. Et depuis, l'UFO Watchtower a gagné en superficie et en fréquentation. On y trouve désormais un terrain de camping, une sorte de jardin de cailloux et une boutique de souvenirs, mais toujours aucun extraterrestre en vue.

— Il fait jour, explique Portia. Les ovnis ne seront visibles qu'à partir de la tombée de la nuit.

— Vraiment ?

Elle opine en regardant dans ses jumelles qu'elle tourne vers le ciel. Je suis sidérée qu'elle ait pensé à les prendre. Qui plus est pour zyeuter des extraterrestres.

— Je ne savais pas que tu croyais aux ovnis.

D'un air interdit, elle rétorque :

— Ce que je crois, c'est qu'on n'est pas seuls. Il y a forcément de la vie quelque part.

Puis elle sort son téléphone. Quelqu'un l'appelle, mais je n'arrive pas à voir le nom affiché sur l'écran.

— C'est ma colocataire, je ferais bien de répondre. Je reviens.

Alors qu'elle s'éloigne, j'abandonne l'idée d'écouter sa conversation et je me tourne vers Felix.

— Et toi, tu y crois ?

— Bien sûr, pourquoi pas ? répond-il avec nonchalance.

Depuis ce matin, je le harcèle de questions, à l'affût du moindre mensonge, comme si je ne connaissais plus mon mari. Mais, comme chaque fois qu'un sujet le laisse indifférent, il adopte le point de vue le moins contraignant. Or, les extraterrestres ne figurent pas bien haut dans son estime.

— Et toi ? me retourne-t-il la question.

Quelle importance ?

— Oui, évidemment.

— Menteuse ! s'en mêle Eddie. La dernière fois, tu te moquais des gens qui croyaient aux ovnis.

— J'avais douze ans.

— Peu importe.

Exact, j'avais critiqué cet endroit jusqu'à l'origine même de son concept, mais Nikki m'avait donné la responsabilité de grand-père, et je me retrouvais coincée avec lui alors que j'aurais préféré accompagner ma grande sœur. On ne pouvait pas le laisser seul dans la voiture, il fallait l'escorter jusqu'à la plate-forme, et j'étais chargée de rester près de sa chaise pour sauver les apparences. Il n'était pas endormi, mais c'était tout comme.

Alors non, je n'ai jamais vu d'extraterrestre et ne crois pas vraiment en leur existence. Et je parie que Nikki n'y croyait pas non plus.

Depuis la plate-forme, je regarde ma belle-sœur se promener dans le jardin de cailloux. On y trouve toutes sortes de bibelots, des messages sur des bouts de papier, des morceaux de vêtements et autres cadeaux énergétiques pour les différents vortex. Apparemment, ce site marque l'emplacement de deux vortex non loin de l'observatoire d'où l'on peut contempler le ciel.

Près de moi, un groupe de femmes plus âgées prennent la chose très au sérieux. Elles viennent en pèlerinage deux fois par an et immortalisent chacun de leurs voyages. Sur l'une des photos, on aperçoit des points brillants dans le ciel. Des ovnis, certifient-elles. Elles en auraient aperçu en grand nombre.

Peut-être que Felix en est un. Un extraterrestre. On croit épouser un humain et, un jour, on apprend qu'il vient d'une autre planète. Pour sûr, ça changerait la donne.

—Ça va ?

C'est Krista, de retour du jardin de cailloux. Elle a des poches sous les yeux et tous les signes d'une gueule de bois, mais semble de meilleure humeur. Une bonne surprise. Et quand je la salue d'un signe de tête, elle me décoche un grand sourire. Franc et qui monte jusqu'aux yeux.

—J'adore cet endroit.

—Tu crois aux extraterrestres ?

—Pourquoi pas ?

En effet, pourquoi pas.

Mon frère se tient juste derrière elle, le regard indéchiffrable, dissimulé sous ses lunettes de soleil. Mais je devine.

Je présente Krista au groupe en pèlerinage pour occuper ma belle-sœur. Voyant que Felix s'échappe aux toilettes, j'en profite pour discuter avec mon frère.

—Dis-moi la vérité.

Il prend un air surpris.

—Heureusement que Krista ne parle pas comme toi, j'aurais déjà foutu le camp.

—Tu as déjà vu Felix fumer ? je lui demande.

—Fumer de l'herbe ?

—Non, des cigarettes.

—Jamais. Pourquoi ?

—Pour rien.

Un mensonge, car si ce n'était « rien », je n'aurais pas fouillé son sac pendant sa promenade du matin.

Je ne suis pas du genre curieuse. Je n'ai jamais ressenti le besoin de fouiner dans son téléphone, son ordinateur ni ses mails. Depuis toujours, je me dis que s'il devait fauter, il le ferait un point, c'est tout. Je n'aurais aucun moyen de l'en empêcher, mais j'aurais des dizaines de façons de me torturer à trop y penser. Comme ce matin, par exemple.

Je n'ai rien trouvé. Pas de cigarettes, pas de briquet, nada. Il a dû les emporter avec lui en balade, à moins qu'il ait une planque dehors. L'espace d'une seconde, j'ai presque envisagé de le suivre.

Mais je me suis raisonnée, je refusais d'être cette nana-là. Vous voyez de qui je veux parler, on en connaît tous une.

Une fille qui semble heureuse dans sa relation quand soudain, du jour au lendemain, sa vie bascule comme dans un drame. Ça peut aller très vite.

Je crois que c'est ce qui est arrivé à l'ex d'Eddie. Il a rencontré Krista alors qu'il était encore avec Tracy. Je ne les avais pas vus depuis longtemps, et Tracy s'est mise à prendre des nouvelles par écrit, puis par téléphone, des nouvelles de moi et de Felix. Est-ce qu'on avait vu Eddie récemment ? C'était assez inhabituel pour que j'appelle mon frère et lui demande ce qui se passe.

— Ce qui se passe ? C'est-à-dire ?

— Est-ce que Tracy va bien ?

— Qu'entends-tu par là ?

— Tu as encore tout foutu en l'air, pas vrai ? ai-je soupiré, et alors qu'il allait encore répondre par une question, je l'ai coupé dans son élan. Réponds-moi franchement, Eddie.

— Je ne voulais pas tout foutre en l'air.

J'ai raccroché avant d'en savoir plus, dès que j'ai compris que Tracy était devenue « cette nana-là ». Celle qui fouille dans les affaires de son homme, car elle pense qu'il lui cache quelque chose. Ou plutôt, parce qu'elle le *sait*. En l'occurrence, Tracy a vu juste.

Deux fans d'extraterrestres décrivent à mon frère tous les vaisseaux qu'elles ont croisés. Felix, de retour des toilettes, les a rejoints. D'un coup d'œil sur les poches de son pantalon, je cherche le relief d'un paquet de cigarettes. Mais non, rien à signaler.
J'interviens, trop fatiguée pour m'embarrasser de politesse.
— Tu me donnes les clés de la voiture ? J'ai oublié un truc.
Il me les tend en ajoutant :
— Fais attention.
A-t-il toujours été aussi condescendant ?
Possible.
Oui, je fouille dans les affaires de Felix, une fois de plus. Et, cette fois, je trouve ce que je cherche : un demi-paquet de cigarettes et un vieux briquet en plastique couvert d'éraflures. Ce n'était donc pas une première. Il fume depuis un certain temps. Comment ai-je pu ne rien remarquer ?
À peine remise du choc, je suis prise de colère. Ce n'est pas tant à lui que j'en veux qu'à moi-même. Je suis là, à retourner son sac parce que c'est plus fort que moi. Hantée par une cigarette. Au point de violer son intimité.
Pourquoi ne suis-je pas sortie tout de suite quand il fumait pour lui poser directement la question ? Pourquoi attendre de fureter dans ses affaires ?
Je sais pourquoi. Parce que je suis devenue cette nana-là, celle que je déteste.

S'il se mettait à pleuvoir des chiots et des chatons, que se passerait-il ?

Eh bien, ils mourraient tous écrabouillés, et ce serait affreux ! Non mais, quelle question pourrie !

Franchement, j'ai autre chose à faire. Je suis trop occupée à gérer ce road trip pour perdre du temps avec ces questions débiles. Dès que je rentre à la maison, j'envoie un courrier à l'éditeur pour lui dire que son journal est naze.

On déballe nos valises dans un hôtel à environ huit kilomètres de l'observatoire. C'est le même hôtel que celui où on s'est arrêtés la première fois, à ceci près qu'ils ont changé de nom et fait quelques travaux. Je regarde par la fenêtre et comprends que je me trompe : c'est un autre hôtel. On est de l'autre côté de la route.

Portia dormira avec nous cette nuit, mais elle a seulement posé ses affaires dans la chambre avant de ressortir aussi sec. Depuis qu'on est dans la région, elle se comporte de façon étrange. Un peu comme nous tous, finalement.

L'après-midi touche à peine à sa fin, on a le temps de se reposer et de dîner avant de retourner à l'observatoire de nuit, comme la première fois. Nikki avait choisi d'y retourner tard, après minuit, car elle soutenait que les extraterrestres attendaient que tout le monde soit couché avant de se montrer. Cette fois, on ira après le repas.

Felix veut faire la sieste. J'en profite pour aller me promener.

De l'autre côté de la route, il y a un magasin, *L'Épicerie de Paula*. On y trouve un peu de tout, de la nourriture jusqu'au papier toilette en passant par les filtres à air et diverses paires de ciseaux. Et des cigarettes. Des cigarettes génériques, de marque ou électroniques, ainsi que des gommes à mâcher, des patchs et des pastilles. Paula vend de la nicotine sous toutes ses formes.

J'achète trois paquets de la marque des cigarettes de Felix et trois briquets, tous en plastique bleu. La colère me chatouille quand j'arrive en caisse. Bon sang, c'est hors de prix. Felix n'a pas le droit de dépenser autant d'argent là-dedans, encore moins au risque de perdre son travail !

En sortant, derrière la boutique, j'ouvre un paquet et en sors deux cigarettes que je jette à la poubelle. Puis je jette les briquets par terre et les raie sur le bitume avec ma chaussure. Un passant s'arrête, il doit se demander ce que je fabrique ou me prendre pour une folle. Je lui souris, il s'éloigne.

Quand j'ai terminé, je range le tout dans mon sac et retourne à l'hôtel. Portia discute dehors avec notre belle-sœur.

—Où étais-tu ? s'enquiert Krista.
—De l'autre côté de la rue. Il y a une épicerie.
Portia ricane.
—Tu as trouvé ton bonheur ?
—Ils ont des Mini Berlingots.
—Impossible.
Je hausse les épaules.
—Ils n'en font plus depuis longtemps, soutient Portia.
—Des Mini Berlingots ? Qu'est-ce que c'est ? demande Krista.

À cet instant, Eddie sort de leur chambre, les cheveux mouillés et le tee-shirt propre. Il est capable d'être frais et dispos en moins de cinq minutes.

—Qui a parlé de Mini Berlingots ?
—Beth dit qu'ils en vendent à l'épicerie du coin, explique ma benjamine.

Me voilà dans de beaux draps, mon frère sait bien que c'est impossible. Il secoue lentement la tête, puis se lance dans l'historique de ces berlingots de lait concentré jusqu'à la fin de leur commercialisation.

Portia me jette un regard noir.

— Tu oses nous mentir ?

— Je vais me gêner.

Chez nous, on ne plaisante pas avec les Mini Berlingots, surtout pas ma mère. C'était l'un de ses rares péchés mignons.

La première fois, notre sœur aînée est tombée par hasard sur une boîte de berlingots entamée rangée sur la dernière étagère d'un placard de la cuisine. C'était l'été, pour tromper l'ennui, on avait décidé de mener notre enquête pour identifier le gourmand qui cachait ces sucreries.

— Compte combien il en reste, m'a ordonné ma sœur en me tendant le paquet.

Je devais avoir huit ans, Nikki treize, elle me donnait toujours des ordres, et j'obéissais sans broncher. J'ai compté sept berlingots. Elle a recompté pour vérifier.

— Bon, il faut mettre au point un plan d'attaque. Après le dîner, on surveillera les allées et venues dans la cuisine, et on comptera les berlingots chaque fois qu'une personne sera passée.

Une technique apprise de notre mère. Quelques années auparavant, elle avait eu recours à un stratagème similaire pour retrouver le petit malin qui malmenait ses nains de jardin. On clamait tous notre innocence ; c'était sans doute une biche, disait-on, un opossum ou une autre bête sauvage. Elle n'en croyait pas un mot, et pour cause. Son piège avait fonctionné : elle avait installé une caméra cachée grâce à laquelle Eddie s'est fait prendre sur le fait en train de filer des coups de pied aux statuettes et d'écraser les fleurs alentour.

Nikki et moi, on voulait faire pareil pour démasquer le gourmand. Mais, n'ayant pas de caméra sous la main, on devait se relayer pour monter la garde.

Un soir, j'étais au salon quand Nikki m'a fait signe depuis le couloir, trépignant d'impatience. On a remonté l'escalier à toute allure.

Sa chambre marquait bien la transition de ses treize ans, à mi-chemin entre l'enfance et l'adolescence. Le violet lavande qu'elle aimait tant cédait du terrain au noir et rouge, et ses jouets laissaient la place à des vêtements, des affiches de groupes de rock et des magazines de mode. Elle m'invitait beaucoup moins souvent. Ce soir, c'était spécial.

— C'est maman ! Les berlingots, c'est maman.
— Tu plaisantes ?
— Non, je te jure. Tu vas voir, on va s'amuser.

Son regard brillait si fort qu'il aurait éclairé toute la maisonnée.

Moi, je secouais vigoureusement la tête. Personne ne devait mettre maman en colère, c'était une règle tacite dans cette maison.

— On va s'attirer des ennuis.
— Tu te dégonfles ?
— Nikki, ce n'est pas bien.
— Arrête de faire le bébé.

Je ne voulais pas passer pour une froussarde, surtout pas auprès de ma grande sœur. Et puis, c'était notre secret. Eddie n'était pas au courant, et Portia n'avait que deux ans. C'était notre truc à nous.

Nikki voulait venger Eddie pour ce que notre mère lui avait fait. Après avoir découvert les méfaits de son fils, maman avait été bien pire que nous : elle avait écrasé ses propres fleurs et renversé ses nains de jardin en laissant d'énormes traces dans le sol pour faire croire à Eddie qu'une bête sauvage avait saccagé notre jardin. La réaction de mon frère a été filmée, c'est devenu l'une de nos vidéos de vacances préférées.

Ma sœur ne proposait pas une vengeance aussi cruelle. On s'est contentées de déplacer les berlingots dans un autre placard, toujours sur la dernière étagère du haut. Quelques jours plus tard, on les a rangés au-dessus du réfrigérateur, puis à l'intérieur. Le plus savoureux était d'observer la réaction de maman, lorsqu'on avait la chance de la surprendre.

Le jour où je l'ai vue trouver par hasard ses berlingots dans le réfrigérateur, j'ai lu en elle comme dans un livre ouvert. D'abord la surprise, puis l'incompréhension. Elle a sorti le paquet et l'a remis à sa place en haut du placard. Et la surprise à nouveau en trouvant cette étagère vide. Elle a finalement froncé les sourcils, creusant davantage ses rides, les lèvres plissées.

Inquiète. Tellement inquiète. Elle devait se demander si c'était elle qui avait rangé les berlingots dans le réfrigérateur par mégarde.

J'ai couru à l'étage prévenir Nikki, et l'on a ri de bon cœur. Il était si rare de pouvoir berner maman. Et en toute discrétion, bien sûr.

Malheureusement, notre petit manège n'a pas duré longtemps. L'été a touché à sa fin, et il a fallu reprendre le chemin de l'école. Nikki ne voulait plus entendre parler de moi, ni de maman, ni de quiconque à la maison. Je ne connaissais pas encore le concept du «gaslighting». Je ne savais pas que la façon dont Nikki avait manipulé maman – et dont cette dernière avait manipulé Eddie – avait un nom.

En revanche, j'ai aujourd'hui parfaitement conscience que je m'apprête à faire subir le même sort à mon époux. Oui, je le punis de m'avoir menti.

Quiconque prétend ne jamais avoir pratiqué le «gaslighting» sur sa femme ou son mari est un menteur.

Je guette le pick-up à la moindre occasion, mais on ne l'a plus revu depuis que Portia est allée crier sur ses occupants à la sortie de l'autoroute. Eddie et Felix n'ont aucun scrupule à s'attribuer le mérite de s'en être débarrassé.

Mon frère aborde le sujet au dîner, et la conversation se poursuit sur le trajet du retour à l'observatoire. Secondé par Felix, il raconte cette histoire à qui veut bien l'entendre, y compris à un groupe de jeunes mecs en vacances, à moitié ivres et tout ouïe, tandis qu'Eddie et mon mari sont complètement soûls et bavards comme une pie.

— Vous êtes déjà allés en Alabama ? leur demande Felix. C'est de là que viennent ces types. Je vous jure, ils nous ont suivis depuis là-bas jusqu'ici.

— Qu'est-ce que vous leur avez fait ?

— Nous ? Rien ! C'est eux qui ont provoqué l'accident. Et quand on les a menacés, ils ont détalé.

Mon frère acquiesce tout du long. Portia lève les yeux au ciel sans corriger le récit. Pourtant, c'est bien elle qui les a fait fuir, pas les garçons.

— Vous êtes sérieux ? s'enquiert l'un des jeunes, un grand sportif barbu au tee-shirt à l'effigie de l'université de Clemson.

— Absolument, confirme Eddie.

— Ça m'étonnerait qu'ils vous suivent pour si peu.

— Je me suis fait la même réflexion, concède Felix. Jusqu'au jour où je les ai vus de mes yeux.

— Ils ont crevé nos pneus avec des clous, insiste mon frère, presque fier. Et ils ont volé notre démarreur.

— *Relais* de démarreur, rectifie mon époux.

— Oui bon, le relais.

Clemson semble peu convaincu.

Ses copains, jusqu'à présent emballés par le récit, observent un silence.

— Belle histoire, en tout cas, conclut le sportif avant de nous tourner le dos, parcourant du regard le reste de la plate-forme.

Sur le moment, je me dis que mon frère va lâcher l'affaire. Mais non, ce serait trop beau. Ce gosse de Clemson, c'était Eddie il y a quelques années. À la différence que son tee-shirt indiquait Duke.

— Allez, viens, lui dis-je. Allons chercher des extraterrestres.

Mais il m'ignore.

— Tu ne me crois pas, hein ? lance-t-il à Clemson.

— Pour être franc, si. Parce que si tu t'inventais une vie, tu trouverais plus palpitant que ça.

Aïe.

— Du calme, intervient Felix. Bonne soirée, les gars. Allez, Eddie, viens.

Le gosse de Clemson se tourne vers moi :

— C'est ton mec ?

— Non, mon frère. Mon mari, c'est l'autre.

— Eh bien, ton frère est un sale menteur.

Sur ce point, il n'a pas tort.

— Et toi, tu n'es qu'un abruti, lui dis-je.

Pris de court, il réagit au quart de tour :

— Eh, tout doux ! T'es du genre susceptible, hein ?

— Elle t'en pose des questions ? me défend ma sœur.

Clemson pivote alors vers elle. Portia sirote une vodka-Sprite dans une canette sans même lui adresser un regard. Il la reluque sans vergogne, s'approche et se présente :

— Je m'appelle…

— Non, l'interrompt ma sœur.

— Laisse-moi au moins…

— Non.

— Je peux t'aider à…

— Non.

— Mais quelle famille de bouffons ! s'esclaffe Clemson, aussitôt imité par ses compères qui surenchérissent :

— C'est clair !

— Je commence à croire à votre histoire de psychopathes. Si des gens vous suivent partout pour vous casser la gueule, c'est que vous le méritez.

Sur ce, il s'éloigne, ses sbires sur ses talons.

Eddie n'a pas dit son dernier mot. C'est vraiment le roi des cons, surtout avec un coup dans le nez et le soutien de Felix. Ensemble, ils n'ont pas l'air commodes.

— Alors, comme ça, tu t'en prends à mes sœurs ?

Le sportif se retourne.

— Je ne m'en prends à personne, mec.

C'est à cet instant que je mesure l'efficacité des vortex et de cet observatoire : on a voyagé dans le temps, retour à l'époque du lycée. Et notre chef des pom-pom girls, j'ai nommé Krista, entre en scène :

— Que se passe-t-il ?

Pas sobre, elle non plus. Elle boit la même chose que Portia, mais en version *light*.

— Rien, dis-je.

— Non, pas rien : ces types s'en prennent à Beth et Portia, rapporte Felix.

Oh non, il ne va pas s'y mettre aussi.

Eddie pouffe.

— Il faut leur pardonner, ils sont arriérés. Ils viennent de Clemson.

— Pardon ? s'indigne le jeune. Et toi, où est-ce que…

— À Duke. J'étais à Duke.

Clemson éclate de rire.

— Ah, je comprends mieux ! Tous des consanguins, à Duke.

Le premier coup de poing vient de mon frère, rien de surprenant. Son ego et sa colère l'emportent toujours sur sa raison, avec ou sans alcool. Pour le faire dégoupiller au point de frapper quelqu'un, c'est très simple : il suffit d'insulter son ancienne fac.

Mais face à Clemson, il n'a pas le dernier mot.

La bagarre ne s'achève que grâce à l'intervention d'un type baraqué qui tonne de sa grosse voix :

— Ça suffit !

Silence. Les autres gamins cessent d'encourager leur copain, Krista arrête de hurler, et je détourne mon regard en prenant conscience que les sirènes qu'on entend en fond sonore ne viennent pas d'un écran de télévision.

J'ignore qui a appelé la police, mais on ne peut pas lui en vouloir. L'observatoire est dédié aux OVNI, pas aux bagarres de comptoir. Et je ne reproche pas davantage aux flics leur humeur massacrante, car on est dimanche, un soir de match.

Eddie est arrêté ainsi que l'étudiant de Clemson. Ce dernier n'en revient pas, contrairement à nous. Tout ce beau monde fait profil bas au commissariat du coin, et l'on patiente dans le hall en attendant de connaître le montant de la caution. Je me tourne vers les copains de Clemson, c'est plus fort que moi :

— J'ai du mal à croire que votre pote ait un casier vierge. Avec une grande gueule pareille...

Felix en a la mâchoire qui se décroche. Idem pour les étudiants. L'un d'eux, un autre barbu, me traite de conne.

Je pouffe de rire.

— Je comprends pourquoi c'est l'autre, votre chef de bande.

— On n'a pas de chef.

— Si ça te fait plaisir, crois ce que tu veux.

Portia ricane. Parfois, on est vraiment une famille de cons. On tient ça de grand-père. C'est dans nos gènes.

La nuit s'achève comme on pouvait s'y attendre : avec Eddie en cellule de dégrisement.

À la réception, on est accueillis par le flic en rogne qui a procédé à l'arrestation. Il nous sourit.

— Revenez demain matin, dit-il. Personne ne sortira sans l'autorisation d'un juge.

L'un des étudiants secoue tristement la tête.

— On est foutus.

— Trouve-nous un avocat, lui conseille un autre.

— J'en connais pas, comment on fait ?

Ils sont encore en plein débat quand on quitte le commissariat.

Krista est silencieuse. Trop silencieuse. Je ne suis donc pas surprise de la voir fondre en larmes sur le chemin du retour à l'hôtel. Je suis au volant en conductrice désignée, et Felix occupe le siège passager. Krista est à l'arrière avec ma petite sœur qui cherche à la consoler sans grande conviction.

— Ils le laisseront sortir demain. Ce n'est rien, je te jure. Il n'aura qu'à payer une amende.

Krista sanglote de plus belle. Portia me regarde en haussant les épaules. Mon mari, lui, a enfin compris qu'il devait la mettre en veilleuse.

— Eddie va s'en sortir, renchéris-je.

— Je sais bien. Il s'en sort toujours.

Je ne dis rien, ça vaut mieux, sans quoi j'aurais répondu qu'il a déjà fait pire.

En arrivant sur le parking de l'hôtel, Krista essaie de se ressaisir.

— C'est juste que... Je n'arrive pas à croire que j'ai épousé un con pareil.

Ah. Oups.

— Je ne te le fais pas dire, intervient Portia.

Ma belle-sœur a un petit éclat de rire, puis marmonne un « ouais » timide.

Avant de sortir de la voiture, je lance un regard à ma sœur dans le rétroviseur. Elle me fait un signe de tête.

— Tu sais quoi ? Je vais dormir avec toi ce soir, dit-elle à Krista.

— Oh, ne te sens pas obligée.

Felix s'en mêle.

— C'est une bonne idée. Avec cette histoire de pick-up et tout ce qu'ils ont fait à la voiture, aucun de nous ne doit dormir seul. On ne sait jamais.

Personne ne peut le contredire sur ce point.

Portia vient récupérer son sac dans notre chambre. On en veut toutes les deux à notre frère. Je le lis dans ses yeux et le ressens au fond de moi. Mais, depuis que notre belle-sœur s'est mise à pleurer, on préfère ne pas enfoncer le clou. Je lui souhaite bonne chance. Elle lève les yeux au ciel.

Mon mari est déjà dans la salle de bains, et je me souviens d'y avoir posé le briquet en évidence. Il ne devrait pas tarder à le voir.

Si tu pouvais remonter dans le temps, que ferais-tu différemment ?

Je ne serais jamais venue visiter cet observatoire d'ovnis : il n'y a rien à voir ici. Quelle déception, ça craint ! Évidemment, je ne crois pas aux extraterrestres, mais j'ai pensé qu'on apercevrait au moins un truc qui ressemblerait à une soucoupe volante, on aurait bien rigolé. Mais non, il n'y a rien du tout.

En revanche, je ne regrette pas d'avoir pris les rênes de ce voyage et encore moins d'avoir drogué grand-père. Il le mérite. Il mérite tout ce qui lui arrive et bien pire encore.

Felix reste un bon moment dans la salle de bains. Je me doutais qu'il mettrait du temps et me suis donc installée sur le rebord de la fenêtre pour scroller sur Instagram. Quant à l'autre, il n'a rien posté aujourd'hui, ce qui me rend un peu nerveuse. J'aimerais aller sur place, voir ce qu'il fait, mais je suis loin de la Floride.

Soudain, je me souviens qu'Eddie est de garde ce soir. Depuis sa cellule, il aura du mal à assurer sa mission.

Je m'imagine Felix dans la salle de bains, ne s'expliquant pas comment son briquet a pu atterrir par terre à côté des toilettes.

Aurait-il glissé de ma poche ? Impossible, je suis presque certain de l'avoir rangé dans mon sac.

Non, son briquet n'est plus dans son sac. Je l'ai sur moi, ainsi que son paquet de cigarettes.

Je m'amuse parfois à jouer à ce jeu. À imaginer ce qu'il pense. En général, je le fais après une dispute et tente de deviner ce qui lui passe par la tête.

Elle a tort, elle n'y comprend rien. Quelle conne.
Devrais-je lui demander pardon ?
Non, c'est à elle de s'excuser. Je ne céderai pas. Pas cette fois.

Mais bon, ça fait un moment maintenant. Elle doit vraiment m'en vouloir.

Bon, allez, je vais m'excuser. Mais juste cette fois. Après ça, plus jamais.

La plupart du temps, c'est lui qui demande pardon le premier.

En sortant de la salle de bains, il me décoche un semblant de sourire et va fouiller la petite poche de son sac à dos tout en me demandant :

— Tu ne te couches pas ?

Je lui désigne le parking.

— Quelqu'un doit monter la garde. C'était au tour d'Eddie.

— Ah, d'accord.

Il ne trouve pas ce qu'il cherche dans cette poche. Son regard balaie la chambre.

— Tu as perdu quelque chose ?

— Mon chargeur de téléphone.

Pas l'ombre d'une hésitation. Un menteur hors pair.

Il se dirige vers sa valise qu'il inspecte de fond en comble.

— Après Eddie, c'est au tour de qui ?

— Krista.

— Tu penses qu'elle va le faire ?

— Non. Tu peux emprunter mon chargeur si tu veux.

Il cesse de chercher.

— Je veux bien, merci.

— Il est sur la commode.

Mon mari branche son portable et s'assied sur l'un des lits.

— Je ferais bien de prendre le tour de Krista.

Pour lui, c'est une aubaine. L'excuse parfaite pour sortir. Et donc pour fumer.

— Comme tu veux.

—On devrait continuer les tours de garde, insiste-t-il. Au moins pendant un jour ou deux, histoire d'être sûrs qu'ils ne nous suivent plus.

—D'accord.

Je regarde par la fenêtre et me demande si mon frère est dans la même cellule que Clemson. Est-ce que la police les garde à l'œil ? Lorsque je me retourne vers Felix, je le surprends à lorgner la table de chevet dont le tiroir est de travers.

Bien vu, mais non.

Il ne vérifie pas son contenu et retourne dans la salle de bains. Ce paquet de cigarettes va le rendre fou, il n'a pas la moindre idée de l'endroit où il se trouve. Et il ne le retrouvera pas. Du moins pas avant demain.

Plus que six jours

Avant de pouvoir faire sortir Eddie, on doit régler quelques formalités. Ils ne le libéreront pas tant qu'il ne sera pas passé devant un juge. On est donc envoyés en salle d'audience, à deux pâtés de maisons du commissariat. Un petit bâtiment parmi tant d'autres. J'ai du mal à croire que c'est ici que justice est faite.

Les copains de Clemson sont eux aussi au rendez-vous. Ils s'assoient à l'autre bout de la pièce, c'est-à-dire à un mètre cinquante de nous.

Tout se déroule très vite. Dans une petite ville comme celle-ci, la justice s'ennuie; la seule autre affaire du jour concerne un type ivre mort qui s'est endormi sur le capot de sa voiture. Pour lui, ce sera une amende pour état d'ébriété sur la voie publique.

Clemson et Eddie ont moins de chance. Ils ont droit à une leçon de morale. Le juge est prolixe, faute de n'avoir rien d'autre à faire aujourd'hui. Mais les délits restent classés mineurs : insulte à agent, ivresse et trouble à l'ordre public, cinq cents dollars d'amende chacun.

Cette petite escapade aura coûté cher en temps, en argent et en énergie. Bref, du grand Eddie.

En revanche, c'est au moment de sortir qu'on est tous surpris.

Mon frère accompagne Clemson vers la porte. Ils s'esclaffent et se tapent dans le dos comme de vieux copains. Les amis de Clemson tombent de haut, eux aussi.

—C'est une blague? s'insurge Krista.

En arrivant à notre niveau, Eddie tend la main au gamin.

—Ce fut un honneur de partir au front avec toi.

—Le plaisir est partagé, mec, répond l'autre.

Ils échangent une poignée de main, se tapent mutuellement l'épaule et repartent chacun de leur côté. Eddie pivote alors vers nous, tout sourire.

—Salut, les gars!

Ce qui lui vaut un regard assassin de sa femme, les bras croisés.

—Tu te fous de moi?
—Ça va, calme-toi. Un jour, tout le monde en rira.
—Crétin.

Elle tourne les talons et s'éloigne vers la voiture. Eddie la suit.

—Allez, quoi… Avoue qu'on a bien rigolé!

Krista ne desserre pas les dents. Elle commence à me plaire.

L'argent de la caution, c'est Felix et moi qui l'avons déboursé. On a pu payer les cinq cents dollars parce qu'il nous restait un peu de marge sur notre compte bancaire. Ce qui n'était pas le cas de Krista.

De retour en voiture, mon frère reprend le volant.

—Rien à signaler au niveau de la voiture, je présume?
—Non, aucun problème, dis-je. À part toi.
—Pas de pick-up en vue?
—Non, confirme Felix.

— Je m'en doutais.

Sa réponse pique la curiosité de sa femme.

— Comment ça, tu t'en doutais ?

— Eh bien, j'ai discuté avec Derrick…

— Derrick ?

— Derrick, le type de la fac de Clemson. En fait, ce sont d'anciens élèves. Ils sont plus vieux que je ne le pensais.

— On s'en fiche, marmonne Krista.

— Bref, on a eu tout le temps de papoter, vous vous en doutez. Derrick m'a expliqué pourquoi cette histoire de pick-up lui a paru si invraisemblable. Bon d'accord, il l'a très mal formulé et n'aurait jamais dû nous traiter de consanguins, mais sa théorie n'est pas inintéressante.

On rejoint la nationale, pas d'autoroute pour cette fois. Eddie passe par le drive d'un fast-food. Il se commande un repas gargantuesque et nous demande si l'on veut quelque chose.

Ce sera son petit déjeuner.

Bientôt, la voiture sent le gras comme si on l'avait plongée tout entière dans l'huile de friture. Mon frère se gare pour s'empiffrer tout en nous exposant le point de vue de Derrick.

— Je lui ai tout expliqué depuis le début : l'accident, votre impression d'être suivis par le pick-up, la seconde crevaison et la disparition du relais de démarreur. C'est fou comme un avis extérieur peut apporter du recul et de la clairvoyance. On peut trouver des dizaines de causes à chaque événement, sans que ça ait le moindre rapport avec notre accident en Alabama. (Il marque une pause pour mordre dans son sandwich.) Le pneu, par exemple. Peut-être qu'on a vraiment roulé sur des clous. Et le relais de démarreur. C'était sur le parking d'un vieux motel décrépit au milieu de nulle part, quelqu'un nous l'a peut-être volé pour réparer sa voiture. Ou pour le revendre et se faire trois sous.

— Mais on a tous vu le pick-up, rappelle Krista. Et j'ai reconnu le type qui errait sur le parking.

Il hausse les épaules.

— Tu sais combien de gens roulent en pick-up noir dans ce pays ? Quant à ce type, il était tard. Il faisait nuit. Ça pouvait être n'importe qui. (Il mâche son rösti et secoue la tête.) On a réuni une série d'éléments qui n'avaient aucun lien entre eux pour construire une théorie qui ne tient pas la route.

Cette dernière phrase ne ressemble pas à Eddie. Ce sont les mots de Derrick.

Krista s'en aperçoit.

— C'est n'importe quoi.

— Attends une minute ! s'écrie Portia. Ça veut dire que tu as enfreint l'une des règles !

— Quelles règles ? demande ma belle-sœur.

Je pâlis et regarde Eddie dans le rétroviseur.

— Oh non, tu as été en prison ! Grand-père a bien spécifié que...

— ... personne ne doit finir en prison, je sais. Mais il a bien parlé de prison. Une nuit en cellule de dégrisement, ça ne compte pas.

Peut-être pas. Ou peut-être que si. Mais ça vaut le coup d'y réfléchir.

Je remarque pour la première fois l'odeur de renfermé dans la voiture. Nos sacs pleins de linge sale finissent par empester, à moins que ce ne soit le fait de rester aussi longtemps assis chacun à la même place. J'ouvre ma vitre. Portia reçoit tout le courant d'air comme une gifle et se décale sur la banquette.

— Je déteste le Colorado, ronchonne-t-elle.

— Moi aussi.

— Moi aussi ! crie notre belle-sœur.

Felix se contente de hausser les épaules, et mon frère ne dit rien. Sans doute trop occupé à penser à son nouveau meilleur ami, Derrick.

— Franchement, ajoute Portia. Il ne nous est jamais rien arrivé de bon ici. Jamais.

Elle repense à grand-père, à Nikki, et je ne peux que la comprendre. Mais j'aimerais ne pas reparler de tout ça.

— Pourquoi, que s'est-il passé ?

Raté. Merci, Felix.

— Intoxication alimentaire, répond ma petite sœur.

Je lui lance un regard qu'elle ne me rend pas.

Elle poursuit :

— On était tous cloîtrés dans une chambre d'hôtel, on se croyait en quarantaine.

— Pendant combien de temps ? demande Krista en se tournant vers ma sœur.

On ne l'a pas beaucoup entendue depuis qu'on a fait sortir Eddie de sa cellule.

— Plusieurs jours. Ça m'a paru une éternité.

Pour une enfant de six ans, je veux bien la croire. Elle ne comprenait rien à ce qui lui arrivait. Mis à part que grand-père était malade, que Nikki prenait les commandes et qu'on était coincés dans le Colorado.

Et que notre papi était un très vilain monsieur.

Maintenant que je suis adulte, je prends conscience de mon sentiment d'impuissance à l'époque. Entre le kidnapping et les mensonges, mon grand-père n'était pas l'homme que je croyais connaître, il ne l'avait jamais été. Il était de ces types qui frappent leur femme.

À douze ans, je ne pouvais pas le concevoir comme tel, je ne pouvais pas formuler mon ressenti avec ces mots. Si j'avais alors dû m'exprimer, j'aurais dit que mon grand-père était un monstre.

Mais je n'ai pas eu besoin de le faire, Nikki s'en est chargée.

On arrivait à court d'argent, or le seul moyen d'en récupérer était d'utiliser la carte de crédit de grand-père. Mais on ne connaissait pas son code.

Ma sœur le lui a demandé, il a répondu quatre, deux, cinq, neuf. Elle s'est empressée de descendre au distributeur du coin pour retirer du liquide. Enfin, c'était le plan. Quelques minutes plus tard, elle est remontée en courant, essoufflée et en furie.

— Code erroné !

Allongé sur le lit, grand-père était mal en point et il sentait mauvais.

— Impossible. C'est quatre, deux, neuf, cinq.

— Ce n'est pas ce que tu m'as dit tout à l'heure.

— Si, si. Quatre, deux, neuf, cinq.

Nikki est repartie au pas de course. Je dois reconnaître que j'y ai cru. Avec tous ces cachets dilués dans l'eau, il y avait de quoi s'emmêler les pinceaux.

Un long moment s'est écoulé avant que Nikki ne revienne, à présent calme et pas essoufflée. Elle s'est assise tranquillement à côté de lui sur le lit pour prendre sa main dans les siennes.

— Je sais ce que tu essaies de faire. Au troisième code erroné, le distributeur avalera la carte.

Il n'a pas réagi.

— Si tu ne me donnes pas le bon code, j'appelle nos parents pour leur dire tout ce que tu as fait.

Elle a laissé passer une bonne minute de silence, le temps de jauger sa réaction. Mais il n'y en a eu aucune.

Par la suite, je me suis souvent demandé à quel point maman connaissait son père. Pourvu qu'elle n'ait jamais su pour les violences conjugales. Elle ne l'aurait jamais toléré. Jamais.

Mais, ce jour-là, les menaces de Nikki ne concernaient pas notre grand-mère. Elle s'est tournée vers notre petite sœur, qui jouait avec ses poupées sur l'autre lit.

— Je vais dire à maman que tu as tripoté Portia.

Il a pris un air horrifié, sous le choc. Les mots lui manquaient.

Eddie, alors assis au bureau, s'est levé d'un bond.

— Tu ne ferais pas ça !

— Je te jure que si.

— Tu mens, a protesté mon frère.

— Non, Eddie, suis-je intervenue. C'est la vérité, je l'ai vu faire.

Nikki mentait, et je le savais très bien : je mentais avec elle. Peut-être étais-je furieuse après grand-père, moi aussi. Ou peut-être craignais-je qu'elle ne retourne sa colère contre moi.

On était toutes les deux investies dans cette mission, on était alliées. On jouait une partie de Risk grandeur nature.

Portia ne comprenait rien à ce qu'on racontait, elle ne nous prêtait même pas attention. Et ça nous arrangeait bien.

Mais aujourd'hui, elle est au courant.

Le trajet a été interminable avant qu'on franchisse la frontière et qu'on sorte enfin du Colorado.

— Le Wyoming est tellement dépeuplé qu'il mérite à peine un statut d'État à part entière, décrète Portia. Mais au moins, le Colorado est derrière nous.

Elle n'a jamais parlé autant depuis le début du voyage. Sa canette doit y être pour quelque chose : elle ne contient pas que du soda.

— Vous vous souvenez de notre dernier passage ici ? On avait l'impression de tourner en rond.

Elle n'a pas tort, le Wyoming est un labyrinthe de routes désertes sur fond de superbes montagnes à l'horizon. Et des machines de fracturation hydraulique. Il y a vingt ans, elles n'y étaient pas.

On fait un premier arrêt pour un repas sur le pouce, puis un second dans l'après-midi pour le plein d'essence. La station et quelques boutiques sont agglutinées au creux des collines, uniques témoins de l'ère moderne, outre la présence des routes.

On en profite pour aller aux toilettes et se dégourdir les jambes. Je vais avec Portia dans un magasin de spiritueux, le seul endroit où acheter de l'alcool fort dans le Wyoming. Elle fait le stock de vodka.

— Ça va ? je lui demande.

Je la trouve étrangement alerte pour quelqu'un qui a bu toute la journée.

— Oui, pourquoi ?

Je hausse les épaules et choisis dans les rayons quelques gâteaux, chips, roulés à la cannelle et des cigarettes.

— Sympa, commente Portia.

À la caisse, l'employé ne m'adresse pas un regard, toute son attention est sur ma sœur. Sans doute à cause de son minishort, de ses cuisses interminables ou de ses bras chargés d'une quantité d'alcool suffisante pour venir à bout d'un régiment. Ou serait-ce à cause de ses vingt-six ans ?

Remarquant qu'il la reluque, elle lui sourit.

— Vous m'accorderiez une ristourne pour le lot ?

— Ça dépend. Je suis invité à la fête ? demande-t-il d'une voix de baryton, l'air lubrique.

Comment Portia fait-elle pour supporter ça ?

— J'adorerais vous inviter, mais on n'est que de passage.

— Vous ne savez pas ce que vous perdez.

— J'imagine.

Il nous fait une remise de vingt pour cent sur l'ensemble. Voilà ce que j'appelle du pouvoir.

Dehors, il fait bon, mais pas trop chaud. Eddie nous attend, le plein est fait. Krista, assise dans la voiture, boude son mari. Felix est «aux toilettes», et je sais quoi en déduire. Je profite que ma petite sœur monte en voiture pour échanger deux mots avec Eddie. Il m'attire à l'écart.

— Toi aussi, tu considères que j'ai enfreint l'une des règles ?

C'est donc ça qui l'inquiète.

— Je ne sais pas. Ce n'est pas moi qui les ai écrites.

— Ça n'a duré qu'une nuit.

— C'est vrai.

— Une toute petite nuit, marmonne-t-il comme pour s'en convaincre.

On repart. Toutes les routes se ressemblent, les paysages se ressemblent. Seule différence : il y a de la vodka dans mon soda. Portia est un vrai moulin à paroles, elle nous parle d'un club de La Nouvelle-Orléans qu'aucun de nous ne connaît. Au moins, elle chasse le silence. Sans quoi on serait murés dans la colère de Krista et une vague odeur de tabac.

L'alcool m'aide à me détendre. Je commence à me dire que le pire est derrière nous. Les types du pick-up sont partis, Eddie est sorti de prison, et l'on déroule les kilomètres. On est toujours là, toujours en voiture. Pour l'instant, tout se passe bien.

On est au nord de Casper, c'est là qu'on va dormir cette nuit. Eddie se gare sur le parking du *Western Sun*, et pour la millième fois, Felix nous fait remarquer combien tous ces hôtels se ressemblent.

—Je suis d'accord, le soutient Krista. Je ne suis pas si sûre que le Wyoming soit mieux que le reste.

Ses premiers mots depuis qu'on a quitté le Colorado.

Eddie ne dit rien. Il ne réagit pas et descend de la voiture pour décharger nos bagages du coffre. En sortant à mon tour, je l'entends pester :

—C'est pas vrai !

Son ton est glacé. J'ai beau être avinée, je comprends immédiatement qu'il y a un problème.

—Quoi ?

Je presse le pas pour le rejoindre. Il ne me faut pas longtemps pour comprendre le souci : Eddie a sorti toutes les valises et ouvert le cache du compartiment de la roue de secours.

Le renfoncement sur le côté est vide. Pas de caisse en bois. Rien. Les cendres de grand-père ont disparu.

WYOMING

Devise de l'État :
Égalité des droits

Si vous êtes curieux de connaître le meilleur moyen de vous faire renvoyer d'un motel aussi miteux que le *Western Sun*, j'ai la solution : égarez les cendres de votre grand-père. Ensuite, trouvez un frère fou de rage qui vous fait une scène et vous reproche ladite disparition.

— Vous vous foutez de moi ! Vous avez laissé grand-père dans la voiture la nuit dernière ? hurle-t-il.

Portia s'en mêle et marmonne :

— Avec un frangin en prison, figure-toi qu'on avait d'autres chats à fouetter.

Il se tourne alors vers sa femme.

— Tu m'as vu prendre cette boîte avec moi toutes les nuits ! Comment as-tu pu oublier de monter l'urne dans ta chambre ?

— Arrête de me crier dessus ! Ce n'est pas moi qui ai fini en taule !

Sur ce, elle s'éloigne.

— Bien joué, crétin ! grogne ma sœur.

J'en rajoute :

— Krista n'a pas tort.

On ne fait qu'alimenter sa fureur.

— Et les tours de garde, alors ?
— C'était à toi de surveiller la voiture. Mais tu étais en prison.
— Alors vous n'avez rien fait ?

Je lève les mains pour calmer le jeu, ça devient ridicule.

— Felix et moi, on a essayé, mais on n'est pas des machines, on a besoin de sommeil. Je me suis peut-être assoupie.
— Tu es sérieuse ? s'agace Felix.
— Eh bien, oui. Pardon, mais la nuit je dors.
— Sale con ! hurle Krista depuis l'autre bout du parking.

Eddie donne un coup de poing dans la portière.

— Arrête, lui dis-je. Tu perds la tête. Franchement, tu crois vraiment que quelqu'un viendrait forcer le coffre pour voler une urne ?
— Ben oui, la preuve !
— Tu as regardé à l'intérieur des valises ?

Il soupire.

— Pourquoi aurait-on...
— Est-ce que tu as vérifié ?

Il déballe tous les bagages et les fouille à la va-vite, faisant voler nos vêtements. J'aurais presque envie de prendre le relais pour chercher moi-même, mais j'ai trop bu. Et j'ai la flemme. C'était mon idée, après tout.

— Pas là... ni là... ni là..., répète-t-il en boucle.

Felix vient me susurrer à l'oreille :

— Avoue que c'est étrange.
— Je sais.
— Pas touche à ma valise ! s'écrie Portia.

Elle l'ouvre elle-même et lui montre qu'elle n'y cache pas les cendres de notre grand-père. Eddie fouille l'intérieur de la voiture et jette dehors tout ce qui lui tombe sous la main. Gâteaux, déchets, bouteilles d'eau, pull-overs. En découvrant les bouteilles de vodka, l'une vide et l'autre bien entamée, il se tourne vers Portia.

— Tu te fous de moi ?

— Je ne suis pas la seule à avoir picolé.

— C'est quoi, ce bordel ? hurle quelqu'un.

Cette voix est celle d'un homme très imposant et torse nu qui approche en trombe sur le parking. On croirait qu'il vient de se réveiller, débraillé et remonté comme un coucou.

— Qu'est-ce qui se passe ici ?

Portia est la seule assez bête et assez soûle pour oser le rembarrer.

— Je vous en pose des questions ?

— Nom d'un chien, vous allez me répondre ! Vous dérangez mes clients avec votre raffut !

— Vous travaillez ici ?

Son regard déborde de mépris lorsqu'il me dit :

— Non seulement je bosse ici, mais je suis le patron. Et vous faites un vacarme à réveiller les morts.

— Parce que vos clients sont des zombies, peut-être ? Ou des vampires ? Ce sont les seuls morts qu'on pourrait réveiller…

— Foutez-moi le camp !

Eddie ressort de la voiture qu'il continuait de fouiller.

— Je ne vais nulle part tant que je n'ai pas retrouvé notre grand-père !

L'homme hésite.

— Vous avez cinq minutes.

— Dans ce cas, il va falloir nous rembourser, fais-je remarquer.

Il s'éloigne vers son bureau en nous faisant signe de le suivre. Je pousse Felix pour qu'il récupère notre argent et j'en profite pour chercher Krista. Allez savoir où elle est passée.

Portia entreprend de ranger sa valise, tâche laborieuse en état d'ébriété. Je regarde dans le coffre toujours vide, le compartiment de la roue de secours ouvert.

Par terre, le soleil se reflète sur un objet brillant près de la roue arrière entre les valises d'Eddie et de Portia.

Je ramasse l'objet, le glisse dans ma poche et demande à mon frère, occupé à fouiller les places avant :

— Tu trouves quelque chose ?

— Non.

Je me tourne vers ma sœur, qui hausse les épaules.

— Personne ne sait ce qu'on transporte, lui dis-je. Et ces cendres n'ont de valeur que pour nous.

Eddie sort de la voiture et s'appuie contre le pare-chocs pour ajouter :

— Une sacrée valeur, d'ailleurs.

— Des cendres, ce n'est ni plus ni moins que de la poussière. Personne n'ira vérifier que c'est bien grand-père, suggère Portia.

Mon frère grimace.

— Il faut être tordue pour avoir une idée pareille.

— Et il faut être tordus pour la mettre en pratique, mais on n'a pas le choix.

— Grand-père était furieux, dis-je. Jusqu'à sa mort, il nous en voulait à tous.

— Et nous, alors, on n'a pas de bonnes raisons de lui en vouloir ?

Portia a raison. On l'a tous pris en grippe depuis ce fameux road trip.

— Et si quelqu'un s'en prenait physiquement à nous ?

— Mais pourquoi ? lui demande Eddie.

— Parce qu'il était fou ? Parce que c'est typiquement le genre de petit jeu sadique auquel il était capable de jouer ?

Je retourne la situation dans tous les sens, bien que mon cerveau fonctionne au ralenti. Une autre personne pourrait s'intéresser à nous aujourd'hui, et ce n'est pas grand-père.

—Tu penses qu'il s'est débrouillé pour qu'on ne puisse jamais terminer ce voyage ?

—Pourquoi pas ? lui répond notre sœur. Il a peut-être payé des gens pour nous suivre. Les mecs du pick-up, par exemple.

—Il est possible qu'ils bossent pour quelqu'un, renchéris-je.

Eddie reste coi, comme si une ampoule venait de s'allumer dans son cerveau.

—Vous savez quoi ? Vous avez peut-être raison. Peut-être que grand-père nous a fait suivre pour s'assurer qu'on respecte bien les termes du contrat.

—Et pour nous balader, précise Portia comme une évidence.

L'idée fait son chemin dans la tête de mon frère.

—C'est possible.

—Sans blague.

Il ne lui répond plus et s'éloigne vers l'hôtel, me laissant seule avec ma sœur.

Le soleil décline, et le parking du *Western Sun* plonge peu à peu dans la pénombre. La teinture noire de ses cheveux s'estompe, ça ressemble désormais à du charbon roussi. Elle baisse les yeux et me demande :

—Tu penses que grand-père nous mène en bateau, pas vrai ?

—Pas forcément.

Elle paraît surprise.

—Ah bon ?

—Ça peut aussi être quelqu'un d'autre.

Elle ne bouge plus, comme si elle voyait un fantôme, ou pensait à un fantôme.

— Non, dit-elle. Ça ne peut pas être Nikki. Je veux dire… non. Ce serait de la folie.

Pas tant que ça.

Nikki serait bien du genre à voler une caisse remplie de cendres. Je la connais par cœur. Je la connais depuis toujours.

Si tu étais un animal, lequel serais-tu ?

Aujourd'hui, je serais un guépard. L'animal le plus rapide au monde. Il irait bien plus vite que ce monospace à la con. Je te jure, j'ai parfois l'impression de rouler en charrette. Je n'ai pas connu le temps des charrettes, mais j'imagine. C'est lent.

Sinon, le reste du temps, je choisirais plutôt le lion. Être le roi de la jungle, tout le monde en rêve. Celui qui choisirait autre chose est un idiot. Un lion et pas une lionne bien sûr, pour la crinière. J'adorerais avoir une crinière, il faudrait que les lionnes en aient une aussi.

Tout le monde se trompe sur les lions. On croit à tort que la femelle part chasser pendant que le mâle se tourne les pouces en attendant que le repas soit servi. Quand les explorateurs ont fait leur boulot, ils ont vu des lionnes chasser et des lions poireauter, et ils en ont fait une généralité. Mais c'est faux.

Depuis, on a des caméras plus performantes, de meilleurs objectifs, on a filmé depuis le ciel, depuis des hélicoptères. On a découvert que les lions chassaient, mais seulement depuis de hauts fourrés capables de les dissimuler. C'est maman qui me l'a expliqué. Elle m'a appris à ne jamais me fier aux apparences.

Après avoir été chassés de notre précédent motel, on finit au *Peak Valley*. Une fois de plus, Eddie fouille la voiture à la recherche de la caisse de cendres en marmonnant dans sa barbe :

— … le temps de poser les affaires… elles sont restées dans le coffre toute la visite à l'observatoire… personne ne les a sorties de la voiture pour la nuit…

Cette histoire lui monte à la tête. Mais il ne crie plus, c'est déjà un progrès. Et Krista non plus. Elle est la première à filer dans sa chambre. Portia s'apprête à dire quelque chose à Eddie, mais je la coupe dans son élan pour m'éloigner avec elle. Ma sœur dormira avec Felix et moi ce soir. À peine entrée dans notre chambre, elle s'effondre sur le lit que je n'ai pas eu le temps d'asperger de désinfectant.

— Je suppose qu'elle ne sortira pas dîner ce soir, fait remarquer Felix.

— Personne ne viendra, à mon avis.

On abandonne Eddie sur son parking et l'on traverse la route en direction d'un fast-food, le *Buffalo Burger*.

Devant de gros hamburgers avec double portion d'onion rings et nos boissons gazeuses, je prends conscience que c'est notre premier dîner en tête-à-tête depuis le début du voyage.

Felix ricane :

— Tu parles d'un repas !

— Au moins, on ne se lèvera pas avec la faim au ventre. (Je brandis mon hamburger avec son énorme steak dégoulinant de cheddar.) Voilà ce que j'appelle un hamburger buffalo.

— Ma femme mérite le meilleur.

Vraiment ? Et elle mérite qu'on lui mente aussi ? Comme quoi, l'un n'empêche pas l'autre. J'aurais mis plus de temps à le comprendre si ma famille n'avait pas été adepte du Risk.

Le Risk était une passion pour Nikki. Même à l'âge où elle s'intéressait aux garçons, ce jeu restait une obsession. L'une de nos dernières parties remonte à quelques jours avant le premier road trip.

Maman, papa, Nikki, Eddie et moi, on y jouait tous ensemble. Portia nous regardait.

Durant la première demi-heure, Nikki a pris le contrôle d'un continent tout entier. Avec Eddie pour allié. Mais leur coalition n'a pas duré, puisque les terres sur lesquelles elle a ensuite jeté son dévolu étaient celles qu'il convoitait aussi.

— Je croyais que tu ne voulais pas prendre l'Australie.

— Je vais me gêner.

Nikki le disait souvent. « Je vais me gêner. » Surtout pendant une partie de Risk.

Ce soir-là, l'Australie l'intéressait, et elle s'en est vite emparée – avec mon aide, bien sûr – puisque son but était de rayer Eddie de la carte.

Ensuite, elle s'en est pris à moi, se foutant royalement que je l'aie épaulée.

— Les alliances ne durent jamais.

Une leçon apprise de papa. C'est lui qui a stoppé ma sœur ce soir-là, car il menait sa mission secrète de son côté. Il comptait conquérir l'Asie, mais pour y parvenir, il devait d'abord prendre l'Australie, c'était stratégique. Et l'Europe aussi. Nikki était presque hors jeu quand maman l'a sauvée. Elle est intervenue in extremis en s'alliant avec moi, et l'on a sorti papa du jeu.

— Mais pourquoi ? a-t-il demandé à ma mère.

— Pourquoi pas ? a-t-elle banalement répondu.

Malgré toutes ces prises de pouvoir, personne n'a réussi à remplir sa mission ce soir-là.

C'est la dernière fois qu'on a joué à Risk. Sans Nikki, personne n'a plus jamais réclamé une partie.

Felix n'a pas encore évoqué la disparition de notre grand-père, ce n'est qu'à ma deuxième bouchée de hamburger qu'il se lance.

— Tu n'as rien dit pour les cendres.

Non, en effet. Il n'y a rien à dire, car leur disparition n'a aucun sens.

— Eddie en a assez parlé pour nous tous. Je ne comprends pas pourquoi ça le met dans cet état.

— Ça n'a pas l'air de te contrarier plus que ça.

Je termine mon onion ring avant de lui répondre.

— Disons que ça m'interpelle. Pour un pneu crevé ou un vol de relais de démarreur, je veux bien croire à un coup du sort. Mais voler les cendres de grand-père ? (Je secoue la tête.) Je ne sais pas…

— Tu penses que ce sont les mecs du pick-up ?

— Possible. Sinon, je ne vois qu'une autre explication : Eddie a monté la caisse dans sa chambre dans le Colorado, et Krista l'a laissée là-bas. Les cendres seraient donc restées à l'hôtel.

Felix y réfléchit, puis se range à cette hypothèse.

— Surtout s'il a caché la boîte. Krista a facilement pu l'oublier.

Je ricane, bien que la situation n'ait rien d'amusant.

— Tout le monde a oublié ces fichues cendres. Alors qu'on fait ce voyage précisément pour les disperser.

Un silence s'installe, je sais qu'on pense à la même chose. Si les cendres ont vraiment disparu, le notaire sera-t-il au courant ? Refusera-t-il de nous verser notre héritage ?

— Il faut qu'on parle. Mais ne t'énerve pas, s'il te plaît.

Je me fige, mon hamburger en suspens devant ma bouche.

— C'est la pire façon d'entamer une conversation, Felix.
— Désolé.
— Tu veux parler de nous, c'est ça ? De notre relation ?
— Ben non. Pourquoi penses-tu tout de suite à ça ?
— Que veux-tu que ce soit d'autre ? En général, « il faut qu'on parle » débouche sur une discussion de couple.

Il jette sa serviette avec un soupir. S'il avait jeté un objet plus lourd, j'aurais sursauté. Ce simple geste en dit long : le voyage commence à lui taper sur les nerfs. On est tous à cran, mais son visage pâle accuse le coup. Ses cernes noirs ressortent comme des hématomes.

— Je parlais toujours des cendres, je ne changeais pas de sujet.

En même temps, qui voudrait remettre son couple en question dans un *Buffalo Burger* ?

Felix en serait capable.

Il m'a bien demandée en mariage devant un *McDonald's*. À l'époque, on était tous les deux étudiants sans le sou, la moindre sortie au restaurant était jour de fête. J'ai toujours trouvé l'anecdote attendrissante et je la raconte souvent en soirée, surtout lorsque les gens me questionnent sur mon alliance.

Au moment de poser un genou à terre, il m'a tendu une bague en argent incrustée d'une pierre verte. Non pas une émeraude, mais un simple quartz qui en avait l'allure. Je la porte toujours. Depuis, elle a perdu tout son lustre, on dirait une antiquité. Comme notre mariage, ça ne vous aura pas échappé. La métaphore est facile, mais c'était trop tentant.

Pour autant, je n'ai aucune envie de voir mon mariage s'écrouler dans un *Buffalo Burger*. Ce serait digne d'une mauvaise comédie romantique. Le bon côté des choses, c'est que la note est déjà réglée.

— Excuse-moi, je croyais que tu voulais parler de nous.

— Non, dit-il en achevant sa boisson, puis il s'éclaircit la voix. J'aimerais simplement émettre une suggestion, mais n'y vois aucun malentendu.

— Vas-y, je ne me fâcherai pas.

— As-tu déjà songé que la personne qui nous saborde puisse être l'un de nous?

Oui, Felix. Ça m'a traversé l'esprit. Avec un jackpot de trois millions de dollars au bas mot, une fratrie divisée dans laquelle chacun se méfie de l'autre, j'aurais été stupide de ne pas envisager cette hypothèse. Comme je vous le disais, le méchant de l'histoire peut se cacher dans n'importe quel personnage. Il se pourrait même qu'il y en ait plusieurs.

— Je ne vois pas pourquoi Eddie ou Portia nous mettraient des bâtons dans les roues, fais-je remarquer. Si on n'atteint pas notre but, personne ne touchera l'héritage.

Il ne dit rien et hoche seulement la tête.

— À quoi tu penses?

— Oh, je me fais probablement des idées. Je n'arrête pas de repenser au pneu crevé et au relais de démarreur. Et maintenant les cendres. J'ai du mal à imaginer les types du pick-up nous faire ce genre de coup.

Il marque un point. J'ai trouvé un objet par terre après qu'Eddie a fouillé les valises. Je ne l'ai pas ressorti de ma poche depuis. Il est toujours là et me brûle presque la cuisse tant j'y pense.

Le bouton. Un gros bouton doré.

J'aurais préféré qu'on ne le garde pas.

Le *Peak Valley* dispose d'un distributeur grand luxe. Aucun compartiment vide, aucun emballage délavé ni aucune fêlure dans la vitre de Plexiglas. Un assortiment de gâteaux sucrés et salés ainsi que de la lessive en paquets individuels, du dentifrice et des tampons. Cette machine me plaît tant que je m'en vais faire ma lessive à la laverie attenante. Et, ô surprise, toutes les machines fonctionnent! J'ai presque des scrupules à avoir sous-estimé ce motel.

Pendant que le tambour se remplit d'eau, je sors le bouton de ma poche. La finition s'est écaillée par endroits, mais la gravure reste visible, et l'objet vaguement brillant. Il a toujours la même taille, le même poids. J'ai beau me dire que c'est impossible, je sais que c'est bien lui.

Je sors mon téléphone pour écrire à mon frère et ma sœur.

Qu'est devenu le bouton?

Je bondis pour m'asseoir sur la machine en attendant leur réponse.

À notre retour du *Buffalo Burger*, Portia est sortie de sa stupeur et partie en quête de nourriture. Eddie et Krista sont dans leur chambre, probablement occupés à se disputer ou à se rabibocher.

Ni l'un ni l'autre, finalement. Mon frère est le premier à me répondre :

Pourquoi ?

Puis vient la réaction de Portia :

Oui, pourquoi ?

Aucun ne laisse entendre quoi que ce soit, mais je sais que l'un d'eux me ment. Il ne peut en être autrement.

Pour savoir. Ce voyage m'y fait repenser.

Silence de la part d'Eddie. Portia m'écrit en message privé.

Ça va, toi ?

Je réponds :

Ouais. Je dois être encore un peu soûle.

Chelou.

Certes.

Je regarde longuement mon téléphone pendant que la machine passe en mode nettoyage. Au cycle du rinçage, je reçois un nouveau message.

Ça va ?

Cette fois, c'est Felix, sans doute inquiet de mon absence. Il doit avoir besoin de fumer, mais ne trouve pas son paquet puisque c'est moi qui l'ai.

Pour être franche, je commence à me lasser de jouer à ce petit jeu. Il aurait pu deviner, depuis le temps. Je suis presque déçue.

Plus que cinq jours

Contrairement aux apparences, il fait froid dehors. Le soleil est trompeur dans le Wyoming. Notre premier road trip a eu lieu un mois d'août, et il faisait déjà frais. En septembre, c'est pire. J'ai emporté une veste et je l'enfile en ronchonnant. On n'a pas ce genre de problème en Floride.

Au lever du jour, Eddie est dans la voiture qu'il fouille de fond en comble pour la dixième fois.

— Tu trouves quelque chose ?

— Non, maugrée-t-il.

— On se croirait en Arctique ! se plaint Portia qui nous rejoint emmitouflée dans plusieurs pulls, une capuche serrée autour du visage.

— Ah, parce que tu y es déjà allée ? je rétorque.

— Maintenant, oui ! Alors, Eddie, tu trouves quelque chose ?

— Non.

— Je n'arrive pas à croire qu'on ait perdu grand-père, se désole-t-elle.

— Personne ne l'a perdu, on nous l'a volé, corrige mon frère.

Elle se penche à mon oreille :

— Personne n'a volé grand-père. Franchement, qui volerait des cendres ?

Je hausse les épaules.

— Au fait, Beth. Pourquoi tu t'intéresses au bouton ? me lance Eddie tout en cherchant sous la banquette du milieu, habituellement occupée par Felix et moi.

— Je ne sais pas, j'y ai repensé.

On est interrompus par le bruit de la valise à roulettes de Felix sur le ciment, le vacarme doit réveiller tout l'hôtel.

— Il fait un froid de canard dans ce pays !

Je me contente d'un signe de tête. On a déjà eu cette conversation. Il soulève sa valise pour la mettre dans le coffre.

— Tu trouves quelque chose, Eddie ?

— Pas encore, réponds-je à la place de mon frère.

— Et merde ! jure ce dernier. Elles ne sont pas là.

Ça, on le savait déjà hier, mais il avait besoin de vérifier à nouveau. C'est fou ce qu'il peut être borné.

Une fois les bagages chargés, on fait un dernier tour des chambres avant de rendre nos clés et l'on retrouve chacun notre place en voiture. Portia se pelotonne sur sa banquette. Felix et moi, on est assis côte à côte, il pianote déjà sur son ordinateur tandis que j'évite d'utiliser le mien. Eddie met le chauffage à fond et démarre la voiture.

Tandis qu'on quitte le parking, je m'aperçois que la place passager est vide.

— Attends, tu as oublié Krista !

— Non, je ne l'ai pas oubliée.

Il continue de rouler.

Du coin de l'œil, je vois Portia relever la tête.

— Où est-elle ? je demande.

— Elle est partie.

— Partie ?
— Oui, partie. Elle a appelé un Uber pour prendre l'avion à Casper. Elle rentre à la maison.

Un silence accueille la nouvelle.

Si long que mon frère finit par reprendre la parole.

— On s'est engueulés. Elle était folle de rage et a voulu partir. Fin de l'histoire.

Je me tourne vers ma sœur. Nonchalante, elle se rallonge sur sa banquette.

— Eddie, je peux venir devant ? demande Felix.
— Si tu veux.

Mon frère arrête la voiture, et mon mari se tourne vers moi. Je lui fais signe que ça ne me dérange pas. Ainsi, j'ai la banquette pour moi toute seule.

Le départ de Krista me laisse de marbre, et visiblement Portia n'en pense pas moins. Si ç'avait été Tracy, que je connaissais beaucoup mieux, la situation aurait été différente. Finalement, c'est Eddie qui devrait être bouleversé. Après tout, c'est sa femme. Il devrait courir à l'aéroport et la supplier de rester. Enfin, en théorie.

Dans les faits, il ne lève pas le petit doigt. Et, à sa place, j'en ferais autant. Que les cendres soient perdues ou pas, on doit poursuivre ce voyage si l'on veut régler cette histoire une fois pour toutes.

On marque un arrêt pour manger et faire le plein avant de prendre la direction de notre prochaine destination, au nord du Wyoming. Je profite d'un instant seul à seul avec mon frère pour lui demander si tout va bien. D'un air évasif, il répond que oui.

— Krista peut être… compliquée parfois, dit-il simplement.

Je choisis soigneusement mes mots :

— Elle est un peu sensible.
— Un peu ?

On échange un sourire.

— Il s'est passé autre chose ?

Il hausse encore les épaules.

— Il se pourrait qu'elle ait fouillé dans mon téléphone. Et qu'elle ait vu l'appel de Tracy.

Tracy. Celle qu'il a plaquée pour épouser Krista.

— Ah.

— C'est elle qui m'a appelé, précise-t-il. Je n'y peux rien, moi.

Je tourne les talons et me retiens de le traiter de sale con. Une fois de plus.

Une heure plus tard, on s'habitue à notre nouvelle configuration. Presque comme si Krista n'avait jamais été des nôtres.

Sais-tu déjà ce que tu voudrais faire quand tu seras grande ?

Je ne serai jamais maman. Les enfants, quelle galère. Il y en a toujours un qui a faim, qui s'ennuie ou qui doit faire pipi.

Grand-père est toujours dans les vapes. Il faut dire que la seule eau qu'il peut boire est aromatisée aux médicaments. Lors de notre dernier arrêt, j'ai acheté de l'Actifed. Il y aura droit s'il a encore soif.

Il m'arrive parfois de me demander si j'ai raison d'agir ainsi. Alors je repense à ce que grand-mère m'a raconté au sujet de Noël il y a deux ans. Quand elle a reproché à grand-père tout l'argent dépensé en cadeaux, il a piqué une crise parce qu'il ne supporte pas qu'on lui dise ce qu'il doit faire. Or, physiquement, il était le plus fort des deux. Elle n'a pas gagné cette dispute.

Moi, je n'ai pas le même souvenir de ce Noël-là. Papa et maman fêtaient toujours Noël en grande pompe avec des cadeaux et un délicieux repas auquel grand-père et grand-mère étaient invités. En général, je ne fuguais jamais pendant les vacances de Noël. Mais, cette année-là, ils ne sont pas venus.

Soi-disant parce que mamie avait la grippe. Mais c'était faux. Elle était trop amochée pour sortir de chez elle, voilà tout.

Lorsqu'elle m'a raconté la vérité, je lui ai demandé pourquoi elle ne l'avait jamais quitté. Je ne comprends pas pourquoi elle n'a pas réagi. À sa place, je serais partie. Ou j'aurais rendu les coups.

Elle a répondu qu'elle-même l'ignorait. Elle est restée, c'est tout.

Ça n'a fait que raviver ma haine contre lui. C'est la seule raison pour laquelle j'ai accepté de participer à ce voyage. Dès le début, j'ai su que je le faisais pour lui.

Sauf que, maintenant, on a un problème. Un problème que je n'ai absolument pas envie de régler et que j'ai encore moins envie d'exposer dans ce putain de journal.

Deuxième partie

Ça y est, on arrive à la moitié de l'histoire. Et, au vu de la récente dispute entre Eddie et Krista, il me semble que c'est le bon moment pour vous parler de mes parents.

Tout d'abord, sachez que mon père est mort. On ne parle jamais de lui, ni de ma mère puisque c'est elle qui l'a tué.

Quand c'est arrivé, je faisais mes études en Floride, et Eddie avait terminé les siennes à Duke. Portia a décroché son bac en sautant une classe et emménagé à La Nouvelle-Orléans avant même que sa première année à Tulane n'ait commencé. C'est dire combien il lui tardait de quitter la maison. Mes parents se retrouvaient seuls pour la première fois depuis la naissance de Nikki.

D'après maman, voilà comment ça s'est passé.

Ils étaient tous les deux dans la cuisine et préparaient à manger quand papa s'est mis à parler de Nikki. Ils la cherchaient sans relâche depuis le jour de sa disparition. Ils avaient payé des détectives privés pour suivre la moindre piste et avaient recruté un portraitiste professionnel pour publier une photo de la femme qu'elle était potentiellement devenue. Et ils faisaient actualiser le portrait chaque année.

À première vue, on ne pouvait se douter de rien. Mais la vérité, c'est qu'ils n'avaient plus un sou, leur maison était hypothéquée, il ne leur resterait rien pour la retraite. Ils cachaient bien leur jeu.

La chambre de Nikki à l'étage était restée en l'état, jusqu'aux posters de groupes de rock placardés sur ses murs.

Le soir où notre mère a tué notre père, il en avait assez. Il est entré dans la cuisine en disant : « Chérie, je n'en peux plus. On la cherche depuis des années, on y a dépensé des fortunes, ça ne peut plus durer. »

J'ignore si ce sont vraiment les mots qu'il a employés, mais c'est ainsi que maman m'a relaté leur conversation. J'imagine la scène. Je la vois préparer le dîner dans la cuisine avec son tablier, à ceci près que des pantoufles ont remplacé ses habituels escarpins. J'imagine papa, le premier bouton de sa chemise ouvert, son pantalon froissé à force d'être resté assis toute la journée. Une barbe naissante sur les joues. Grisonnante. À sa mort, il avait les cheveux gris.

Maman ne lui répondait pas, alors il a insisté.

« Il faut tourner la page. Accepter qu'elle ne reviendra jamais. »

Là encore, elle n'a rien dit.

« Regardons les choses en face. Nikki est morte. »

Maman tranchait des rondelles de poivrons sur le plan de travail. Elle s'est retournée et a utilisé son couteau contre papa. La lame a éraflé son ventre à travers la chemise, mais cette blessure n'a pas entraîné sa mort.

En revanche, les dix-neuf autres coups de couteau, oui.

Un voisin a entendu papa hurler et a appelé à l'aide. La police a trouvé ma mère assise à table, couverte de sang. Elle mangeait ses poivrons.

Était-ce mal ? Qui l'aurait jugée ? Comment est-on supposé réagir à la disparition de son enfant ?

Voilà pourquoi on ne parle jamais de maman.

Grand-père l'a reniée. Pas seulement dans les faits, mais aussi sur le plan juridique. Il ne l'a pas défendue au tribunal, n'a pas cherché à la faire interner pour lui éviter la prison. Non, il a simplement déclaré qu'elle n'était plus sa fille.

Personne n'a réussi à lui faire entendre raison, ni moi ni Eddie, pas même Portia. On lui a rappelé que maman aurait pu prévenir la police et le faire arrêter pour nous avoir kidnappés. Mais grand-père n'en a pas démordu. Sa fille était sans ressources.

Sans argent ni avocat, elle n'a même pas cherché à faire valoir le fait qu'elle n'était pas en pleine possession de ses moyens lorsqu'elle a tué son mari. Elle a tout avoué pour obtenir une peine de prison à perpétuité et échapper à la peine de mort. Felix n'est même pas au courant. Tout cela est arrivé avant notre rencontre. Je lui ai juste dit que mes deux parents étaient morts.

Maman a refusé de nous parler. En attendant le verdict, elle a refusé toute visite. On n'a rien pu faire d'autre que de venir assister au jugement pour la voir, de loin.

— Quel bordel.

Voilà ce que disait Eddie chaque fois qu'on se voyait, chaque fois que je lui parlais. Il l'a encore répété lors de la cérémonie intimiste qu'on avait organisée pour les funérailles de notre père.

Moi, j'ai pleuré. Voilà ce que j'ai fait. J'ai pleuré pour mon père, j'ai pleuré pour ma mère et pour tout ce dont ils avaient souffert à cause de ce satané road trip. J'ai pleuré pour chacun de mes mensonges, chacun des secrets que j'ai gardés. Et surtout, j'ai pleuré pour toutes ces années passées sans Nikki.

Portia a été plus concise. Sa seule remarque a été :
— Ce road trip a foutu nos vies en l'air.

Et ce n'était pas faux.

Je n'ai vu maman qu'une seule fois. Une semaine après son transfert à la prison d'État d'Arrendale, en Géorgie, son avocat m'a appelée pour m'informer que ma mère voulait me voir. J'ai pris l'avion le jour même.

La femme que j'ai vue n'était pas ma mère. C'était une coquille vide, un fantôme qui avait pris ses traits. Je ne crois pas être parvenue à dissimuler ma stupéfaction.

Pour se parler à travers l'épaisse vitre de Plexiglas du parloir, on utilisait un téléphone. J'avais tant de choses à lui dire, à lui demander, mais elle a décroché le combiné et parlé la première.

— Beth, a-t-elle dit.
— Maman.

Elle m'a longuement regardée. Ses yeux étaient injectés de sang, mais d'un bleu aussi cristallin que dans mon souvenir. Elle s'est à peine penchée vers moi et a lâché dans un souffle :

— Pars à sa recherche. Retrouve-la. Ne reviens pas tant que tu ne l'auras pas retrouvée.

J'en suis restée sans voix. Avant de pouvoir répondre quoi que ce soit, je l'ai regardée raccrocher le téléphone et se lever. Je voulais qu'elle reste, mais elle a quitté le parloir. J'ai eu beau crier, elle ne s'est jamais retournée.

Elle ne m'a pas laissé le temps de lui dire que je cherchais déjà Nikki. Je la cherchais depuis toujours. Je n'avais jamais cessé de la chercher.

La journée passe dans un brouillard presque irréel, comme si l'on traversait une carte postale. Sans les jérémiades et la liesse de Krista, le silence côtoie l'ennui. Lors du premier road trip, Nikki ne nous laissait pas un instant de répit. À la moitié du voyage, elle avait acheté deux appareils photo jetables. Le premier pour grand-père, le second pour qu'on s'amuse.

Il me reste quelques-unes des photos prises ce jour-là. Sur l'une d'elles, on est assises sur le capot du monospace, Nikki et moi, les yeux plissés sous le soleil implacable. On tire la langue à Eddie qui prend la photo.

Sur une autre, on nous voit tous les quatre – les enfants – allongés sur un lit de motel, le regard tourné vers l'objectif. Un selfie avant l'heure, en quelque sorte. C'était vers la fin du voyage. La première fois que j'ai vu cette photo, j'ai été sidérée par notre allure. En seulement deux semaines, on était passés du statut de fils et filles de bonne famille à une bande de petits sauvageons ; on avait les cheveux en bataille, le visage bronzé et le nez qui pelait sous les coups de soleil. Nos vêtements étaient sales, et l'on ne prenait plus la peine de se doucher. Nikki portait du rouge à lèvres écarlate acheté à l'épicerie, ça lui donnait un air inquiétant.

J'ignore où est passée la pellicule avec les photos de grand-père.

Cette fois-ci, on prend peu de photos. Il y en a une de nous au début, les premiers jours, et une autre dans le bar d'un hôtel. Felix a pris plus de clichés de paysages que de nous.

Maintenant que Krista n'est plus là, je m'en veux un peu. Mais pas trop.

Pour la pause-déjeuner, on achète des hot dogs à un marchand ambulant, c'est là qu'Eddie me questionne au sujet de Krista. Portia pianote sur son téléphone, et Felix est parti aux toilettes. Ou peut-être qu'il fume, puisque j'ai remis ses cigarettes dans son sac ce matin. Hier, il les a cherchées partout.

Eddie me fait signe de le suivre à l'écart des tables de pique-nique.

— Dis-moi, tu veux bien envoyer un message à Krista?
— Pourquoi?
— J'aimerais m'assurer qu'elle est bien rentrée. Je lui ai écrit, mais elle ne répond pas. (Il soupire.) Pas étonnant, elle ne veut plus me parler.
— À ce point-là?
— Oui, elle m'a demandé de quitter la maison. Elle me reproche de faire passer l'héritage avant notre mariage.
— Et Tracy, elle t'a rappelé?

Il hausse les épaules. Un silence, puis il finit par bredouiller:
— Je ne peux pas contrôler ce que fait Tracy.

Certes, mais connaissant Eddie, il a forcément sa part de tort.

— Bon d'accord. Je lui écrirai.
— Merci, Beth.

— Tu veux que je lui demande si c'est elle qui a les cendres ?
Il me décoche un doigt d'honneur avant de s'éloigner.
Je rédige plusieurs versions de mon message avant de me décider à l'envoyer.

Salut, Krista. Je voulais juste m'assurer que tu étais bien rentrée. Désolée qu'on n'ait pas pu se dire au revoir. Ce voyage nous a tous mis à cran.

Je réfléchis un instant, puis j'envoie un autre texto :

P.-S. : Oui, mon frère peut parfois être un sale con.

C'est vrai. Et ce qui l'est aussi, c'est que je n'ai aucune envie d'encourager Krista à revenir parmi nous.

La journée se poursuit sur la même lancée. À l'avant, Eddie et Felix parlent de sport et de mauvaises séries. J'entends Portia glousser à plusieurs reprises, pas parce qu'ils sont drôles mais plutôt ridicules.
Elle m'envoie un texto :

Tu préfères écouter ça que subir les sautes d'humeur de Krista ?

Je réponds :

Pour l'instant, oui. Mais on en reparlera demain.

Au moins, elle nous divertissait. Avec les mecs, j'ai l'impression d'écouter un mauvais micro-trottoir.

Un point pour elle. Elle ajoute :

Au fait, je pense qu'Eddie nous ment au sujet des cendres.

Comment ça ?

À mon avis, c'est lui qui les cache.

J'en doute fortement, mais je préfère n'en rien dire. Elle sait déjà qui je soupçonne de les avoir volées.

À l'avant, les garçons abordent le sujet de leurs dessins animés préférés. Je mets mes écouteurs. Le bruit blanc étouffe leurs voix, et je somnole pour le reste du trajet jusqu'aux premiers cahots de la voiture. Ce chemin de terre est le seul accès menant à la ville fantôme.

Nikki ne savait pas vraiment ce qu'était une ville fantôme. Enfin, je suppose ; sinon, on n'y serait jamais allés. On s'attendait tous à un lieu hanté avec des châteaux et des manoirs victoriens. Et des fantômes. Des tas de fantômes.

En arrivant sur ce sentier cahoteux, Nikki s'était mise à chanter le thème de *Ghostbusters*. Eddie et moi, on entonnait le refrain avec elle. Portia ne connaissait pas les paroles, mais ça ne l'empêchait pas de participer.

Elle avait peur, et s'est penchée à mon oreille pour me demander :

— Ils vont nous faire du mal, les fantômes ?
— Non, ce sont de gentils fantômes.
— Comme Casper ?
— En quelque sorte.

Son bref hochement de tête a rabattu ses cheveux sur sa figure. Ils n'avaient pas été brossés ce jour-là.

— Ne t'inquiète pas, l'ai-je rassurée. On va bien s'amuser.

Mensonge. Mais je ne le savais pas encore. Je pensais qu'il y avait des fantômes dans les villes fantômes, mais non.

Seulement des bâtiments déserts et de vieilles histoires sur des mineurs qui travaillaient là un siècle plus tôt. Maman avait raison, il ne faut pas se fier aux apparences. Ce jour-là, c'était plus vrai que jamais.

En route, j'ai fouillé dans le sac de Nikki à la recherche du baladeur CD pour rassurer Portia. Notre grande sœur avait arrêté de chanter, elle était concentrée sur l'ascension de la colline, et j'ai pensé qu'un peu de musique aiderait Portia à penser à autre chose.

Mais, en cherchant dans le sac, je ne m'attendais pas à tomber sur un test de grossesse.

À l'avant, Felix fait des recherches sur la ville fantôme. Penché sur son téléphone, il surfe, ouvre de nouvelles fenêtres, scrolle, les referme, scrolle…

De mon côté, je vais sur Instagram. Aujourd'hui, il travaille. Il a d'ailleurs posté une photo de son énorme tasse de café. J'arrive presque à oublier la montagne qu'on s'apprête à gravir.

Quand la route commence à monter, j'attache ma ceinture. Portia ajuste sa position sur sa banquette et boucle la sienne.

Vingt ans plus tard, la route est toujours aussi cabossée, mais cette fois on roule dans une belle voiture. Lors du premier road trip, on était ballottés de tous les côtés, notamment parce que Nikki n'avait pas l'habitude de rouler dans ces conditions. C'est un miracle que l'on ne se soit pas fait arrêter à l'époque pour conduite dangereuse. Je m'accroche à la poignée en plastique au-dessus de la vitre.

La dernière fois aussi, je m'y étais agrippée. Une main sur la poignée, l'autre à fourrager dans le sac de Nikki.

Je referme les yeux et me rappelle ce moment précis où je suis tombée sur le test de grossesse. Je me souviens d'avoir supposé qu'il appartenait à maman. Elle devait attendre encore un bébé, Nikki avait dû trouver le test. Mais pourquoi Nikki l'aurait-elle emporté dans ses affaires ? Ça n'avait aucun sens. Je n'arrivais pas à envisager qu'il puisse appartenir à Nikki, bien que ce fût la seule explication possible. On s'était souvent arrêtés pendant le road trip, et elle m'avait laissée avec grand-père et les autres pour courir acheter quelque chose dans une boutique.

C'était donc le sien. Forcément. Aujourd'hui encore, cette idée me noue les entrailles.

À moins que ce ne soit la route.

—Impressionnant, dit Eddie dans un souffle.

J'ouvre les yeux sur le panorama.

Mon frère ralentit et tente d'éviter à la fois les nids-de-poule et le ravin qui borde un côté de la route. Kirwin est une ancienne ville lovée au creux des montagnes, et c'est le seul chemin pour y accéder.

—Tu te souviens de cet endroit ? je demande à Portia.

Elle acquiesce d'un air aussi apeuré qu'à l'époque, et sa réaction me surprend un peu.

Je me souviens qu'elle n'avait pas vu le test de grossesse, trop occupée à fermer les yeux très fort.

En levant les siens de son téléphone, Felix découvre la roche d'un côté et le ravin de l'autre. Il range son portable.

—Il n'y a plus de réseau.

—Tu m'étonnes, marmonne ma sœur.

Plus personne ne parle. On se croirait en suspens dans les airs, hors du temps. Pourtant, on continue de rouler.

La ville se trouve au sommet. On aurait dû prendre une Jeep pour venir ici ou un 4 x 4, voire un hélicoptère.

Derrière moi, j'entends Portia murmurer :

—Les fantômes sont là-haut. Dans le village.

Je souris. Ce sont les paroles qu'avait prononcées Nikki en remarquant qu'on était tous affolés par la raideur de cette pente. Elle avait peur, elle aussi, mais parvenait à le dissimuler.

— Tous les fantômes, renchéris-je.

— Même grand-mère.

Oui, c'est ce que Nikki a dit. Et je l'ai crue. On la croyait parce qu'on avait envie de revoir notre grand-mère, vivante ou non. Peu importe ce que grand-père en pensait. Pour nous, il resterait l'homme qui l'avait battue.

Et que ce trajet en voiture rendait malade. Grand-père a vomi lorsqu'on est arrivés en haut, le mélange d'antalgiques et d'Actifed n'arrangeait rien à l'affaire. Un cocktail détonant.

Aujourd'hui, c'est Felix qui supporte mal les virages. Il se tient comme il peut et s'accroche à sa ceinture de sécurité. Je lui tapote l'épaule.

— C'est l'aventure, pas vrai ?

— On y est presque, annonce Eddie.

— Bon sang, quelle idée a eue votre grand-père d'emmener des gamins ici ! grommelle mon mari.

Je ne réponds pas, les autres non plus. Le silence règne jusqu'à la dernière embardée du trajet. Je pousse un profond soupir, soulagée d'arriver au sommet en un seul morceau.

Un autre chemin cahoteux nous rapproche ensuite de Kirwin, où vivaient autrefois deux cents habitants grâce à l'or et à l'argent des mines. On sort de la voiture et l'on contemple les bâtisses, toutes condamnées par des planches. Absolument toutes. S'il y a des fantômes, ils sont bien cachés.

Cet endroit me donne la chair de poule. Plus que dans mon souvenir, car cette fois, j'imagine les gens qui vivaient ici, je les vois marcher, travailler, entretenir leur potager, se rendre à la messe du dimanche dans leur petite église. Je n'envisage pas une vie pareille, une existence routinière sans la moindre amélioration en vue.

Pourtant, c'est un peu ce que je fais en ce moment.

Felix est le seul à découvrir Kirwin pour la première fois. Il regarde autour de lui, l'air hagard, toujours un peu vaseux à cause du voyage.

— Tout ça pour ça ? Si j'avais su, j'aurais envoyé un drone, on se serait moins emmerdés, dit-il.

Une pause. Puis tout le monde part d'un fou rire, nos nerfs lâchent, on en a les larmes aux yeux.

Felix a toujours le mot pour rire. C'est peut-être ce qui me manquera le plus chez lui.

De quoi es-tu la plus reconnaissante ?

D'avoir un cerveau. Je n'aimerais pas être débile.

Je suis contente d'avoir Beth, aussi. Je ne le lui dirai jamais, mais je n'aurais pas pu faire tout ça sans elle. J'ai besoin que quelqu'un ouvre l'œil pendant que je conduis. Si Eddie n'était pas tant obsédé par les Nine Inch Nails, peut-être qu'il nous aiderait, mais ce n'est pas le cas. Il n'en a que pour Trent Reznor.

Je suis aussi reconnaissante pour Thelma et Louise. Grand-mère et moi, on avait l'habitude de regarder ce film ensemble. Je ne comprenais pas pourquoi elle l'aimait tant, jusqu'au jour où elle est tombée malade et m'a révélé ce que grand-père lui avait fait. Alors j'ai compris. Elle était Thelma, l'épouse d'un mari violent, et ne rêvait que d'une chose : s'enfuir et se venger. Prendre sa revanche sur la vie. Quand j'ai enfin compris son engouement pour ce film, je lui ai dit que j'étais Louise. Et c'est le rôle que j'incarne aujourd'hui.

Je regrette qu'elle ne soit plus là. J'aimerais qu'elle soit du voyage, qu'elle voie que je la venge de grand-père. C'était prévu.

Je le lui avais promis.

On savait que le trajet jusqu'à Kirwin serait laborieux – d'ailleurs, le retour ne sera guère mieux –, mais on n'a pas le choix ; ce voyage est peut-être surveillé.

Rien ne le prouve, mais on ne sait jamais. Hors de question de voir l'héritage nous passer sous le nez. Qui sait, il y a peut-être une caméra dans la voiture.

Et puis, on y retourne pour d'autres raisons. D'abord, pour prendre un grand bol d'air. Je n'ai jamais respiré un air aussi pur que celui de cette montagne, en altitude, au-delà des nuages de pollution de notre modernité. Si vous avez connu ça, vous savez de quoi je parle.

Mais on n'a pas roulé au bord d'un ravin juste pour prendre l'air. On a plus important à faire.

Je désigne un petit chalet, le premier sur la droite.

— Derrière celui-ci. Quatre à gauche, puis cinq au fond.

Tout est dans le journal. Chaque lieu visité est noté sur une carte dessinée à la main à l'intérieur de la couverture.

Eddie et Portia prennent la direction indiquée, tandis que Felix me lance un regard intrigué.

— Où vont-ils ? me demande-t-il.

— Voir l'arbre.

—L'arbre ?

Je n'en dis pas plus.

C'était l'idée de Nikki. Une fois lassés de courir partout au milieu de cette ville déserte, on a commencé à se plaindre de l'absence de fantômes. Elle a alors décrété qu'on devait laisser une trace de notre passage.

—Les gens sauront qu'on est venus ici. Pour toujours.

Eddie a proposé qu'on grave nos noms sur l'une des maisonnettes, mais Nikki a répondu que les personnes qui entretenaient le site les effaceraient. C'était un lieu propre, sans déchets ni graffitis, on devait donc trouver quelque chose qui resterait à tout jamais. On n'avait pas trouvé mieux qu'un tronc d'arbre, puisqu'il y en avait partout. La ville entière était entourée d'épicéas centenaires qui devaient bien mesurer vingt mètres de haut. C'était un pari à tenter. Après tout, Kirwin était au cœur d'un parc national, l'arbre et notre inscription resteraient probablement intacts pendant des années.

—C'était combien ? crie Portia. Quatrième à gauche ?

—Et cinquième au fond, j'ajoute.

Avant de graver quoi que ce soit, on a longuement débattu. Quelle taille ferait notre gravure ? Qu'allait-on écrire ? À quel niveau de l'arbre ? On voulait pouvoir le retrouver facilement, que d'autres puissent le voir, mais le message ne devait pas heurter ceux qui assuraient l'entretien des lieux : sinon, ils seraient capables de le gratter jusqu'à le faire disparaître, et c'est nous qu'ils éradiqueraient.

—Grâce à ça, on sera immortels, disait ma grande sœur. Alors faisons ça proprement.

Pas de gros mots ni de dessins moches, rien d'insultant. Ainsi, personne n'aurait l'idée de s'en débarrasser.

Nikki définissait toutes les règles.

Sur ce coup-là, elle n'avait pas tort. On avait oublié les fantômes et l'on ne pensait plus qu'à notre immortalité.

—Imaginez que dans trente ans on revienne ici avec nos enfants. Qu'est-ce que vous voudriez leur montrer ?

Pas le slogan d'un super-héros. Ni une phrase à la mode. Pas de paroles de chanson. Les unes après les autres, on a éliminé toutes les propositions qu'on ne voudrait pas montrer à nos futurs enfants, même s'il s'agissait d'une perspective lointaine.

Finalement, rien de tel que la sobriété. On a choisi un arbre, noté son emplacement et décidé de graver notre inscription à hauteur d'homme. Nos initiales, dans l'ordre de notre fratrie, les unes sous les autres. Nikki a commencé, puis Eddie, moi et Portia. Nikki a gravé ses initiales avant de repartir vers grand-père au pas de course. Il n'était toujours pas sorti du monospace à cause de ses nausées.

Mon frère, ma sœur et moi, on a gravé l'écorce, chacun notre tour. Minutieusement et en profondeur, c'est pourquoi il nous a fallu du temps. On voulait que ça reste.

Notre œuvre achevée, on est retournés à la voiture. Toutes les portières étaient ouvertes pour aérer. Grand-père s'était assis à l'arrière et mangeait des gâteaux. Les cachets rendaient ses gestes lents, le simple fait de mâcher lui demandait un gros effort.

Assise à ses côtés, ma sœur lui parlait dans le creux de l'oreille. Elle a levé les yeux vers moi et m'a lancé d'un ton sec :

—Quoi ?
—On a fini.
—Bon.

Elle a pris l'appareil photo et m'a suivie, laissant grand-père dans la voiture. J'ai hésité, de crainte qu'il ne s'en aille. Mais où aurait-il pu aller au milieu de cette montagne ?

Nikki a photographié l'arbre, mais j'ignore où est passé ce cliché. Après le voyage, on a développé la pellicule et l'on s'est réparti les photos. Personne ne les a remises à la police après la disparition de notre sœur. On était les seuls à savoir que ces images existaient.

Il nous faut un peu de temps avant de retrouver l'arbre. D'autres ont dû pousser depuis. Et les rangées ne sont pas droites, il n'est donc pas évident de compter quatre épicéas à gauche et cinq au fond. Ceux qui prétendent que chaque arbre est unique ne doivent pas y voir clair.

—On a gravé nos initiales sur un arbre, dis-je à Felix.
Il sourit.
—C'est mignon.
Le genre de réponse qui m'agace. C'est sûr, Felix ne me manquera pas.

C'est Eddie qui repère l'arbre. Les branches craquent sous nos pas tandis qu'on rejoint mon frère. Il est accroupi ; en vingt ans, on a grandi, et l'inscription n'est plus à hauteur de nos yeux.

Portia est à genoux près d'Eddie. Approchant du conifère, je ne vois pas encore l'inscription, mais la grimace de ma sœur m'interpelle.

—Qu'est-ce qu'il y a ?
Elle lève les yeux vers moi et pointe le tronc du doigt. Je fais le tour.

L'inscription n'a pas bougé, bien que le passage du temps ait laissé son empreinte. C'est décoloré. Les initiales de Nikki sont en haut, les nôtres dessous et, enfin, l'année.

NM
EM
BM
PM
1999

Normalement, c'est tout.

Mais, un peu plus bas, on lit également *2019*. C'est encore frais et profond, comme si les chiffres avaient été gravés hier.

— Ce doit être des gamins, dit mon frère. Yellowstone n'est pas très loin, la région attire des millions de touristes.

On redescend la route sinueuse pour arriver en bas avant la nuit. En septembre, les jours sont encore longs, on a un peu de marge. Dans un ou deux mois, il fera nuit à cette heure.

— Oui, c'est sûr, acquiesce Felix. Ça peut dater d'une semaine, voire d'un mois. L'été, l'endroit doit regorger de mômes.

— Possible, marmonne Portia.

— Sûrement, dis-je.

Mensonge. Je ne crois pas une seule seconde à une coïncidence. C'est du Nikki tout craché, comme la disparition des cendres. Ça l'amuse de nous faire tourner en bourrique.

Mais je ne peux pas en parler devant Felix.

On lui fait croire que les initiales NM sont celles de notre papi. Il ne lui vient même pas à l'esprit que notre grand-père maternel ne s'appelait pas Morgan. Et la date ajoutée ne le choque pas plus que cela.

— Bref, aucune importance, conclut-il.

C'est tout lui, toujours à porter des œillères. Sa naïveté le suit sur tout le chemin du retour jusqu'au restaurant grill où l'on choisit de dîner. Les steaks sont si énormes que je me demande si je pourrai en venir à bout, les pommes de terre baignent dans le beurre, et les légumes sont quasi inexistants. Chacun de nous boit sa pinte de bière en silence.

Felix est trop occupé à guetter le pick-up dehors, à regarder les informations ou à lire ses mails sur son téléphone pour s'apercevoir qu'on échange tous les trois des textos. C'est Eddie qui a lancé la conversation.

Qui a fait ça ?

Portia répond.

J'étais avec vous toute la semaine, ça ne peut pas être moi.

Eddie :

Moi non plus.

Je coupe un morceau de viande et l'engloutis avant d'écrire :

Peut-être Krista ?

Il ricane.

En pleine montagne ? Ça m'étonnerait.

Nikki, alors ?

On marque tous une pause, le temps d'avaler une gorgée de bière et une bouchée de viande. Eddie me répond le premier :

Arrête avec ça, ce n'est pas Nikki.

Il l'a toujours crue morte. Ce n'est pas une inscription sur un arbre qui le fera changer d'avis.

Mais qui d'autre est au courant ?

Portia suggère :

Grand-père.

                Avant de mourir ? Ou son fantôme ?

Eddie intervient :

Je suis sûr qu'il nous mène en bateau. Il a monté le coup. Et la disparition des cendres aussi. Il se venge.

Impossible.

Ben voyons. Sauf qu'il était resté dans la voiture, il n'a jamais vu l'arbre.

Ce qui leur cloue le bec.

À mon tour de payer l'hôtel. On passera la nuit au *Coyote Run*. Eddie l'a choisi à cause de son nom, car grand-père nous appelait autrefois les petits coyotes.
—C'est un signe.
Un signe de quoi, il ne le précise pas.
L'établissement ressemble en tout point aux autres, à ceci près qu'il y a des coyotes sous toutes leurs formes, jusqu'aux numéros des chambres sur les portes. En réglant la note, je prends conscience que Portia partagera désormais sa chambre avec notre frère. Elle ne viendra plus avec nous.

Je ne m'attendais pas à le prendre si mal. Krista avait au moins le mérite de servir de filtre, un peu comme Felix. Nos compagnons ne sont pas au courant de ce qui s'est passé lors du premier road trip, ni de l'existence de Nikki, on ne peut donc pas en parler devant eux. Entre Eddie et Portia, il n'y aura plus cette barrière.

Felix quitte deux fois notre chambre, sans doute pour aller fumer. Il a dû acheter un nouveau paquet. J'envisage presque de remettre dans son sac l'un des paquets que j'ai gardés, mais je n'ai plus assez d'énergie à consacrer à ce petit jeu. Je ne peux pas être sur tous les fronts à la fois. Cette histoire de cigarettes est la moins importante de ma liste pour l'instant.

Ce qui m'inquiète, c'est grand-père.

Un jour, pendant le road trip, je me suis retrouvée seule avec lui. On venait de redescendre la montagne de Kirwin. De retour à la civilisation, Nikki s'est arrêtée pour faire le plein. Portia avait très envie de faire pipi, elle en avait les larmes aux yeux. À peine le moteur éteint, elle a bondi hors de la voiture, et ma grande sœur a dû courir pour l'accompagner, Eddie sur ses talons.

Ce qui me laissait seule avec grand-père. Grâce aux biscuits et à quelques gorgées d'eau saine, il reprenait un peu ses esprits. En tout cas, il n'avait plus de nausées.

Je me suis tournée vers lui. Il regardait vaguement au loin, mais semblait plus lucide qu'il ne l'avait jamais été depuis que Nikki avait pris le contrôle.

— Salut.
— Salut.

Sa voix était rocailleuse, comme après avoir vomi. Il m'a montré sa bouteille vide.

— Il en reste quelque part ?

J'ai hésité, puis j'ai fini par lui tendre la mienne. Il a bu d'un trait ce qui restait.

— Pourquoi tu l'as battue ?

Il s'est figé. Aussi assommé fût-il, il comprenait très bien ma question. Sa réponse allait me révéler la vérité. J'avais confiance en Nikki – plus qu'en n'importe qui –, mais je n'étais pas idiote. Elle avait le don de déformer la réalité.

Son expression a soudain changé. Un petit sourire. Ou plutôt, une ombre de joie dans son regard. J'en ai eu froid dans le dos.

Sa réponse m'a terrifiée.

— Et pourquoi pas ?

— *Pourquoi pas !*

Il a cligné des yeux, puis son rictus a disparu, et son air endormi a repris le dessus.

— Parce que c'était plus fort que moi.

Sa première réponse était la plus sincère des deux. *Pourquoi pas ?*

Allez savoir combien de gens justifient leurs crimes par cette simple phrase. *Pourquoi pas ?*

Parce que personne ne m'en a empêché. Parce que c'était trop facile.

Toutes ces réponses reviennent au même. Elles reviennent à dire : « Parce que j'en avais envie. »

— C'est pour ça que Nikki te fait subir tout ça. Après tout… pourquoi pas ?

On a échangé un long regard assassin. Je brûlais de lui dire combien je le détestais, qu'une fois ce voyage terminé je ne voulais plus jamais avoir affaire à lui. Et je craignais qu'il ne s'en prenne à Nikki. Ou à son bébé.

Mais je n'ai rien dit parce que j'ai toujours gardé les secrets de Nikki.

Enfin, presque toujours.

Si tu pouvais vivre dans un film ou une série TV, que choisirais-tu ?

La semaine dernière, j'aurais répondu X-Files, *mais l'observatoire m'a convaincue que les extraterrestres n'existent pas, c'est des conneries. Ensuite, j'aurais répondu* Ghostbusters, *sauf que les fantômes n'existent pas non plus.*

Hier, je n'aurais juré que par Buffy contre les vampires. *Après tout, que les vampires existent ou non, je m'en fiche, je les aurais tous massacrés.*

Mais aujourd'hui, c'est différent. Aujourd'hui, je choisis Beverly Hills *parce que si je dois devenir maman, autant être pleine aux as.*

En pleine nuit, au milieu de nulle part, quelqu'un met la musique si fort que les vitres tremblent. Je bondis hors du lit, convaincue que c'est la fin du monde.

Le vacarme ne réveille pas Felix.

Je prends conscience que la musique vient d'une voiture. Les phares balaient notre fenêtre lorsque le chauffeur sort du parking de notre motel, puis s'en va.

Le silence revient, mais mon cœur bat à tout rompre. Je ne suis pas près de retrouver le sommeil.

Je prends mon téléphone, posé face contre la table de chevet, à sa place. Je ne l'ai plus retrouvé retourné depuis l'autre fois. En même temps, je n'ai plus accompagné Felix pour sa promenade matinale.

Une coïncidence ? Peut-être.

Toujours aucune nouvelle de Krista. Elle n'a pas répondu à mon message.

Aucun mail particulier. Et il n'a rien posté sur Instagram. Je regarde les dernières informations, ce que je n'ai pas fait depuis plusieurs jours. À l'époque, le road trip était une occasion de se propulser dans un univers parallèle, en apesanteur, à l'abri du monde. Maintenant, on a le wi-fi.

Je lis un article sur un mariage de stars en espérant me rendormir, quand les basses se font entendre de plus belle.

Cette musique. La chanson, le volume, tout y est. Et le bruit se rapproche.

Cette fichue chanson.

Je me lève pour regarder par la fenêtre. Puisque cette personne a l'air décidée à réveiller tout le voisinage, je me sens obligée d'aller voir qui c'est.

D'accord, j'avoue, j'ai envie de savoir si c'est le pick-up.

Felix dort encore.

Les lumières m'éblouissent, la musique fait trembler les murs. Ce n'est que lorsque la voiture tourne pour longer le motel que je reconnais le modèle.

Et j'en ai le souffle coupé.

Ce n'est ni un pick-up ni une voiture de sport, pas une berline non plus. La voiture qui diffuse cette musique assourdissante doit bien avoir une vingtaine d'années, sa peinture s'écaille, et elle ne porte aucune plaque d'immatriculation. C'est un monospace.

Exactement la même marque que celui de grand-père. Celui du premier road trip.

Je me rue dehors sans même prendre la peine d'enfiler des chaussures, j'ouvre la porte si brutalement qu'elle manque de se refermer sur moi. Je vois l'arrière du monospace s'éloigner sur la route.

Je ne suis pas la seule.

Portia est debout, elle aussi. Je la vois sur le pas de sa porte devant le parking, pieds nus, l'air mal réveillée.

—Tu as vu la voiture? s'enquiert-elle.

J'acquiesce d'un hochement de tête.

Felix a fini par émerger. Il me fait sursauter en arrivant derrière moi sans prévenir et demande:

—Que se passe-t-il?

Je le fusille du regard. C'est maintenant qu'il se réveille?

La musique diminue à mesure que la voiture s'éloigne, et je n'entends bientôt plus que les battements de mon cœur affolé.

— Deux fois, dis-je à ma sœur. Ils sont venus deux fois.

— Je sais. J'ai entendu.

— Eddie est réveillé ? C'était son tour de garde.

Portia repasse la tête dans sa chambre et allume la lumière froide. Une pause, puis elle se retourne vers nous.

— Il n'est plus dans son lit.

— Que se passe-t-il ? insiste Felix.

— Tu as entendu Portia ? Eddie n'est plus dans la chambre.

— Il est là-bas.

Je me tourne vers la direction indiquée.

Mon frère apparaît au coin du bâtiment et avance sur le parking, habillé et chaussé à 1 heure du matin. En nous voyant, il s'arrête.

— Quoi ? s'exclame-t-il. Que se passe-t-il ?

Felix commence à s'énerver.

— C'est ce que j'essaie de savoir !

— T'étais où ? je demande à Eddie.

— Je faisais le tour de l'hôtel pour ma ronde.

— Tu n'as pas entendu la voiture ? s'étonne Portia.

Il hausse les épaules.

— Tu veux parler de la musique ? Bien sûr que si, on a dû l'entendre jusqu'en Chine.

Je m'approche pour voir son regard.

— Mais cette voiture, tu ne l'as pas vue ?

Sa casquette de Duke ne dissimule pas ses yeux d'un bleu si vif qu'on croirait des lentilles de contact.

— Non, grogne-t-il sur la défensive, comme si je l'accusais.

Il soutient mon regard sans ciller.

— Pourquoi ? demande-t-il.

Je me tourne vers ma sœur qui observe Eddie. Mon frère ne me quitte pas des yeux. À regards ainsi croisés, on se croirait en pleine partie de Risk.

Felix met fin à notre confrontation silencieuse, digne d'un western.

— Mais qu'est-ce que vous faites, bon sang?
— Rien, dis-je. On ne fait rien.

Mais ce qui vient de se passer peut tout changer.

Le monospace. La même couleur, la même marque, la même époque. Mais ce n'est pas celui de grand-père. Ce n'est pas possible. Grand-père s'en est débarrassé dès notre retour de voyage. Il doit pourrir dans une décharge à l'heure qu'il est.

La dernière fois que j'ai roulé dans ce monospace, c'était pour quitter le désert. Il était tard. On était tous sales, fatigués, et l'on empestait la fumée.

Quand je ferme les yeux, je sens encore la chaleur sur mon visage. Oui, celle du soleil. Dans le désert, le soleil est bien plus fort qu'ailleurs, j'avais l'impression de cuire à feu doux. Jour après jour, le désert me rongeait.

Mais il n'y avait pas que les rayons du soleil. Ce jour-là, la chaleur venait aussi du feu.

Imaginez un brasier et multipliez sa puissance par cent. Impossible de s'en approcher sans perdre ses sourcils.

Et, plus étonnant encore, le vacarme. Les incendies sont bruyants. Ça craque, ça crépite, les flammes fouettent la brise, tout ce qui se consume disparaît dans de petits crépitements. Je devais donc hurler pour me faire entendre.

As-tu déjà eu envie de savoir lire dans les pensées ?

Évidemment.
Mais, à choisir, je préférerais le don d'invisibilité. Ce serait tellement plus simple de pouvoir apparaître et disparaître sur commande ! Je n'aurais plus besoin de passer une éternité à mettre au point des stratégies, à bâtir des alliances et à tout préparer, étape par étape.
Si j'étais invisible, j'entendrais ce que les gens disent dans mon dos. Je saurais si on me trouve moche ou mal fagotée. Et je saurais aussi ce que fera Cooper après notre énième rupture. Il prétend ne pas avoir d'autre petite copine, mais peut-être qu'il ment.
Et puis, je saurais si papa et maman prévoient vraiment de divorcer. Je ne suis pas sûre que ça changerait grand-chose, mais au moins j'en aurais le cœur net.

Plus que quatre jours

Si j'étais l'âme torturée de ce récit, je me réveillerais au milieu d'un cauchemar en hurlant. Un cauchemar avec un pick-up, des cigarettes, des initiales gravées dans l'écorce d'arbres maudits et un grand-père mort portant un maillot de Clemson. Au lieu de ça, je dors profondément jusqu'au petit matin, et je me réveille fraîche et dispose. Revigorée, même.

Et ça va en s'améliorant : pendant que Felix se douche, j'en profite pour remplacer ses cigarettes par un paquet d'une autre marque. Même si ce petit manège me fatigue, je ne peux pas m'arrêter en si bon chemin.

Vous devez penser que j'ai des choses plus importantes à faire, étant donné les récents événements, mais Felix l'a bien cherché. S'il doit perdre son boulot parce qu'il fume, autant qu'il perde aussi la tête, tant qu'à faire.

Oui, il m'énerve à ce point-là. Pas seulement parce qu'il fume, mais parce qu'il n'a toujours pas compris pourquoi ses affaires disparaissaient étrangement. Je lui tends des perches, et il ne voit rien du tout.

En prenant ma douche, j'imagine Felix trouvant le paquet et se demandant s'il ne serait pas devenu fou.

C'est précisément ce qui lui arrive. Je le vois à sa figure lorsque je sors de la salle de bains.

—Ça va ?

Il se tourne vers moi et cligne de ses yeux vitreux.

—Que s'est-il passé cette nuit ? Pourquoi as-tu couru après cette voiture ?

—Je ne lui ai pas couru après. Leur musique m'a réveillée, j'ai voulu leur demander de baisser le son.

—Tu es sortie en trombe. Pieds nus.

À l'entendre, on croirait que je suis sortie à poil.

—J'étais furieuse. Ils m'ont réveillée.

Je réponds d'un ton calme, mais je trépigne intérieurement. Cette chanson m'a fait l'effet d'une décharge électrique, dans le bon sens du terme.

Felix semble avoir envie de nourrir le débat. Intéressant. D'habitude, il ne s'aventure jamais aussi près d'un conflit. Mais finalement il se ravise.

Ce matin, aucune musique ni aucun monospace sur le parking. Une simple matinée froide au nord du Wyoming et une poignée de gens mal réveillés. Felix est le seul d'entre nous à faire la conversation, depuis le chargement de nos bagages jusqu'au premier arrêt suivant pour le petit déjeuner.

Voyant que personne ne l'interrompt, il embraie sur une série de reportages sur des faits divers qu'il a regardés le mois dernier. Notamment un épisode sur un crime affreux, des filles kidnappées, démembrées puis semées aux quatre coins des champs dans l'Oklahoma.

Toujours personne pour le couper.

Felix nous bassine les oreilles, sans doute prompt à se prouver qu'il ne perd pas la tête. Il décrit le documentaire complet, épisode après épisode. Finalement, il en vient au bouquet final : la police connaissait le meurtrier, mais a préféré étouffer l'affaire.

—C'est choquant, non ? Je n'en savais rien avant qu'ils ne le révèlent dans le docu. Jusqu'à l'arrestation, les médias s'étaient focalisés sur un autre type, un enseignant, alors qu'il n'y était pour rien, le pauvre.

—Waouh, mon chéri, cette histoire est fascinante !

Certes, je suis sarcastique. Mais, bon sang, était-il aussi chiant quand on s'est rencontrés ? C'était à peine deux semaines après mon retour de Géorgie, deux semaines après avoir vu ma mère en prison. Je me souviens seulement qu'il était gentil, facile à vivre, différent des membres de ma famille. Peut-être a-t-il toujours été lourd, mais je ne m'en étais jamais rendu compte avant.

Eddie paie le petit déjeuner, car j'ai réglé la note de l'hôtel. Portia ne s'en cache même plus : elle ne paie que les cafés ou les sucreries. Et l'essence. Elle a payé un plein d'essence.

En retournant dans la voiture, Felix nous parle de son travail. Sherry a obtenu une promotion, et Allan a été rétrogradé. Hortense la Vache (la mascotte de leur département) a été volée par le service commercial qui l'a ensuite cédée à l'équipe marketing qui la garde précieusement en attendant de décider contre quelle faveur ils la rendront. Ah, et notre chiffre d'affaires a été bon ce mois-ci, mais pas excellent.

Il y a un mois, j'aurais été intéressée par la conversation, on aurait échangé nos petits potins, et je me serais souciée de savoir comment se porte notre boîte. Il y a un mois, j'accompagnais Felix tous les matins pour une balade avant d'aller bosser. Il y a un mois, je m'inquiétais des factures, de mon poids, de ma santé et du temps qu'il me resterait sur ma pause-déjeuner pour faire des courses. Il y a un mois, mon mari ne me mentait pas.

À présent, je sais que j'ai bien fait de ne pas avoir d'enfants avec lui. C'était le bon choix. *C'est* le bon choix.

Mais ce n'est pas ce qui me préoccupe. Dans l'immédiat, je réfléchis à une question bien plus importante que mon mariage.

Le pick-up, les pneus crevés et le relais de démarreur volé, c'est une chose. J'aurais même pu croire à l'intrusion d'un inconnu dans notre chambre d'hôtel minable pendant notre promenade pour fouiller dans mon téléphone. Tout ça, on peut l'expliquer. Ces types dans le pick-up n'allaient pas s'en prendre physiquement à nous. Ils n'ont jamais rien tenté de tel. C'était juste bizarre, un peu comme cette date récemment ajoutée sur le tronc d'arbre. N'importe qui a pu la graver. Idem pour le départ précipité de Krista ; c'est crédible, et d'ailleurs personne ne regrette son absence.

Mais cette nuit, c'était différent. C'est en tout cas mon sentiment. J'ai l'impression d'avoir longuement observé une vaste salle à travers un judas. Hier soir, c'est comme si j'avais ouvert la porte.

Ce n'est pas tant le monospace qui me fait cet effet. Tout le monde connaissait le modèle que conduisait grand-père. Tous les journaux en ont parlé après la disparition de Nikki.

Cette voiture au milieu de nulle part dans le Wyoming, c'est déjà un peu gros pour être le fruit du hasard. Mais le pire, c'est la chanson. Eddie, Portia et moi, on connaissait cette chanson par cœur. On pouvait la réciter du début jusqu'à la fin, et l'on en serait encore capables aujourd'hui.

C'est la chanson de Garbage, « I Think I'm Paranoid », qui résonnait à plein volume dans le monospace. Et les seuls à pouvoir faire le rapprochement sont réunis dans cette voiture. Et Nikki.

Elle est là. Je le savais. Je l'ai toujours su.

MONTANA

Devise de l'État :
L'or et l'argent

Aujourd'hui, on entame notre plus longue journée de route. Comme lors du premier road trip. Nikki voulait quitter le Wyoming au plus vite pour s'amuser un peu, loin des sites touristiques et des vieux musées décrépits.

« Y en a marre de l'histoire, c'est chiant ! », disait-elle.

Les montagnes russes, voilà qui était bien plus drôle. Le plus grand parc d'attractions de la région était à plus de neuf heures de route, on était excités comme des puces. Mais neuf heures enfermés dans une voiture, c'est long. Et puis, il pouvait arriver beaucoup de choses d'ici là.

Grand-père était toujours drogué, mais il n'était plus malade ni dans les vapes. Il avait l'air un peu ailleurs, contemplant le paysage qui défilait comme si la vitre diffusait un épisode de *JAG*.

Un matin, j'ai voulu l'aider à manger son petit déjeuner commandé dans un drive. Avant, il adorait manger des sandwichs le matin. C'était en tout cas ce qu'il prétendait. Désormais, il n'était plus qu'un zombie qui avait perdu l'appétit.

Chaque fois que je le regardais, je repensais à ce qu'il avait fait à grand-mère. Je ne gardais d'elle que des souvenirs chaleureux, doux et parfumés au jus de pomme. Elle nous servait sans arrêt du jus de pomme. Pourquoi la frapper ? Ce n'est pas parce que c'est facile qu'on doit le faire.

Mais j'avais beau lui en vouloir, il me faisait pitié. Il buvait son breuvage dilué aux médicaments à longueur de journée, ce qui lui donnait le tournis et le faisait bafouiller. Et quand il n'essayait pas de parler, il prenait un air contrit, et son regard se perdait dans le vide. Décoiffé, débraillé, la barbe avait repoussé sur ses joues.

— Dis, ça va ? lui ai-je demandé.

Il s'est tourné vers moi, l'air hagard et le teint cadavérique. Il a ri. J'ai sursauté, je ne m'y attendais pas. Il a ri si fort qu'il en avait les larmes aux yeux. Personne ne l'a remarqué ni entendu, puisque Nikki mettait la musique à fond.

— Qu'est-ce qui te fait rire ?

Ma question a décuplé son hilarité. J'ai attendu qu'il se calme.

— Je n'arrive pas à croire que tu me demandes ça, a-t-il fini par dire en s'essuyant les yeux. Vous m'avez fait prisonnier.

J'ai secoué la tête en désignant ses bras.

— On ne t'a pas ligoté.

Il a soupiré si fort que je l'ai ressenti dans mon siège.

— C'est vrai. Mais je ne suis pas libre pour autant.

Bon, il avait raison, c'était notre prisonnier. Nos menaces à propos de Portia le forçaient à rester avec nous, au lieu de se faire la malle à la première occasion.

— Ta sœur est malade.

J'ai d'abord cru qu'il parlait de la petite, assise dans le siège devant nous et qui jouait avec son ardoise magique. Elle semblait aller très bien.

— Pas elle, a-t-il précisé.

Nikki. Derrière le volant, elle chantait à tue-tête sur la musique et se déhanchait sur son siège. Rien d'anormal à mon sens.

— Non, elle n'est pas malade.

— Si. Dans sa tête.

C'était une notion abstraite pour mon jeune esprit. Nikki était ma sœur. Elle était sauvage et un peu folle. Et enceinte. Mais pas malade. Je connaissais déjà cette nuance à l'époque.

Il a baissé le ton pour me dire :

— Tu es au courant pour l'appareil photo ?

J'ai fait signe que oui. On avait pris beaucoup de photos avec l'appareil jetable.

— Pas celui-là. L'autre.

— L'autre ? On ne l'a pas encore utilisé.

— Ta sœur, si.

J'ai secoué la tête. C'était impossible, j'avais vu le premier appareil le matin même, et il restait encore des clichés à prendre. On n'avait aucune raison d'entamer l'autre.

— Ah, tu n'es donc pas au courant pour les autres photos.

Non, effectivement.

— Comment ça ?

— Elles sont… (Sa grimace a transformé son visage en boule de rides.) Elles sont abjectes.

Abjectes. Ce mot me faisait penser à du vomi. J'avais compris ce qu'il essayait de me dire, seulement, je refusais d'y croire.

— Des photos… des photos de Portia ? ai-je demandé.

Il a hoché brièvement le menton en fermant les yeux.

— Des photos prises par Nikki, ai-je ajouté en réfléchissant tout haut.

Peu à peu, tout s'éclairait.

Des photos abjectes de Portia, voilà ce qui forçait grand-père à rester là, sans appeler à l'aide ni chercher à s'échapper.

C'était du moins sa version des faits.

Il m'a fallu quelques secondes pour digérer l'information, puis je me suis souvenue que c'était l'homme qui avait frappé grand-mère.

— Menteur.

— Beth, je te jure que c'est la vérité. Ta sœur… ne va pas bien.

J'ai secoué la tête pour chasser cette idée.

— C'est toi qui ne vas pas bien !

— Je t'en prie…

— Tais-toi !

J'ai changé de banquette pour rejoindre celle de Portia.

— Donne-la-moi, ai-je soufflé en lui prenant son ardoise.

De toute façon, ce n'était pas vraiment la sienne. À l'origine, c'était l'ardoise de Nikki.

— Eh !

— Attends.

J'ai longuement gribouillé sur l'écran une mauvaise réplique de notre maison avec le chien imaginaire de mon enfance, parce que maman n'a jamais voulu d'animaux. Portia attendait à côté de moi, les bras croisés. Elle boudait, une pratique à laquelle elle excellait.

Finalement, lasse de patienter, elle s'est penchée pour tapoter l'épaule de notre aînée. Nikki a baissé le volume de la musique.

— Quoi ?

— Beth m'a volé mon ardoise magique.

— Et alors ?

— Alors j'étais en train de jouer avec !

Ma grande sœur l'a regardée dans le rétroviseur.

— Dans ce cas, pourquoi avoir laissé Beth te la prendre ?

Portia est restée interdite, les yeux ronds.

— Parce que…

— Parce que tu l'as laissée faire, pas vrai ?

Ma petite sœur n'a plus rien dit et n'a plus cherché à récupérer son ardoise. Elle n'a rien fait, restant silencieuse à côté de moi jusqu'à ce que je termine mon dessin et que je lui rende son jouet.

Tout est ma faute, j'en ai conscience aujourd'hui : j'ai sous-estimé Portia. Et ce, depuis toujours. Plus tard, mes affaires ont commencé à disparaître.

D'abord, une barre de chocolat que j'avais cachée dans mon sac. Je l'avais mise de côté depuis nos courses de la veille, mais quand j'ai voulu la manger, elle avait disparu. Portia a prétendu ne pas être au courant.

Ensuite, un tee-shirt que j'adorais et des chouchous pour les cheveux ont mystérieusement disparu. Ces derniers, je les ai cherchés partout. Et je les ai retrouvés dans la poche de son pantalon.

— Tu me les as piqués !

Elle a haussé les épaules.

— Non, c'est pas vrai.

— Ils étaient dans ton jean !

— Ah oui, c'est bizarre.

Ce petit jeu a duré tout le reste du road trip. Puis son penchant pour le vol s'est confirmé par la suite.

Serait-elle devenue kleptomane si Nikki ne lui avait pas dit de prendre son ardoise pour le voyage ?

J'y ai souvent repensé ces dernières années, je me suis demandé si un événement aussi anodin pouvait à ce point affecter notre avenir. Mais non, je ne crois pas. On ne devient pas meurtrier juste parce que quelqu'un nous dit : « Tue-le ». Ça ne marche pas ainsi.

Notre sœur lui a peut-être tendu la perche, mais Portia était déjà une graine de petite voleuse. Tout comme Eddie était une graine de petit con, et Nikki une graine de sauvageonne. Et l'on avait tous une certaine aptitude pour le mensonge.

Notre aînée était experte en la matière. Il n'existait pas de photos de Portia, certainement pas des images abjectes. J'ai posé la question à ma grande sœur le soir même quand tout le monde dormait.

Elle a éclaté de rire.

— Tu plaisantes ? Bien sûr que non, ces photos n'existent pas.

— Je m'en doutais. Mais il avait l'air tellement convaincu.

— Justement, c'était le but.

Des menteurs aussi doués, ça ne s'invente pas.

Par quoi t'es-tu vraiment laissé surprendre?

Par beaucoup de choses. D'abord, par cette grossesse. Je m'attendais à ce que la vie me réserve des surprises, mais certainement pas à tomber enceinte à dix-sept ans.

En deuxième position, je dirais que le fait de découvrir que grand-père était un salaud m'a causé un sacré choc.

Ensuite, j'avoue que je suis étonnée que mes parents n'aient rien fait pour écourter ce voyage. Mais bon, ils ne savent pas ce qu'a fait grand-père. D'après grand-mère, tout a commencé au début de la retraite, une retraite forcée, d'ailleurs. Il s'est retrouvé sans travail du jour au lendemain, à tourner en rond. Je ne peux pas vraiment reprocher à grand-mère d'être restée. Comment réagir quand, à soixante-quatre ans, ton mari se met soudain à te battre?

De toute façon, ça n'a pas d'importance. C'est lui, le coupable.

Ah, au fait. Je pense qu'on nous suit. Ou plutôt, j'en suis sûre. Ça fait un moment que cette Honda bordeaux nous colle au train.

Quand je regarde Portia qui écoute tranquillement sa musique, je me demande si elle est aussi fauchée qu'elle le prétend. Peut-être qu'elle nous ment pour faire ce voyage aux frais de la princesse.

Et Eddie. Qu'en était-il de lui pendant ce trajet de neuf heures, il y a vingt ans ? Il occupait le siège de devant, à côté de Nikki, et dormait. Il ne s'est réveillé que pour faire les yeux doux à la serveuse d'un restaurant routier et nous obtenir des glaces gratuites. De retour dans la voiture, il a ronchonné qu'il s'était froissé je ne sais quel muscle quand on était au village fantôme, puis s'est rendormi.

C'est là que j'ai commencé à m'intéresser à lui. Lors de ce premier road trip, il était notre arme secrète. Celui qui était capable de soudoyer n'importe qui, jeune ou vieux. Si l'on arrivait trop tard pour réserver une chambre, on envoyait Eddie parler au responsable.

J'ai passé beaucoup de temps à le surveiller, à chercher à découvrir comment il faisait pour obtenir des gens tout ce qu'il voulait, s'attirer leurs bonnes grâces. En fait, il avait une stratégie bien rodée.

Un : jouer la carte de l'autodérision. Ça écarte d'emblée la menace.

Deux : sourire. Surtout lorsqu'on réclame quelque chose.

Trois : diluer tout mensonge dans un soupçon de vérité.

Quatre : rappeler aux gens combien on est bête, stupide, tête en l'air, etc. Auraient-ils l'extraordinaire amabilité de nous aider ?

À force de constater l'efficacité de sa méthode, j'ai fini par l'imiter. Je me suis entraînée à faire preuve de dérision, j'ai appris quelques blagues par cœur et j'ai élargi ma palette de plus beaux sourires.

En vain. Les gens ne réagissaient jamais comme avec lui. J'avais beau me montrer gentille et mignonne, cette serveuse ne m'aurait jamais offert la tournée de glaces.

Du haut de ses quatorze ans, Eddie était déjà la coqueluche que tout le monde s'arrachait. Et, pour ça, je le détestais.

On avait parcouru la moitié de cette longue portion de route lorsque j'ai donné un coup de pied dans son siège.

Nikki n'a rien remarqué, ni Portia, trop occupée à chercher des trucs à voler.

J'allais filer un autre coup dans le siège d'Eddie, plus fort, quand j'ai remarqué que je pouvais aussi cogner son bras, visible entre son siège et la portière passager.

Voilà qui l'a réveillé.

Il a regardé autour de lui comme si l'on avait heurté un obstacle.

— Hein ?

— Hein, quoi ? lui a demandé Nikki.

— Non, rien.

Il s'est recroquevillé et rendormi. Une dizaine de minutes plus tard, j'ai recommencé. Puis une troisième fois.

La quatrième a été la bonne. Il a compris que c'était moi.

— Qu'est-ce que tu fous ?

J'ai banalement haussé les épaules.

— Mais arrête !

Évidemment, j'ai continué.

Eddie s'est positionné différemment pour que mes coups de pied ne puissent plus l'atteindre. J'ai alors eu le sentiment d'avoir gagné.

Aujourd'hui, je suis assise derrière le siège conducteur, et son bras gauche est visible. Peut-être même accessible.

Ce qui est fou, c'est que j'ai toujours envie de le frapper.

À l'époque, c'était parce que je le détestais. À présent, je sais que cette haine était surtout une forme de jalousie déguisée, et cette jalousie est toujours là, envers lui mais aussi envers mes sœurs. Ils ont tous les trois un petit quelque chose de spécial. Un super pouvoir.

Eddie et son charisme, Portia et sa cleptomanie, Nikki et son impunité. Elle a même réussi à se volatiliser. Et moi, de quoi ai-je hérité, sinon du même ADN qu'eux ? J'ai le don de me faire oublier. De laisser les autres sur le devant de la scène.

Toutes les familles ont leur boulet. On n'est pas tous brillants. Ça fait bien longtemps que j'ai conscience de ne pas être assez maligne ni charmante pour attirer l'attention à moi. Je m'en suis toujours contentée ou du moins accommodée, mais ça ne me plaît pas pour autant. Parfois, ça me met presque en colère.

Aujourd'hui, ça me donne surtout envie de filer des coups de pied à Eddie, comme au bon vieux temps.

Je regarde son bras, son siège, la route devant nous. Ne serait-ce pas idiot de le frapper alors qu'il conduit ? Quels sont les risques d'avoir un accident ? Et, en cas d'accident, quelles sont nos chances de survie ?

Voilà les pensées qui m'occupent pendant les neuf heures de trajet.

— Beth ?

La voix de Felix me ramène brutalement sur terre. Maintenant, c'est lui que j'ai envie de cogner.

— Quoi ?
— Est-ce que tu as lu tes mails ? Ceux du travail ?
— Non.

Il me montre l'écran de son téléphone. Un message a été envoyé à l'ensemble des collaborateurs ce matin, annonçant des coupes budgétaires qui entraîneraient une réduction du personnel de quinze pour cent. Les premiers départs ont été annoncés aujourd'hui. Je parcours la liste sans reconnaître les noms, jusqu'à celui de Linda McCormack, ma responsable. Ensuite, je lis Danielle Bertram, l'une de mes collègues, ainsi qu'Adam Perry, notre assistant administratif.

Les licenciements touchent mon département.

Il ne manquait plus que ça. Felix va perdre sa place parce qu'il fume, et voilà que mon service part en fumée. Et ce n'est que la première vague.

Cet héritage tombe décidément à pic.

Je repense à la nuit d'Eddie passée en cellule de dégrisement. Devra-t-il renoncer à sa part ?

Pour ça, il faudrait que quelqu'un prévienne le notaire.

Ça va ?

Felix me harcèle avec cette question. Je lui réponds pour la énième fois :

Oui, on en parlera plus tard.

Tu es sûre ?

Oui, on en parlera plus tard.

Il s'agite sur le siège passager, se retourne plusieurs fois pour me regarder, au point que je finis par mettre mon casque et faire semblant de dormir. Mais je n'écoute pas de musique. Si Felix ouvre sa grande bouche, je veux entendre ce qu'il dit.

La route est encore longue, notre pause-déjeuner sera donc brève. Elle a lieu à une sortie d'autoroute ; ambiance station-service et fast-food.

— Vingt minutes, annonce mon frère. Chacun va acheter ce qu'il veut, et on se rejoint près des pompes.

Portia et Eddie vont dans la boutique de la station, elle pour faire le plein d'alcool, lui pour payer l'essence. Ils se retrouvent donc seuls tous les deux. Une réflexion que Felix interrompt pour évoquer les licenciements.

— N'en parle pas à Eddie et Portia. Ce qui se passe au travail ne les regarde pas.

— Comme tu veux.

— Ton service a été touché ?

— Une seule personne pour l'instant, répond-il.

Oui, pour l'instant. On n'a aucune idée de ce qui se passera ensuite, or notre départ en congé nous maintient loin des ragots.

— Je vais me renseigner auprès de Sandra.

Elle est celle dont je suis la plus proche au travail, la seule collègue à qui je puisse en parler.

— On va s'en sortir, me rassure mon mari.

Il n'évoque pas ouvertement l'héritage, mais c'est ce qu'il entend par là. J'enrage quand je repense au fait qu'il se soit mis à fumer. Désormais, je considère l'héritage comme une somme qui m'appartient. À moi et à moi seule.

C'est fou ce que l'argent est capable de faire.

Il prétend partir aux toilettes, sans doute pour fumer. Je traverse la route pour acheter des sandwichs. Ce n'est pas avec de l'alcool et du tabac qu'on tiendra le reste des neuf heures de route.

En faisant la queue, je regarde par la fenêtre et j'aperçois Eddie qui ressort de la boutique de la station-service. Même à cette distance, on voit que c'est un bel homme. Je n'en reviens toujours pas d'avoir un frère aussi beau. Non pas qu'on ait eu des parents laids, mais ils n'avaient pas la silhouette de mannequin de leur fils.

Il est au téléphone et esquisse de grands gestes, comme si son interlocuteur pouvait le voir. Près de la voiture, il fait les cent pas, alterne entre les paroles et l'écoute. Quelqu'un lui met les nerfs en pelote.

Portia sort à son tour de la boutique. Ce n'est pas un canon de beauté à l'échelle d'Eddie, mais elle a de longues jambes, un minishort et des bottes, ce qui suffit à attirer l'attention de tous les hommes alentour.

Elle porte deux sacs de courses dont l'un est visiblement rempli de bouteilles. D'ailleurs, elle a un gobelet à la main. Peut-être que cette station sert des cocktails à emporter. Dans le Montana, ça ne m'étonnerait pas.

— Madame.

La caissière me tend ma commande empaquetée, prête à emporter.

Je t'en donnerai, du « madame »… Voilà une autre bonne raison de déguerpir d'ici en vitesse. Ils sont trop polis dans le Montana.

Je fourre des serviettes et des sauces dans le sac, sans cesser de guetter ce qui se passe dehors. Felix reparaît au coin de la rue. Grand, dégingandé, pâle comme la mort. Aujourd'hui, il porte un maillot des Broncos de Denver. Sa couleur orange jure avec son teint. Il se met à mâcher un chewing-gum avant de regagner la voiture, et ça m'agace. Ce soir, je vais peut-être à nouveau cacher ses cigarettes. Non, plutôt son briquet. Ce doit être encore pire d'avoir ses clopes sans pouvoir les allumer.

Lorsque je rejoins la voiture à mon tour, elle est garée près des pompes. Eddie est reparti dans la boutique.

— Il va se chercher un café, m'indique Portia.

Elle s'adonne à quelques étirements vaguement suggestifs derrière le véhicule.

Je m'approche de mon mari pour lui proposer un sandwich.

— Sans mayo ? lâche-t-il aussitôt.

Sans mayo.

Cette foutue mayonnaise.

Vous voulez savoir pourquoi j'ai trompé Felix ? Eh bien, à cause de ça.

Une amie allait se marier et invitait ses copines chez elle pour célébrer ses fiançailles. C'était en semaine après le travail, notre seul moment disponible entre le boulot des unes et les enfants des autres, et les week-ends étaient déjà bouclés. La future mariée s'appelait Clarabel. Oui, c'était vraiment son prénom. C'était une fille joyeuse, voire guillerette, du genre à adorer organiser des festivités. Quand j'y repense, elle me fait penser à Krista.

On a bu, dégusté des petits-fours et des œufs mimosa servis sur de jolis napperons pendant qu'elle déballait ses cadeaux. Une petite fête classique jusqu'à l'arrivée du chippendale, et la soirée s'est alors transformée en enterrement de vie de jeune fille.

Il était déguisé en policier soi-disant alerté par un voisin dérangé par le bruit, et on l'a toutes cru. En tout cas, moi j'ai marché sans même remarquer ses yeux brillants et ses jolies fossettes. J'ai cru à un flic jusqu'au moment où il a arraché sa chemise pour révéler un torse bronzé et huilé à souhait. Ce n'était plus de simples tablettes de chocolat : tout était à croquer.

On a encore bu. On a moins mangé. La soirée a duré plus longtemps que prévu.

Quand le chippendale a enfin arrêté de se frotter à la fiancée, j'ai appelé Felix pour le prévenir que j'allais rentrer.

— Je m'arrêterai pour acheter un hamburger en passant. Tu en veux un ?

— Avec plaisir.

— OK, je décolle bientôt.

— D'accord. Et sans mayo, le hamburger.

Sans mayo.

Depuis que je le connais, Felix déteste la mayonnaise. Il me le rappelle au moindre sandwich, au moindre hamburger, végétarien ou non, peu importe. Même pour les bâtonnets de poisson et les nuggets de poulet. *Sans mayo.* Et il me l'a encore répété ce soir-là.

Comme si je ne le savais pas.

Voilà pourquoi j'ai rattrapé le chippendale avant qu'il ne remonte dans sa voiture. Voilà pourquoi je me suis envoyée en l'air avec lui sur la banquette arrière de la mienne. Pourtant, je ne fantasmais pas particulièrement sur les hommes en uniforme.

C'était à cause du *sans mayo*. Parce que Felix ne manquait jamais une occasion de me le rappeler. Comme si j'étais trop bête pour m'en souvenir. Parce qu'il a toujours été ainsi.

Aujourd'hui encore, il recommence.

Chaque fois qu'il prononce le mot « mayo », je pense au stripteaseur. C'est la raison pour laquelle je ne peux pas être votre héroïne. Une femme qui trompe son mari, c'est rédhibitoire.

Je tends donc à Felix son sandwich en lui répondant :

— Oui. Sans mayo.

— Cool.

Il grimpe en voiture tout en croquant voracement dans son casse-croûte.

Eddie ressort de la boutique avec un énorme gobelet de café à la main. Il le sirote, fait la grimace et reprend une gorgée. Je m'approche de lui pour que les autres ne m'entendent pas lui demander :

— Sandwich ?

— Avec grand plaisir.

— J'ai prévu un supplément fromage pour toi. (En le lui donnant, je me penche plus près.) Au fait, j'ai oublié de te dire que Krista m'avait écrit.

Il me dévisage avec des yeux ronds.

— Ah bon ?

— Oui. Elle va bien. Elle est bien arrivée.

— Et c'est tout ?

— C'est tout.

Mensonge.

Je n'ai aucune nouvelle de Krista, mais Eddie semble sincère. Il n'a jamais été assez bon acteur pour feindre ce genre de surprise.

Ce journal t'a-t-il été utile?

… hum, non. Il m'aidait à faire passer le temps et, au début, il m'aidait aussi à m'endormir. Mais, depuis que j'ai pris le volant, je roupille comme un loir après ces journées de route, donc il n'est plus si utile que ça.

D'après le Dr Lang, ce n'est rien d'autre qu'un outil, je pourrais en utiliser un autre. Je me contenterai de celui-ci en attendant de trouver mieux. Si tant est que je cherche autre chose…

À part ça, je surveille la Honda. Le mec est seul au volant, il n'y a pas de passager. Les autres ne sont pas au courant qu'on est suivis. Même pas Beth. Je ne veux pas créer un mouvement de panique. C'est juste un type dans une Honda bordeaux. Il me trouve peut-être mignonne. Ce ne serait pas le premier vieux à me suivre pour si peu.

Je parie qu'il me trouverait moins jolie s'il savait que je suis en cloque.

On surnomme l'État du Montana le « Big Sky Country », le pays au vaste horizon, et je comprends pourquoi. Un ciel immense, des terres à perte de vue, des routes interminables. On l'appelle aussi l'État Trésor, mais je ne sais pas s'il mérite ce nom-là. On n'a fait que le traverser sans jamais s'arrêter pour chercher de l'or. Notre objectif: le morceau d'Idaho coincé entre Washington et le Montana. Oui, vous avez bien lu. On a l'intention d'aller en Idaho.

Lors du premier road trip, on y est restés un moment. Un long moment qui a changé le cours de notre voyage.

J'espère que la visite sera moins mouvementée cette fois-ci. Le trajet l'est déjà beaucoup moins, en tout cas. J'ai épuisé tous les sujets qui méritaient réflexion. À moins d'en transformer un en obsession, mon esprit est à court d'inspiration. Si je ne surveillais pas mes arrières au cas où l'on tenterait de me donner un coup de poignard dans le dos, je me serais déjà assoupie.

Heureusement, Portia est là pour amuser la galerie. Son goûter à base de cocktails et de cupcakes au chocolat lui fait tourner la tête. Ce n'est pas seulement l'alcool, elle est shootée au sucre.

Elle nous raconte l'histoire de son dernier petit ami, un dénommé Jagger. Rencontré « au boulot ».

—Rappelle-moi où c'était ?

—Dans un bar. *Les Copines*.

Mensonge. C'était *Les Coquines*.

Jagger bossait dans le même établissement, mais quand leur relation est devenue sérieuse, il a changé d'équipe pour « éviter les emmerdes », précise ma sœur.

Au travail, ils avaient des casiers individuels pour ranger leurs affaires. C'est là que tout a commencé.

—Au début, j'ai découvert des petits cadeaux dans mon casier, explique-t-elle. Une fleur, un mot disant combien j'étais jolie. J'ai vite deviné qu'il s'agissait d'un autre employé, car j'ai dit un jour que j'adorais les mandarines, et le lendemain il y en avait une dans mon casier.

Mon mari l'interrompt :

—Tu n'as pas trouvé ça flippant ?

Elle lève les yeux au ciel en reprenant une gorgée de cocktail. Dans la voiture, elle boit dans un gobelet fermé par un couvercle.

—Bien sûr que si. Sur le coup, en tout cas. Mais bon, on a fini ensemble. Je n'avais pas de raison de m'inquiéter.

Interdit, Felix acquiesce :

—Compris.

—Bref. Où en étais-je ? Ah oui, ça a duré deux semaines. Je me suis mise à attendre mes cadeaux parce qu'ils étaient de plus en plus gros. D'une fleur, on est passés au bouquet. Le vers griffonné sur un papier est devenu un poème.

Elle marque une pause. J'en profite pour prendre mes aises en travers de ma banquette, adossée contre la portière, ce qui me permet de voir à la fois Felix et ma sœur. Elle sourit.

—Qu'est-ce qui t'amuse ? je demande.

—Je repense à son dernier cadeau. Celui qu'il a fini par signer de son nom.

Pendant qu'elle raconte son histoire, j'ai une impression de déjà-vu. Cette trame me rappelle un téléfilm, ou peut-être une mauvaise série Netflix que j'aurais oubliée. J'en déduis que Portia ment : ce Jagger n'a jamais existé.

— Des jacinthes des bois. J'en ai reçu tout un bouquet.

Un autre sourire, le regard rêveur tourné vers le paysage.

Elle ment. La mémoire me revient, son récit n'est pas celui d'un téléfilm ni d'une série.

— La jacinthe, ta fleur préférée, lui dis-je.

— Exactement.

C'est l'histoire de Nikki. En tout cas, ça ressemble à sa rencontre avec Cooper.

Il lui a glissé des cadeaux dans son casier, et la jacinthe était sa fleur préférée. On l'a entendue des dizaines de fois, notre grande sœur adorait nous la raconter. Portia a repris le fil conducteur, à quelques détails près, et s'est approprié l'histoire. Serait-elle trop soûle pour s'apercevoir qu'elle raconte un souvenir qui ne lui appartient pas ?

Dans un éclat de rire, Eddie s'exclame :

— Tu mens !

— Pardon ?

— Ça n'a ni queue ni tête. D'abord, combien de personnes travaillaient dans ce bar ? On devait vite en faire le tour, ton admirateur secret n'aurait pas pu le rester bien longtemps.

— Le bar était vraiment grand...

— S'il était si grand, il y aurait eu des caméras de surveillance. Surtout à La Nouvelle-Orléans. Et puis, ça n'inquiétait personne qu'une employée reçoive tous ces cadeaux anonymes ? Qu'un type transgresse autant de lois sur l'espace privé ?

— C'est pourtant la vérité !

Je n'en veux pas à ma sœur de défendre son mensonge. Quand on se fait prendre, il n'y a parfois aucune autre issue que de camper sur ses positions.

Eddie pouffe, comme un gosse.

— Si tu le dis…

Portia se penche au-dessus de mon dossier pour se rapprocher de notre frère sans toutefois grimper sur ma banquette.

— C'est mon histoire, pas la tienne. Je sais ce que je dis.

— Ben voyons !

— Et puis, qu'est-ce que ça peut te faire ? Tu te fiches de savoir qui je fréquente ou comment je l'ai rencontré.

— Pas faux. Seulement, je ne peux pas te laisser raconter des bobards aussi gros sans réagir.

— Oh, excuse-moi, je ne savais pas que tu étais de la brigade de la vérité.

— Si tu mens comme une arracheuse de dents, ce n'est pas ma faute.

— Et le fait d'être con, c'est ta faute ?

Il hausse les épaules avec une nonchalance agacée, et elle se laisse retomber au fond de son siège. Felix pianote sur son téléphone. La scène à laquelle je viens d'assister est digne d'une pièce de théâtre. Ils ont tous les deux raison : Eddie a pointé du doigt les incohérences du récit de Portia, certes, mais qu'est-ce que ça peut bien lui faire ?

— Tu peux vérifier sur le GPS si la route est encore longue, s'il te plaît ?

Il parle à Felix. Ou plutôt, il lui donne des ordres.

— Bien sûr, répond celui-ci en tendant le doigt vers l'écran du tableau de bord.

Ce même écran qu'Eddie a tripoté lui-même jusqu'à présent.

— Tu t'es cassé le bras ? je demande à mon frère.

— Il reste trois heures, annonce Felix.

— Merci.

Eddie ne me répond pas. Il préfère ajouter :

— On ne fera plus qu'un arrêt, alors réfléchissez bien à ce que vous voulez acheter.

Ma sœur se redresse juste assez pour lui lancer un regard assassin, puis elle s'avachit lourdement sans un mot.

Dans le rétroviseur, je surprends le sourire de notre aîné. Il change la musique pour écouter un mauvais tube des années 1980. On a déjà écouté ce morceau et on lui a dit à quel point on le détestait. Non seulement il le remet, mais en plus il monte le son.

Je prends soudain conscience du petit jeu auquel il joue. Il n'en est pas à son coup d'essai.

De quoi as-tu le plus peur ?

Je n'ai peur de rien. Enfin, presque. Bon, je n'ai pas de temps à perdre avec cette philo de bas étage. J'ai plus important à gérer.

Je commence à me lasser d'être suivie par ce type. Je ne sais pas si j'ai peur, mais il m'agace. Ce que j'aimerais faire, c'est m'arrêter sur la bande d'arrêt d'urgence et lui demander entre quatre yeux ce qu'il nous veut, à la fin ! Mais je ne le ferai pas. Pas avec Portia et les autres dans la voiture. Si j'étais seule, je ne me priverais pas. Je vous jure que j'en serais capable.

Personne ne reconnaît jamais que j'ai du cran. Personne. On me dit impulsive, irréfléchie, tout ça. Mais courageuse, jamais. Pourtant, je n'ai pas froid aux yeux ! Pourquoi les gens ne sont pas foutus de s'en apercevoir ?

Lors du premier road trip, j'étais assise à l'avant avec Nikki pendant toute la seconde moitié de notre traversée du Montana. Elle avait besoin d'un copilote de confiance, or Portia était trop jeune. Et Eddie dormait tout le temps.

Ma sœur et moi, on a longuement discuté pendant ce trajet. J'adorais l'écouter. Elle se confiait enfin à moi, comme quand on était petites. Le frisson de l'indépendance commençait à se dissiper, et elle a fini par me dire :

— Je suis fatiguée de conduire.

Je me suis demandé si c'était à cause de sa grossesse. Maman n'avait pas l'air fatiguée lorsqu'elle était enceinte de Portia, mais c'était son quatrième enfant. Or, pour Nikki, c'était une première.

— Tu es sûre que ça va ? lui ai-je demandé.

— Je suis crevée, c'est tout.

J'ai attendu une seconde avant de murmurer :

— Tu as eu des nouvelles de Coop ?

Cooper, ou Coop, était son petit copain par intermittence. Quand ils étaient ensemble, elle parlait de lui. Quand ils se séparaient, elle le traitait simplement de connard, de grosse bite. «Et même pas au sens propre», ajoutait-elle. À l'époque, je ne comprenais pas le jeu de mots.

—Coop? Pff, c'est une grosse bite. Pourquoi cette question?

J'ai haussé les épaules.

—Pour rien. Je me suis dit que tu l'avais peut-être appelé.

—Eh bien, non.

—OK.

Après un long silence, elle a déclaré:

—Toute cette route, j'en ai marre.

—Menteuse! Tu adores conduire.

—Plus maintenant.

—Tu es sûre qu'il n'y a rien qui cloche?

—Mais oui, bon sang!

J'avais beau poser la question sous toutes ses formes, impossible de lui tirer les vers du nez au sujet du test de grossesse. Et je ne voulais pas lui avouer que j'avais fouillé dans ses affaires.

—Franchement, on va arrêter là.

Je me suis redressée sur mon siège.

—Hein? De quoi tu parles?

—Après le parc d'attractions, c'est fini. On appellera papa et maman.

J'ai secoué la tête.

—Hors de question!

—Il faudra pourtant bien rentrer un jour, Beth. On ne peut pas rester éternellement sur la route.

Personne n'a parlé d'éternité. À l'origine, l'objectif était d'atteindre l'océan Pacifique.

Je n'avais aucune envie de rentrer. Pour une fois, on était libres, en tout cas plus libres qu'on ne l'avait jamais été. On pouvait dormir, manger et regarder la télévision quand bon nous semblait. On pouvait aller partout, se faire passer pour qui l'on voulait. Et puis, on ne faisait rien de mal, on n'avait tué personne. Nikki et moi, on avait pris la tête des opérations. On était partenaires. Je ne pouvais pas rêver mieux.

— Ils viendront nous chercher, a-t-elle poursuivi. Ils nous ramèneront à la maison. Tu as entendu comme maman était en colère hier soir ? Elle sautera dans le premier avion.

Elle avait raison. Nos parents me manquaient, et mes copines aussi. Il me tardait de retrouver mon lit, ma chambre, ma fenêtre. J'avais même hâte de manger à nouveau des légumes.

Mais Nikki m'avait encore plus manqué que tout ça. À la maison, on n'avait pas cette complicité. La plupart du temps, elle faisait comme si je n'existais pas.

— Pense un peu à toutes les histoires que tu pourras raconter à tes copines, a-t-elle cherché à me convaincre en me décochant un grand sourire. Tout le monde sera vert de jalousie. Tu pourras même dire qu'on a fait ça toutes les deux.

J'en suis restée bouche bée. Littéralement. Elle m'avait toujours interdit de parler d'elle à l'école, de raconter ce qu'elle faisait. Soi-disant parce que je risquais de lui attirer des problèmes.

Je n'en croyais pas mes oreilles.

— Tu mens.

— Non, je te promets que c'est la vérité, a-t-elle insisté en me tendant son petit doigt.

Cela faisait des lustres qu'on n'avait pas scellé une promesse de cette façon. On était un peu grandes pour ça.

Mais j'ai cédé. Voilà à quel point j'avais besoin de l'attention de ma grande sœur. Peut-être qu'elle ne mentait pas. Peut-être qu'elle voulait vraiment de mon aide pour rentrer à la maison. On ne le saura jamais, puisque notre frère s'en est mêlé et a tout foutu en l'air.

J'aurais dû m'en douter. J'aurais dû le voir venir. C'est ce que Nikki répétait sans arrêt. C'est ma faute si grand-père et Eddie ont monté un plan pour la mettre hors d'état de nuire.

Tout est arrivé très vite.

Un jour, Nikki nous conduisait en direction du parc d'attractions. Le lendemain, grand-père retrouvait sa place derrière le volant, et ma sœur n'avait plus aucun moyen de pression pour lui imposer le silence. Pendant que je discutais avec Nikki, Eddie a découvert le deuxième appareil photo, celui qui était censé contenir les photos abjectes. Un simple objet lui a suffi pour reprendre le contrôle de la situation.

Je le revois brandissant l'appareil, tout sourire.

À côté de lui, grand-père souriait aussi, l'air soudain plus lucide. Il a lancé à ma grande sœur :

—Ça n'a jamais cessé d'être *mon* road trip.

Nikki a hurlé. Un cri perçant digne d'un film d'horreur. J'ai cru que les vitres allaient se briser. Elle ne s'est arrêtée de hurler que pour se mettre à jurer. Jusqu'à ce qu'Eddie menace de la bâillonner.

Alors elle s'est tue.

Je n'avais jamais détesté Eddie à ce point. Je le haïssais plus encore que grand-père. À vrai dire, je n'aurais jamais cru Eddie capable d'une telle trahison. Jamais.

Si j'avais su, je ne lui aurais pas parlé de l'appareil photo. Il n'en savait rien, c'est moi qui ai vendu la mèche. C'était la veille, quand Nikki dormait. Mon frère et moi, on était les seuls encore réveillés. On papotait du voyage et des photos qu'on avait prises. C'est là que j'en ai parlé.

Je pensais qu'il était au courant. En voyant sa tête, j'ai compris que non.

Alors oui, tout est ma faute. Le jour où j'ai révélé le secret de Nikki, j'ai tout foutu en l'air.

J'ai demandé à Eddie pourquoi. Pourquoi il ne pouvait pas laisser notre sœur aux commandes. Tout allait bien, on se rendait au parc d'attractions, pourquoi aider grand-père à reprendre les choses en main ?

— Nikki ment, m'a-t-il expliqué. Grand-père m'a certifié qu'il n'a jamais levé la main sur grand-mère.

— Si ! Pourquoi Nikki ferait tout ça si c'était faux ?

— Parce qu'elle est cinglée.

Il délirait. Ma sœur m'avait tout raconté au sujet de grand-père, je connaissais les moindres détails. Si c'était un mensonge, elle me l'aurait dit. Tout comme elle m'avait avoué que les photos de Portia n'existaient pas.

— Non. Je suis sûre que tu fais ça pour une autre raison.

Dans son regard, j'ai lu la surprise d'être ainsi démasqué.

— Tu ne me crois pas ?

— Non, ai-je répondu. Pourquoi tu fais ça ?

Avec un sourire, il a haussé les épaules.

J'aurais dû me douter de ce qu'il allait me répondre.

— Pourquoi pas ?

Nous revoilà aujourd'hui au même endroit, sur cette même route interminable, Eddie donne ses ordres comme s'il était le chef de meute. Plus que jamais, il est à fond dans le personnage. Il se gare sur le parking de l'*Appaloosa*, un motel aussi miteux que son nom le laisse présager, depuis les ampoules grillées de l'enseigne lumineuse jusqu'à la faute d'orthographe sur le panneau « réseption ».

—J'ai des appels à passer ce soir, nous annonce mon frère. Vous pouvez tous dormir dans la même chambre cette nuit.

Sur ce, il sort de la voiture et part réserver nos chambres.

—Non mais, quel crétin! s'exclame Portia. Et pour aller manger on lui demande aussi une autorisation?

Je regarde autour de moi dans la rue et repère un diner's ouvert 24 heures sur 24. C'est fou la quantité de ces restaurants toujours en activité. Ils se situent tous à proximité de motels de la trempe de l'*Appaloosa*.

—Il y a un diner's.

—Génial, grommelle ma sœur. Ça va encore partir en vrille, comme la dernière fois.

Elle sort de la voiture et claque la portière derrière elle.

Felix se tourne vers moi.

—Je t'expliquerai, lui dis-je.

Et je vais vraiment devoir le faire, cette fois. Felix doit savoir pourquoi tout est « parti en vrille » il y a vingt ans. Pourquoi on a foncé dehors hier soir au passage du monospace. Entre autres choses, bien sûr, mais je dois d'abord lui apporter des éclaircissements sur ces deux points.

Une fois nos clubs-sandwichs engloutis à la table du diner's, je me retrouve seule avec Felix. Eddie n'est pas venu manger, et Portia est partie se coucher. On discute autour d'un café et d'une part de tarte aux pommes.

—La dernière fois qu'on est venus dans le coin, on a tous été malades. Intoxication alimentaire à cause d'un diner's aussi minable que celui-ci. C'est de ça dont parlait Portia tout à l'heure. Un vrai carnage, on a vomi toute la nuit.

Mensonge.

Felix repose sa fourchette.

—Et hier soir ? Qu'est-ce qui vous a pris ?

J'y ai beaucoup réfléchi. J'ai passé la journée à chercher une explication qui tienne la route, mais le plus simple reste encore de dire la vérité. Au moins, en partie.

—C'est à cause de la chanson. Tu l'as entendue ?

Il fronce les sourcils, puis secoue la tête.

—Bref. Cette chanson, on l'a écoutée en boucle pendant le premier road trip. C'était vraiment *la* chanson du voyage. (Une pause, puis je reprends mon souffle.) Quand j'ai été réveillée par cette musique, je me suis ruée dehors sans réfléchir. Et je crois que Portia a eu le même réflexe.

—Pourquoi tu ne me l'as pas dit plus tôt ?

—C'était en pleine nuit, je n'avais pas les idées claires. À 1 heure du matin, j'avais la flemme de t'expliquer.

—J'ai comme l'impression que tu ne me dis pas tout.

—Eh bien, tu te trompes. Il n'y a rien de plus à ajouter.

Non, Felix, je ne te révélerai jamais les secrets de Nikki. J'ai appris la leçon.

J'ai presque envie de laisser mon mari croire qu'on se rend vraiment au parc d'attractions. À l'origine, c'était la raison pour laquelle on avait parcouru autant de kilomètres en une journée. Nikki voulait qu'on dorme bien la veille pour être en forme pour notre journée à Silverwood. Mais Nikki n'était plus aux commandes, et l'on avait seulement aperçu les montagnes russes par les vitres de la voiture en passant devant le parc sans s'arrêter, grand-père au volant.

Ce souvenir est encore intact dans ma mémoire. Pas vraiment une déception, mais une douleur, vive et profonde, comme un coup de poing dans le ventre. Comparable à ce que j'ai éprouvé en comprenant que grand-père nous avait kidnappés. À l'époque, je ne mettais pas encore le mot « trahison » sur ce sentiment.

Bien que je doute que la déception produise le même impact sur Felix, je l'avertis avant qu'on reprenne la route.

— On ne va pas au parc d'attractions.

On est seuls dans notre chambre de motel. Portia est dehors, en train de téléphoner, de boire ou de faire je-ne-sais-quoi. Mon mari vide son sac pour le refaire ; il trouve ses affaires mal rangées. Il me répond tout en s'activant :

— Comment ça ?

— Eh bien, on ne va pas au parc. Lors du premier voyage, on devait y aller, mais ça ne s'est pas fait.

— Il était fermé ?

Il me tend une jolie perche que je ne saisis pas.

— Non, on n'y est pas allés, c'est tout.

Sa frustration se mue peu à peu en colère. Je ne trouve plus sa réaction intéressante, mais bizarre.

— Où va-t-on, alors ?

— Dans l'État de Washington.

— Washington ? Pourquoi tu ne me l'as pas dit plus tôt ? Pourquoi tu me caches des trucs ?

Parce que je ne peux pas lui dire pourquoi ni comment c'est arrivé, ni lui expliquer ce qui s'est vraiment passé lors du premier voyage.

— Je suis désolée, Felix.

La fureur se lit dans ses yeux.

— Tu m'as menti.

Oui, je lui ai menti. Et sur un tas de sujets : mes parents, le premier road trip, Nikki. Il ne sait même pas que j'ai une grande sœur. J'ai également menti sur la véritable raison pour laquelle je suis partie étudier en Floride.

Au tout début de notre relation, j'ai dit à Felix que j'avais choisi l'université de Miami pour le soleil, les plages, et pour changer d'air.

C'était faux.

Je suis venue en Floride pour Cooper, le petit ami de Nikki. C'est là qu'il a fait ses études. Il est ensuite resté vivre dans le coin. J'ai fait mes études au même endroit, j'ai suivi le même parcours jusqu'à son déménagement dans le centre l'État. Sans prévenir Felix, j'ai fait une demande de mutation pour le bureau de l'agence International United dans la même région. Quand elle a enfin été acceptée, j'ai dit à Felix que l'offre sortait de nulle part.

C'était faux.

Finalement, l'agence du centre de la Floride nous a recrutés tous les deux, et l'on a emménagé dans la ville voisine de celle où Cooper habite. Tout ça pour lui. Et pour elle, comme d'habitude.

À l'époque où j'étais au lycée d'Atlanta, je me demandais sans cesse où Nikki pouvait se trouver. Si elle n'avait pas été enceinte, je ne serais jamais partie en Floride.

Cooper a tourné la page. Il s'est marié, il a eu deux enfants et il mène une vie parfaitement normale en apparence. Une vie sans Nikki. Pour l'instant. Il est loin de se douter que je suis là, tout près, que je le surveille en attendant le jour où sa petite amie du lycée débarquera avec un enfant dont il ignore l'existence.

À cause de ce road trip, je ne peux pas être sur place pour le surveiller. Alors je suis sa page Instagram.

IDAHO

Devise de l'État :
Qu'il soit perpétuel

Plus que trois jours

Revenons au mensonge du jour, celui du parc d'attractions. Sur ce coup-là, je n'ai pas eu d'autre choix que de dire la vérité à Felix. Il me regarde comme si c'était bien plus grave que ça ne l'est en réalité.

Je n'ai pas le temps de lui répondre : Portia entre en trombe dans la chambre, tremblant comme une feuille.

— Bon sang, il ne faisait pas aussi froid la dernière fois !

Elle tape des pieds comme s'ils étaient chargés de neige, ce qui n'est pas le cas.

— Je trouve que tu te plains beaucoup du froid, lui fais-je remarquer.

— J'habite en Louisiane, je te rappelle. Chez moi, il fait trente-deux degrés toute l'année.

Ma sœur se tait, me toise une seconde, puis se tourne vers Felix. Silence.

— Oups, désolée ! Je tombe mal, c'est ça ? Vous étiez en pleine dispute… Toutes mes excuses !

En un éclair, elle ressort et claque la porte.

C'est ça, le mariage. Le vivre est une chose, l'observer de l'extérieur en est une autre.

—Tu as raison, Felix. Je t'ai menti.

Il secoue lentement la tête.

—Tu n'aurais pas dû.

—Excuse-moi.

Je viens doucement le prendre par la taille, et une sensation de confort me réchauffe aussitôt. Après des années de vie commune, je connais son corps aussi bien que le mien et sens sa colère se dissiper légèrement. Il se détend.

—Tu n'aurais pas dû me cacher ça. Je suis ton mari.

—Je sais. Tu as raison.

—Je déteste qu'on me mente.

—Je suis désolée.

Le moment serait sans doute mal choisi d'évoquer ses mensonges à lui. Tant d'hypocrisie me laisse sans voix.

—Je sais que tu es désolée.

Il dépose un baiser sur le sommet de mon crâne.

Je m'écarte pour lui dire avec malice :

—Eh, j'ai une idée.

—Laquelle ?

—Et si on faisait semblant de vraiment se disputer ?

—Mais pourquoi ?

—Parce que… (Je réfléchis à une façon de formuler mon propos comme le faisait Nikki lorsqu'elle cherchait à obtenir quelque chose.) Parce que ce voyage est triste à mourir, que mon frère est un sale con et que ma sœur boit comme un trou. J'ai envie de m'amuser un peu à les faire tourner en bourrique. (Mon regard est droit, déterminé.) Tu veux jouer avec moi ?

Felix me sourit, toute colère disparue.

—Avec grand plaisir.

Un point pour moi. Merci, Nikki.

Dans l'Idaho, les petits déjeuners sont comparables à ceux du Wyoming, à ceci près qu'on mange davantage de pommes de terre. Je dirais même que tout tourne autour de ce tubercule, jusqu'au nom de l'établissement où l'on mange : *Patate*.

Felix et moi, on ne s'adresse pas la parole de tout le repas.

Ma sœur s'en aperçoit. Elle passe le petit déjeuner à raconter son rêve, une histoire somme toute assez banale. Au cours de son récit, elle lance de brefs coups d'œil à Eddie, qui écoute d'une oreille et acquiesce tout en consultant son téléphone. S'il a remarqué notre dispute de couple, il n'en dit rien.

Quand on reprend la route pour quitter l'Idaho et rejoindre l'État de Washington, il ne nous prête toujours aucune attention. C'en est presque vexant.

—Felix, où as-tu rangé le chargeur du portable ?

Il me répond sans même me regarder :

—C'est toi qui l'as utilisé en dernier.

—Non, je t'ai vu le prendre.

—Eh bien, je ne l'ai pas sur moi.

Son ton sec attire enfin l'attention de mon frère qui quitte brièvement la route des yeux pour me lancer :

—Il y a des chargeurs partout dans cette voiture. Emprunte le mien si tu veux.

Du menton, il me désigne la console centrale.

Je m'empare du câble en jetant un regard noir à Felix et je peste entre mes dents :

—Crétin.

Il ne surenchérit pas. Je m'enfonce dans mon siège, branche le chargeur à mon téléphone et mets mon casque sur mes oreilles. La première à réagir par texto, c'est ma petite sœur :

Ça va comment entre vous ?

Je réponds :

Marre d'être enfermée.

                  Oui, c'est pareil pour tout le monde. Courage,
                                    c'est bientôt terminé.

Oui, on y est presque.

Et Dieu merci.
Je me suis déjà surprise à penser à la fin. Au désert.
La principale différence entre le premier road trip et celui-ci, c'est qu'on connaît déjà la destination. La première fois, on pensait traverser toute la Californie. Aujourd'hui, on sait qu'on n'ira pas aussi loin. D'ailleurs, je n'ai jamais mis les pieds sur le sol californien, et ne suis plus jamais retournée dans le Nevada.

Felix entame un paquet de chips, ce qui ne devrait me faire ni chaud ni froid. Aujourd'hui, pourtant, ça m'agace.

— Tu es obligé de faire autant de bruit ?

Il froisse le paquet de plus belle.

— Tu es sérieux ? je soupire.

— Très sérieux.

Il enfourne une chips et la croque, la bouche ouverte. Si on ne faisait pas déjà semblant d'être énervés, ce bruit me mettrait hors de moi.

— C'est malin, je marmonne.

— Bon, ça suffit, déclare Eddie en levant une main d'arbitre. Je ne sais pas ce qui vous prend, mais on croirait deux gamins.

Certes, on cherchait volontairement à le faire réagir, mais ce ton paternaliste me hérisse le poil.

— Parce que tu crois peut-être que vous êtes des modèles de maturité, Krista et toi ?

— Aïe ! glousse ma sœur qui se penche en avant pour ne pas en rater une miette. Beth marque un point.

— Elle ne marque rien du tout, se défend Eddie en la fusillant du regard dans le rétroviseur. Krista et moi, on a nos problèmes, mais on les règle en adultes.

— Tu parles ! Vous avez passé votre temps à vous chamailler comme dans une cour d'école, je rétorque.

Eddie enfonce la pédale de frein et s'arrête sur le bord de la route pour tourner vers moi ses yeux d'un bleu foudroyant.

— Écoute-moi bien. J'ai fait ce que j'ai pu avec toi. J'ai essayé d'être le plus conciliant possible, le plus décontracté… (Notre sœur s'apprête à intervenir, mais il la fait taire.) Hormis ma nuit en taule, j'ai fait de mon mieux pour que ce voyage se passe bien, j'ai même payé plus que ma part.

Un regard vers Portia, qui hausse les épaules et ne s'avise pas de le contredire.

— Vous avez le droit de ne pas m'aimer, reprend Eddie. Vous avez même le droit de me détester. Soit. Ça m'est égal. Personne ne nous oblige à nous entendre, ni même à nous parler. La seule chose qui compte, c'est d'aller au bout de ce voyage. (Il reprend son souffle.) Alors allons au bout. Point barre.

Quand tu te regardes dans un miroir, que vois-tu?

Quelqu'un de foutu.
Une fille trop débile pour se douter que son propre frère allait pactiser avec le diable. Pourtant, j'aurais dû le voir venir. C'était évident. C'est la faute de Beth, mais c'est la mienne aussi. On avait oublié qu'il ne fallait jamais baisser la garde, sans quoi l'ennemi débarque sur votre territoire.
Un peu comme le sperme. Ce truc s'insinue sournoisement en toi, et soudain, bam! Tu te retrouves en cloque.
Ou comme ce type à bord de la Honda. Les autres ne sont toujours pas au courant qu'on est suivis.

WASHINGTON

Devise de l'État :
Bientôt

Pendant le reste du trajet, Felix et moi, on limite nos échanges au strict minimum.

« J'ai faim. »

« J'ai besoin d'aller aux toilettes. »

« Tu peux descendre la vitre, s'il te plaît ? »

On ne s'envoie pas un seul texto.

En revanche, on guette le pick-up. Personne ne l'a revu depuis plusieurs jours, il nous fiche peut-être enfin la paix, mais le fait d'être à l'affût fait passer le temps.

Je me demande si le monospace va réapparaître, lui aussi.

Le voyage se poursuit ainsi jusqu'à Colfax où se dresse le fameux Codger Pole. Un grand poteau en bois, d'environ vingt mètres de haut, sculpté à la tronçonneuse, que grand-père a voulu nous montrer au lieu de nous emmener au parc d'attractions. J'aperçois le poteau de très loin, mais je ne préviens pas Felix. J'attends qu'on soit garés et qu'on s'en approche à pied pour qu'il le découvre de plus près. Son regard se promène sur toute la hauteur du poteau, et il en fait lentement le tour.

— Ce sont... des visages ?

— Oui, lui répond mon frère.

— Des visages de footballeurs ?

— Effectivement, acquiesce Portia. Le Codger Pole est un gros mémorial phallique dédié au football américain.

Bien résumé.

Les Bulldogs de Colfax ont affronté les Eagles de St John en 1938, et St John a remporté le match. Cinquante ans plus tard, en 1988, ils ont remis le couvert. Avec les mêmes équipes.

Oui, les joueurs avaient près de soixante-dix ans. Lors de ce match appelé le Codger Bowl, Colfax a gagné. Toute l'équipe a eu droit à son portrait gravé sur un immense poteau. Il faut reconnaître que, vue de près, la sculpture est assez impressionnante.

On n'est pas les seuls touristes. D'autres prennent des selfies et des photos de famille devant le monument.

— Vous êtes venus voir ça au lieu d'aller au parc d'attractions ? s'étonne Felix.

J'évite le regard d'Eddie.

— On ne nous a pas laissé le choix.

Mon frère ne répond pas.

Cela faisait longtemps que je n'avais pas ressassé le fait qu'on avait dû observer un poteau au lieu de s'amuser dans un parc d'attractions, mais cette trahison est toujours restée dans un coin de mon esprit. Voilà pourquoi je n'ai plus jamais eu confiance en lui.

Allez savoir comment grand-père avait entendu parler de ce monument à une époque où les smartphones n'existaient pas encore. Peut-être avait-il tout planifié avant notre départ.

Je le revois sourire, de nouveau maître de la situation, épaulé par Eddie. Et nous, les trois filles, reléguées à l'arrière de la voiture.

— Vous verrez, vous allez adorer, nous a promis grand-père.

Du moment qu'on n'allait pas au parc, je n'allais rien adorer du tout. Nikki boudait, alors moi aussi. À côté de moi, je sentais sa colère bouillonner. C'était comme une onde de choc qui se propageait le long de la banquette arrière. À sa place, c'est à Eddie que j'en voudrais. Le traître, c'était lui. Il nous avait trahies alors qu'on aurait dû se serrer les coudes.

Grand-père s'est approché de la plaque commémorative près du poteau, un rictus sournois sur le visage.

—Venez. Lisez.

Nikki ne s'est pas contentée de lire. Elle a lu à haute voix pour que tout le monde entende. Je m'en souviens en partie, surtout de la dernière phrase.

Les fantômes de notre jeunesse se sont réveillés le temps de prouver leur maîtrise du terrain. Un instant bref, certes, mais ce glorieux après-midi aura été l'occasion de réaliser un rêve que nourrissent en secret tous les gamins de soixante-dix ans : jouer encore une fois.
Combien de vieilles fripouilles peuvent en dire autant ?

John Crawford
Dédicace du Codger Pole
15 septembre 1991

Une fois sa lecture terminée, Nikki s'est tournée vers grand-père.

—C'est ça que tu voulais nous montrer ?

—Eh bien, quoi ? Cette histoire ne te plaît pas ?

Elle a levé les yeux au ciel et s'est éloignée.

Nikki avait le chic pour énerver les gens. Ce jour-là, elle était au sommet de son art.

Nous revoilà donc devant cette fameuse plaque commémorative. Felix est le dernier à la lire. Puis il se tourne vers nous en souriant.

— C'est mignon, dit-il.

— Oui, plutôt cool, opine mon frère.

Portia et moi, on garde le silence.

On fait le tour de la sculpture pour l'étudier sous tous ses angles. En bas, les mascottes des Eagles et des Bulldogs sont gravées et peintes, accompagnées du nom des équipes. Au-dessus, les visages des joueurs – coiffés de casques colorés – sont sculptés, chacun légendé de son nom. Un imposant poteau carré dressé vers le ciel, avec des visages des quatre côtés.

— C'est fou ce que les hommes sont prêts à faire pour s'auto-congratuler, fait remarquer Portia.

— Tu l'as dit!

— Je parie que les pom-pom girls de ce second match, elles, n'avaient pas soixante-dix ans.

— C'est sûr que non.

Eddie soupire.

— Ce n'est pas…

Mais il se ravise et se contente de secouer la tête.

— Tu disais? demande ma sœur.

— Non, rien.

Je lance un regard noir à mon frère. Ce qui s'est passé à l'époque me met toujours en rage. Ici même, il y a vingt ans, on était ennemis. Et ça ne faisait que commencer.

Notre visite ne dure pas plus d'une heure. On retourne à la voiture et l'on met le cap au sud, en direction de l'Oregon, sans s'arrêter une seule fois avant la frontière.

Une fin calme et silencieuse pour ce crochet au Codger Pole. Tout l'inverse de notre dernière visite.

Grand-père était furieux qu'on n'ait pas apprécié cette sculpture à sa juste valeur. Dès qu'on est montés dans le monospace, il s'est mis à hurler :

— Des montagnes russes, vous en avez partout ! Moi, j'essaie de vous transmettre une culture, un héritage !

Ce jour-là, Nikki aurait mieux fait de la boucler, mais c'était au-dessus de ses forces.

— Bonnie et Clyde, tu dirais que ça fait partie de notre héritage culturel ? a-t-elle crié.

Ce voyage l'avait transformée. Ses cheveux blonds s'étaient éclaircis, et elle ne se maquillait presque plus. Ses vêtements étaient froissés, et son vernis écaillé. Elle ressemblait plus à une gamine qu'à une adolescente bientôt majeure.

— Depuis quand un putain de match entre grabataires fait partie de notre héritage ?

Grand-père l'a pointée du doigt, d'un geste menaçant, le regard haineux.

— Ferme-la, a-t-il ordonné sèchement.

— Ouais, ferme-la ! a renchéri Eddie.

Notre grande sœur a croisé les bras, relevé le menton et dit :

— Essayez donc un peu de me faire taire !

Et c'est ce qu'ils ont fait.

OREGON

Devise de l'État :
Elle vole de ses propres ailes

Le Hells Canyon.

Parmi tous les sites touristiques de l'Oregon, grand-père a choisi de nous montrer le Hells Canyon. Le canyon de l'enfer, comme par hasard. Et la rivière qui coule dans cette gorge de quinze kilomètres de large s'appelle la Snake. Le serpent, évidemment.

Je parie qu'il a choisi de nous emmener ici rien que pour le nom.

— Tiens-toi prêt, Felix. Pas de motel pour ce soir, prévient Eddie.

Mon mari opine.

— Je ne plaisante pas. On va dans un coin de nature sauvage.

— En fait, c'est plutôt un parc naturel, nuance Portia en lisant un article sur son téléphone. Le parc national du Hells Canyon pour être précise.

Elle sourit. Ma sœur est de très bonne humeur, car on mange dans un restaurant végétarien. L'Oregon en regorge.

Je mords dans mon hamburger aux haricots noirs, délicieux au demeurant.

Eddie soupire à en faire trembler la table.

— Ça reste en pleine nature.

— Vous voulez dire qu'on va camper ? demande Felix. Il nous faut une tente, des sacs de couchage.

— Seulement si tu comptes dormir dehors, précise ma sœur. Moi, je dors dans la voiture.

Mon frère lève les yeux au ciel, le mépris qu'il nous porte est resté intact après toutes ces années.

— On ne pourra pas monter là-haut en voiture. Il va falloir acheter le matériel nécessaire. Mais on n'aura pas besoin de tente, il fait beau.

Voyant l'air horrifié de notre sœur, Eddie perd patience.

— Calme-toi, c'est juste pour une nuit. Tu es devenue une vraie chochotte, ma parole.

— J'avais six ans la dernière fois qu'on est venus ici. Je ne suis pas devenue chochotte, j'ai juste gagné un cerveau.

Felix pivote vers moi.

— À la maison, on a tout ce qu'il faut pour camper. Tu le savais très bien et tu ne m'as rien dit.

Il ne joue plus la comédie, sa colère est sincère.

— Désolée. Je suis sûre que ça ne coûtera pas trop cher.

— Et moi, je suis sûr du contraire, grogne-t-il en retournant à son téléphone, sans doute pour s'informer sur les bêtes sauvages qu'on est susceptibles de croiser au Hells Canyon.

Et il y en a beaucoup.

— Vous savez quoi ? Ce soir, je vous invite ! annonce ma petite sœur en s'emparant de la note.

Ce qui éveille mes soupçons, ou plutôt attise ceux que j'avais déjà. Mais je me garde bien de le dire, contrairement à Eddie.

— Tu nous paies le resto ? Il va neiger !

Elle sourit, pas vexée pour un sou.

— Qui sait, nos corps repus feront peut-être le régal d'un ours affamé ce soir.

Mon mari lève les yeux de son téléphone, toujours furieux, et peste :

— Avec nos estomacs remplis de graines et de chou kale ? Je leur souhaite bien du plaisir !

Portia, mon frère et moi, on lutte pour ne pas éclater de rire.

On trouve des sacs de couchage, des oreillers gonflables et un réchaud à gaz, le tout en soldes. Felix est le seul à penser au spray anti-moustique. Il arpente le rayon sport en quête de ce dont on pourrait avoir besoin.

— Il nous manque forcément quelque chose.

— C'est seulement pour une nuit, lui rappelle Eddie.

— Du papier toilette ! On ne peut pas camper sans PQ.

Là-dessus, il marque un point. Ainsi que sur les couvertures d'appoint et la tente « 2 secondes » au cas où l'on se ferait surprendre par la pluie. Et qui ferait l'impasse sur le répulsif contre les ours ? Aucune personne sensée. C'est peut-être un placebo, mais on ne sait jamais.

Aussi crétin qu'à son habitude, Eddie nous laisse payer, car il considère que c'est un caprice de Felix. En retournant à la voiture, il continue d'aboyer ses ordres.

— N'oubliez pas que c'est un chemin de randonnée, vous ne ferez pas rouler vos valises là-dessus.

Ma sœur lui jette un regard noir.

— Je la ferai rouler si je veux.

— Ne compte pas sur moi pour t'aider à pousser quand tu te retrouveras à plat.

Je ne les écoute plus. Qu'ils s'entre-tuent, ça nous fera des vacances. Ce serait même drôlement pratique.

Mais non, malheureusement. On arrive tous vivants à la voiture, les bras chargés de sacs de couchage et d'oreillers gonflables. Avant de nous laisser remplir le coffre, mon frère le fouille une fois de plus. Son petit rituel depuis que les cendres ont disparu. On n'a toujours pas discuté de ce qui allait pouvoir les remplacer, ni de ce qu'on allait disperser dans le désert.

— Toujours rien ? je demande.

Il fait signe que non, partagé entre agacement et déception.

La route n'est pas longue, juste assez pour que Felix nous dresse la liste de la faune sauvage du Hells Canyon. Cette information nous aurait été utile il y a vingt ans : on aurait été mieux préparés. Aux bruits, surtout. En particulier ceux de gros volatiles. Des hiboux, d'après grand-père.

Sans oublier les coyotes, qui ont hurlé toute la nuit. Nikki croyait plutôt à des loups, mais grand-père soutenait qu'il s'agissait de coyotes.

Ce soir-là, il y a vingt ans, tout semblait normal. En apparence.

On est allés ramasser du bois pendant que grand-père allumait le feu. Au dîner : raviolis en boîte réchauffés, pas appétissants mais pas si mauvais. On a fait griller des marshmallows sur des bouts de bois taillés par Eddie, puisque grand-père refusait de nous laisser tenir un couteau.

Eddie essayait de travailler Portia au corps pour la rallier à leur camp. Stratégie à tous les étages. Depuis le début du voyage, les alliances évoluaient, les prises de pouvoir alternaient, mais personne n'était jamais dans le même camp.

Si vous nous aviez croisés ce jour-là, vous n'auriez rien remarqué d'anormal. Quatre enfants regroupés autour de leur grand-père qui leur racontait des histoires de fantômes. Eddie chatouillait Portia pour la faire sursauter aux moments les plus effrayants. Mais, à y regarder de plus près, vous auriez peut-être vu que Nikki avait les mains liées.

C'était l'option choisie par Eddie et grand-père. Elle avait tenté de s'échapper – en sautant de la voiture en marche –, mais ils l'avaient rattrapée et ligotée. Elle a gardé ses liens jusqu'au repas. Grand-père l'a alors libérée pour qu'elle puisse manger.

Vous auriez donc peut-être remarqué la corde autour de ses poignets et vous auriez trouvé cela étrange.

Aujourd'hui, personne n'est ligoté ni retenu contre son gré. C'est même plutôt l'inverse : on se bat pour rester dans la course. Mais, comme la dernière fois, c'est chacun pour soi.

Sur la route, Felix s'écrie :

— Stop !

Eddie enfonce la pédale de frein, et tous les regards convergent vers mon mari, attendant qu'il parle. Mais il fait pire.

Il frappe du poing sur le tableau de bord.

Je retombe en enfance.

Je suis à la maison, maman hurle, pleure et claque une porte.

Puis je suis dans le monospace, et grand-père nous fait le même cinéma. Je l'entends encore répéter « Fermez-la ! » une fois, deux fois, trois fois. Je suis à nouveau transie de peur comme à l'époque, figée et muette.

La violence commence toujours par une porte qui claque ou un coup de poing sur la table. Ça ne s'arrête jamais là.

— Qu'est-ce qu'il y a ? interroge Eddie.

— Putain, on a oublié le savon !

— J'hallucine, soupire Portia. On pue déjà, de toute façon.

— Ce n'est pas grave, mon vieux, répond mon frère en lui tapotant le bras. Si tu n'avais pas été là, on aurait aussi oublié tout le reste.

Il reprend sa route, et Felix rumine dans son coin.

Je me surprends à surveiller ses mains, à me demander s'il va encore frapper le tableau de bord.

Heureusement, le trajet n'est plus très long, et l'on n'a pas le temps pour une autre scène. Une fois la voiture garée sur le parking, Eddie nous aboie encore un ordre pendant qu'on rassemble nos affaires.

— Lisez vos messages et vos mails. Une fois là-haut, ça ne captera plus.

Chacun sort son téléphone. Trois d'entre nous ont reçu un mail du notaire de grand-père.

Chers tous,

J'espère que votre voyage se passe bien. J'imagine qu'il touche bientôt à sa fin ?
Ce message pour vous informer que le patrimoine de votre grand-père a été évalué. En supposant que vous parveniez à vendre ses biens immobiliers pour plus ou moins 5 % de leur valeur estimée et que le concessionnaire reprenne sa voiture au prix annoncé par l'argus pour ce modèle, la totalité de son patrimoine s'élève à environ huit millions de dollars. Somme arrondie au chiffre inférieur pour éviter les mauvaises surprises.
En attendant de vous voir à votre retour,

Cordialement,

Maître Morton J. Barrie, Esquire

On relève les yeux au même instant. C'était comme si un trésor était enterré là, sous nos pieds, et nous séparait les uns des autres. Un petit pactole. De quoi survivre à un licenciement économique. Largement assez pour disparaître et entamer une nouvelle vie.

On ne joue plus à Risk. À présent, on joue à la version du jeu grandeur nature, celle où le gagnant remporte tout.

Je le lis dans leur regard. La cupidité est là, je la vois, je la sens, je l'entends, elle est partout autour de nous.

Mais elle est surtout visible chez Felix. Ses iris d'un bleu pâle ont pris la couleur de l'argent.

— Bien, dit mon frère. On va camper ?

Je me souviens d'un certain nombre de détails au sujet de cette nuit de camping, mais pas de tout.

Ce bout de randonnée dans les bois qu'on parcourt aujourd'hui, par exemple, je me le rappelle clairement. Ainsi que la clairière ouvrant sur le lac ou « bassin de retenue », comme l'appelait grand-père. Je me souviens du campement, des marshmallows et des histoires de fantômes. Et, enfin, du chocolat chaud avec double ration de cacao et supplément guimauve pour un résultat crémeux à souhait.

Ensuite, je me souviens d'avoir été réveillée par le soleil, si haut dans le ciel, si éclatant que j'ai refermé les yeux sitôt après les avoir ouverts. J'ai tiré mon sac de couchage au-dessus de ma tête, mais je ne me suis pas rendormie pour autant. Au bout d'une minute, j'ai remarqué le silence. D'habitude, grand-père se levait tôt, mais je n'entendais rien.

J'ai ressorti ma tête du sac de couchage, la main en visière. Tout le monde dormait encore.

Seule l'envie d'aller faire pipi a fini par me faire bouger. J'ai baissé la fermeture de mon sac de couchage et je me suis redressée d'un bond. Maman nous réveillait toujours ainsi, en tirant brutalement sur la couette. J'ai enfilé mes chaussures et je me suis enfoncée dans les bois. C'est là que je me suis aperçue que je n'étais pas dans mon assiette.

Ma tête pesait une tonne comme si j'avais un rhume, à ceci près que je n'avais ni la gorge irritée ni le nez qui coulait. Chaque pas me donnait le tournis, j'avais l'impression que mon crâne était rempli de sable.

De retour au campement, tout le monde roupillait encore. Portia avait rabattu le haut de son sac de couchage et dormait en étoile de mer. Le plus gros tas de couvertures cachait grand-père dont on n'apercevait qu'une touffe de cheveux gris. Eddie ronflait à en faire trembler le sol. Nikki était complètement recouverte par son duvet.

J'ai tiré dessus comme le faisait maman.

Nikki n'était plus là. Elle avait enroulé un oreiller et son linge sale dans une boule nouée avec la corde qui lui avait ligoté les poignets.

J'ai hurlé.

C'est ma faute, ma faute, ma faute !

Les autres se sont réveillés et ont constaté sa disparition. Mon frère a aussitôt couru vers la route pour la retrouver. J'ai voulu le suivre, mais, prise de vertiges, je me suis rassise.

— Elle n'a pas pu aller bien loin, a déclaré grand-père.

C'était mal connaître Nikki : si elle avait l'intention de partir à l'autre bout du monde, elle était certainement déjà à bord d'un bateau. Elle savait se débrouiller.

— J'ai oublié, ai-je murmuré.

— Oublié quoi ?

J'ai pris mes tempes entre mes mains. Toujours ces fichus vertiges.

— J'ai oublié ce qui s'est passé hier soir. Je ne me souviens que du chocolat chaud.

Grand-père a froncé les sourcils, a regardé le ciel un instant, puis a secoué la tête.

— Moi aussi.

—Toi aussi, c'est-à-dire ?

—Je ne me souviens plus. Tout est… flou.

Il s'est emparé de son sac pour en vider le contenu par terre, a ramassé sa trousse de toilette et examiné ses différents flacons.

—Ils ne sont plus là.

—Tes médicaments ?

—Mes antalgiques, pour le peu qu'il en restait. Oh, bon sang… Elle nous a empoisonnés.

—Nikki ? ai-je dit bêtement, alors que c'était une évidence. Mais elle était ligotée.

—Pas pendant le repas.

—On a mangé directement dans les conserves. Elle n'a pas pu…

—Le chocolat ! s'est rappelé grand-père. Je parie qu'elle en a mis dans le chocolat.

Possible. Peut-être. Un doute demeure.

—Mais, dans ce cas, elle en aurait bu aussi, non ?

Elle avait sa propre tasse. Grand-père lui avait renoué les mains devant, pour qu'elle puisse tenir sa tasse toute seule.

—Normalement, oui.

Il est retourné près du feu de camp, là où l'on était tous assis sur des pierres, la veille au soir. Il s'est accroupi à l'endroit où Nikki était installée.

—Il y a des morceaux de guimauve fondue.

Mon cerveau embrumé a mis une minute à comprendre.

—Elle a vidé sa tasse par terre ?

—Il faut croire que oui.

—C'était moi, a marmonné une petite voix endormie derrière nous.

Portia.

Elle était assise sur son sac de couchage et se massait le ventre comme si elle avait des crampes.

—Comment ça ? lui ai-je lancé.

— Nikki m'a dit que c'était du sucre. Elle en avait dans ses affaires et m'a dit d'en mettre dans le chocolat.

La mémoire me revenait par vagues. Je revoyais ma petite sœur agrémentant nos tasses de carrés de guimauve. Et de médicaments. Nikki les avait soigneusement broyés à l'avance : tout était prêt, comme si elle n'attendait que ce moment.

— Elle m'a dit que c'était du sucre en poudre, bredouillait Portia, la lèvre tremblante. Et que le chocolat serait encore meilleur.

— Ce n'est rien. Tu n'as rien fait de mal.

Mais elle s'est mise à pleurer.

Nikki avait réussi son coup. Elle avait empoisonné tout le monde – même moi –, et notre histoire est soudain devenue terriblement cliché. Une fois de plus.

On a tous vécu ce genre de soirée. Après un excès de drogue ou d'alcool, on ne se souvient plus du tout de ce qui s'est passé. On connaît tous la suite, c'est devenu un incontournable. Un grand classique. Un peu comme la fille disparue.

On s'est tous laissé prendre au piège, emportés par une bonne tasse de chocolat chaud. Personne ne se souvenait de rien. Nikki nous avait empoisonnés avant de se faire la malle.

Je m'en rends compte aujourd'hui. C'était une adolescente ligotée par son frère et son grand-père. Évidemment qu'elle s'est enfuie. À l'époque, j'avais plutôt le sentiment qu'elle m'avait abandonnée. Je n'arrivais pas à croire qu'elle ne m'avait pas réveillée pour qu'on parte ensemble.

Pourtant, je l'avais soutenue jusqu'au bout. J'avais même couvert ses mensonges au sujet des attouchements de grand-père sur Portia. Et elle m'avait plantée.

Eddie a surgi des bois, à bout de souffle.

— J'ai couru jusqu'à la voiture. Rien.

Il s'est penché en avant pour s'appuyer sur ses cuisses, le visage blême, maladif.

— Elle nous a empoisonnés, l'ai-je informé.

Mon frère n'en croyait pas ses oreilles, il semblait sur le point de vomir.

— Quelle salope ! Ça a toujours été une salope.

Sur ce, il s'est redressé et est reparti dans la forêt au pas de course.

Portia s'est recouchée par terre en fermant les yeux.

— J'ai mal, a-t-elle bafouillé.

— Je sais, a dit grand-père. Je vais te chercher un morceau de pain.

La pauvre. Nikki lui en avait fait voir de toutes les couleurs pendant ce voyage. Elle s'en était servie de pion, d'arme, d'alliée, de tout ce qui pouvait alimenter son stratagème. Mais, bon sang, grand-père l'avait ligotée ! Forcément, Nikki n'avait pas d'autre choix que de ruser.

C'était lui, le salaud de l'histoire. La réaction de ma sœur n'avait rien de surprenant.

J'ai vérifié dans mon sac pour voir si elle avait récupéré ses affaires. Le maquillage était toujours là.

L'appareil photo n'avait pas bougé non plus. Le premier, celui qui contenait nos photos-souvenirs. Eddie avait toujours l'autre, qui n'avait jamais quitté sa poche.

Mon sac contenait un nouvel objet : le tee-shirt arc-en-ciel de Nikki. Celui dont j'espérais pouvoir hériter un jour. Mais ce cadeau ne me consolait pas pour autant. Je ne voulais pas qu'elle me l'offre comme ça.

Elle m'avait également pris quelque chose : il manquait les deux cendriers, ceux que j'avais volés dans les motels, les seuls qu'il me restait, puisque grand-père m'avait confisqué les autres. Ils avaient disparu, ainsi que le tee-shirt dans lequel je les avais emballés.

Le bouton n'est plus là.

Ce vieux bouton doré et terni par le temps, il s'est volatilisé. Au début, je pensais l'avoir égaré, il avait dû glisser quelque part. Mais non. Je remarque cette disparition au moment de préparer nos sacs pour la randonnée dans les bois. Voilà que ça m'obsède. Ce fichu bouton est apparu sans raison, et maintenant il disparaît de la même façon.

Felix n'est au courant de rien. S'il avait fouillé dans mes affaires, il n'aurait pas prêté attention à ce vieux bouton. Il aurait plutôt récupéré ses cigarettes ou se serait demandé ce qu'elles faisaient là.

Je pourrais facilement incriminer Portia, qui a souvent partagé notre chambre, mais Eddie aurait aussi bien pu me le voler. Je ne compte plus toutes les occasions où j'ai laissé mon sac sans surveillance le temps d'aller aux toilettes ou de faire une course. Ça peut être n'importe qui.

Cette idée me tracasse tandis qu'on s'enfonce dans la forêt en file indienne. Je suis toujours contrariée par la disparition du bouton quand je lance à Felix :

— Tu as acheté beaucoup trop de matériel.

—Tu peux parler, madame J'ai-les-poches-trouées, rétorque-t-il en se retournant à peine pour me décocher un clin d'œil.

À présent satisfait d'être équipé pour camper, il reprend notre petit jeu de la fausse dispute et joue terriblement mal la comédie. Mais je lui rends son clin d'œil.

—Temps mort! nous supplie Portia, qui ferme la marche. Attendez au moins qu'on soit arrivés au campement.

Je ne dis plus rien. On n'entend que le tintement des bouteilles dans le sac de ma petite sœur.

La randonnée est brève, c'est plutôt une promenade. En moins de temps qu'il n'en faut pour le dire, on débouche sur une clairière qui donne sur le bassin. Ce n'est pas une zone officiellement dédiée au camping, il n'y a donc aucun chalet, aucune cabane, ni rien qui puisse nous rappeler la civilisation.

Les souvenirs affluent. Je revois l'endroit où l'on avait installé nos sacs de couchage et, à droite, les bois où j'ai parlé à Nikki pour la dernière fois.

J'en aurais presque envie de pleurer.

—Ma foi, c'est plutôt joli, décrète Felix en marchant en cercle comme s'il inspectait une énième chambre de motel. Aucune crotte d'ours en vue, c'est rassurant.

Charmant.

Portia le regarde comme s'il était fou.

—Quoi? se défend-il. Vous n'avez pas vérifié la présence d'ours la première fois que vous êtes venus ici?

—Non, lui répond Eddie.

Mon mari siffle, chose qu'il fait très bien.

—Vous avez de la chance de vous en être tirés vivants.

—Bon, voilà ce qu'on va faire, l'interrompt mon frère avant que quelqu'un ait l'idée de poursuivre cette conversation.

Et il se met à aboyer ses ordres en décrivant ce qu'il faut ranger et à quel endroit, aussitôt contredit par Felix. J'ai une envie soudaine de les faire taire avec le spray anti-moustique.

Ma sœur me fait signe de la suivre vers l'orée du bois. Elle emporte l'une de ses bouteilles de jus d'orange. On s'éloigne juste assez pour entendre les garçons, mais eux ne nous entendent pas.

—Des ours? me souffle-t-elle en débouchant sa bouteille.

Le jus est mélangé à de la vodka. L'alcool me pique les yeux.

—C'est Felix, tu commences à le connaître.

Après une longue gorgée, elle acquiesce brièvement.

—Ouais. Ça fait longtemps que vous êtes ensemble?

—Des années.

—Ah.

—Tu ne l'aimes pas?

—Ça peut aller. Il est juste un peu décalé.

Décalé. Oui, c'est le mot. J'ajouterais coincé, tatillon et maniaque. Et, au moment où vous vous y attendez le moins, il vous fait sursauter en donnant un coup de poing sur le tableau de bord. Il est sans doute bien d'autres choses encore. Des choses que je n'ai peut-être jamais remarquées.

—Ça fait bizarre de revenir ici.

Je change de sujet, mais cet endroit me renvoie vingt ans en arrière.

—Oui, un peu, répond ma sœur.

—Tu ne te souviens plus?

Portia regarde autour d'elle comme si elle fouillait dans sa mémoire.

—Je me souviens que Nikki était ligotée. Les histoires d'horreur, la guimauve et le chocolat. (Elle marque une pause, le regard perdu vers le campement.) C'est à peu près tout.

—Ouais.

Elle semble vouloir ajouter quelque chose, mais hésite. Finalement, elle murmure :

— Parfois, je crois me rappeler un détail, mais j'ai des doutes. C'est peut-être mon imagination.

Felix nous cherche parmi les arbres. Je lui fais signe de loin que tout va bien. On n'a pas besoin qu'il vienne nous sauver des griffes du grand méchant ours.

— Tu te rappelles quoi, par exemple ? je demande en prenant une gorgée d'une boisson plus alcoolisée que tout ce que j'ai goûté récemment.

— Je crois qu'elle m'a dit adieu. Je jurerais l'avoir entendue le murmurer à mon oreille.

Je hoche la tête.

— C'est possible. Je suis sûre qu'elle l'a fait.

Portia incline la bouteille pour boire une généreuse rasade, puis s'essuie la bouche et lâche.

— Je plaisante ! Nikki est partie sans dire au revoir, ni à moi ni à personne. Ce n'était qu'une sale conne égoïste.

J'ai l'impression d'avoir reçu une gifle.

— Mais tu l'adorais. Tu la vénérais, même !

Elle secoue la tête en gloussant.

— Beth, elle m'a manipulée pour empoisonner tout le monde, y compris moi-même. Nikki était monstrueuse.

Puis elle s'en va, me laissant seule dans les bois.

On ne fait pas griller nos marshmallows sur des bouts de bois. Pas cette fois, pas avec Felix. Il nous a fait acheter un lot de piques en métal spécialement prévues à cet effet, sous prétexte qu'« un ours a pu pisser sur ces branches, hors de question de manger avec ».

Le feu allumé, on réchauffe notre soupe lyophilisée accompagnée de pain industriel. En dessert, on sirote la vodka-orange de Portia. Je bois avec modération : un épisode amnésique m'a suffi pour une vie entière. Il se passe toujours des trucs affreux quand on a un trou de mémoire.

—À ton tour, Beth, m'invite mon frère après avoir terminé son histoire de pêcheur qui jaillit du lac. Et tâche de nous raconter quelque chose de captivant.

Il n'a pas mis la barre très haut. Le récit d'Eddie était d'une banalité confondante.

—Il était une fois, lors d'une nuit sans lune… (Je fais abstraction de la grimace de Portia.) Un groupe d'adolescents cherchaient à s'amuser un peu, entre mecs. Enfin, ils voulaient surtout tirer un coup, mais étant tous puceaux, sans cible à l'horizon, ils durent trouver une autre occupation.

» Ils décidèrent d'entrer par effraction dans leur lycée, n'ayant pas vraiment d'autre endroit où aller. L'un d'eux se souvint d'une fenêtre au loquet cassé dans la salle de maths, ils commencèrent donc par là. Ils entrèrent sans grande difficulté, car le lycée était vieux, et le budget rénovation frisait les pâquerettes. Et puis, le proviseur avait d'autres priorités que la réparation de cette fenêtre.

(Eddie se racle la gorge. J'en déduis qu'il n'est pas captivé, mais tant pis. Je n'ai pas terminé.)

—Leur premier objectif fut la salle des profs : aucun élève n'y avait accès et, aux dernières nouvelles, personne n'avait jamais tenté de s'y introduire. Cette salle était l'antre de tous les secrets, et les garçons rêvaient d'être les premiers à les découvrir.

» À leur grande surprise, la porte n'était pas verrouillée. Pendant toutes ces années, cette fichue porte était ouverte ! Ils entrèrent sans hésiter, supposant que la salle serait déserte. Grave erreur. Au centre de la pièce, des professeurs étaient rassemblés comme autour d'un feu de camp. Sauf qu'il n'y avait pas de feu. En fait, ils fumaient. L'air était si chargé qu'on peinait à respirer. Les professeurs ne remarquèrent pas la présence des jeunes gens, mais l'un d'eux ne put s'empêcher de tousser. "Oups, dit le garçon."

» Tous les profs se retournèrent d'un coup. Leurs orbites étaient vides. Ils avaient la peau grise et les joues creuses, comme s'ils étaient morts. (Je jette un coup d'œil à Felix que mon récit laisse impassible.) L'un des ados les pointa du doigt en bredouillant : "Ils… ils flottent !" En effet, les profs lévitaient à environ trente centimètres du sol, et leurs pieds semblaient disparaître dans un nuage. Un autre s'exclama : "Des fantômes !" Les professeurs l'entendirent et tirèrent de plus belle sur leurs cigarettes, tout en s'approchant peu à peu des garçons.

— Ça peut fumer, un fantôme ? demande Eddie.

Je fais mine de n'avoir rien entendu.

— Les garçons prirent leurs jambes à leur cou, mais dans le couloir, la fumée les suivait. Ils bifurquèrent dans un autre couloir, lui aussi embrumé, mais ils foncèrent malgré tout dans l'abysse.

» L'un d'eux s'écria : "Déclenchons l'alarme !" et ils se précipitèrent vers la sortie. Le plus rapide ouvrit les grandes portes à la volée et déclencha l'alarme, bientôt rejoint par ses copains, mais le plus lent d'entre eux ne s'en remit jamais vraiment. Il commença à fumer cette nuit-là, et refusa d'arrêter. Un mois plus tard, il fut renvoyé pour avoir fumé dans l'enceinte du bahut. Il ne faisait plus rien d'autre de sa vie que fumer, mit fin à ses études et cessa de voir ses copains.

» Ses parents l'envoyèrent dans un centre de désintox, mais il persista à fumer et fut bientôt exclu de la structure. Ses parents se résignèrent à le faire interner. Aujourd'hui encore, il est enfermé dans sa chambre capitonnée. Depuis ce jour, il n'a plus jamais parlé ».

Je marque une pause pour sonder à nouveau Felix. Toujours aucune réaction, mon histoire sur sa nouvelle addiction le laisse manifestement indifférent.

— Quelle horreur! marmonne Portia.

— Tout ce que ce garçon fait, dis-je, c'est fumer.

Tous les regards se braquent sur moi.

— C'est censé être flippant? s'enquiert Eddie.

Je nuance:

— C'est censé être glauque.

Ils n'ont rien à répondre à cela.

Ma sœur glousse en frissonnant.

— Des fantômes accros à la clope, non mais quelle idée franchement! (Elle se lève de son rocher et époussette ses fesses.) Je dois aller au petit coin. Si je hurle, c'est que je me fais agresser par un fantôme fumeur.

Je demande à mon mari:

— Alors, ton verdict?

— Pas trop mal.

Crétin.

Je soupire et me lève pour suivre Portia. Peut-être qu'il continue de faire semblant de ne plus pouvoir me supporter, ou peut-être qu'il est simplement «décalé», comme dit ma petite sœur.

Les garçons se lancent dans une conversation avinée, si bruyants que Portia ne m'entend pas approcher. Elle s'accroupit. Je suppose qu'elle fait son affaire, mais je la vois sortir un objet de sa poche et l'ensevelir au pied d'un arbre sous un tas de feuilles.

J'attends qu'elle ait terminé avant de la rejoindre.

— Eh.

— Oh, tu m'as fait peur! dit-elle en sursautant.

La culpabilité que je lis dans ses yeux est aussi claire que le ciel nocturne.

— Tu as oublié de prendre du papier.

Elle sourit.

—Oui, je viens de m'en apercevoir.

On retourne ensemble au campement. Je ne manquerai pas de revenir fouiner sous cet arbre un peu plus tard.

Une fois tout le monde couché, j'attends une bonne demi-heure, le temps qu'ils s'endorment, et je me lève sans un bruit. M'éclairant les pieds à la lumière de mon portable, je m'éloigne vers les bois. L'arbre n'est pas difficile à retrouver. J'ai repéré tout à l'heure une branche tordue comme un bras dont le coude serait brisé. C'est au moment où je m'apprête à me baisser qu'il m'interpelle :

— Qu'est-ce que tu fais ?

Felix.

Encore lui.

— Mais, bon sang, tu m'as fichu la trouille !

Ce qui n'est pas faux.

— Je t'ai entendue te lever. J'ai pensé que tu allais faire pipi, mais tu n'as pas pris de papier.

— Et tu m'as suivie jusqu'ici au lieu de me le dire tout de suite ?

Il acquiesce comme s'il trouvait ce comportement normal, ce qui m'agace profondément. Je brûle d'envie de savoir ce que Portia est venue dissimuler ici, mais mon mari ne me lâche pas d'une semelle.

Je suppose que son envie de fumer le tient éveillé.

Impossible de vérifier ce que ma sœur est venue cacher. Je feins de faire pipi et retourne à mon sac de couchage, presque effrayée de faire le moindre mouvement. Comme si mon mari était à l'affût.

Et ça ne me plaît pas du tout.

La musique. Je l'entends à nouveau. Cette chanson de Garbage. En pleine nature, je suis tirée du sommeil par cette musique.

Cette fois, elle n'est pas à un volume fracassant, au contraire. Elle est lointaine, comme un réveil qui sonnerait à l'autre bout de la maison. Je regarde autour de moi. La pleine lune permet d'y voir un peu. Les autres dorment. Je me glisse hors de mon sac de couchage et me lève en vérifiant que des têtes sortent des autres sacs et qu'ils ne sont pas bourrés de linge sale. Cette fois, personne n'a disparu.

La chanson se termine... puis recommence.

Je bute contre une pierre et me mords la joue pour ne pas jurer.

J'enfile mes chaussures et emporte la lampe torche achetée par Felix.

Arrivée à l'orée du bois, je l'allume et balaie les arbres du faisceau lumineux. Rien. Il n'y a personne, pas un mouvement, rien que la musique. Tant pis, je m'enfonce dans la forêt. Je sais, c'est sans doute idiot. Je suis une idiote qui veut retrouver sa grande sœur.

À chaque pas, la musique gagne en volume. Toujours la même chanson en boucle, ça me rappelle le premier road trip. Comme par hasard. L'ironie du sort. Et ça ne suffit pas à m'empêcher de m'enfoncer seule dans la nuit.

Il arrive un moment où l'on a besoin de savoir. Où l'on a besoin de comprendre.

Alors j'avance, je dégage les feuilles du bout des orteils avant de poser le pied par terre, m'efforçant de faire le moins de bruit possible. Mais cette personne vers qui je me dirige me voit forcément, puisque j'ai une lampe torche ! Une dizaine de mètres plus loin, la musique est assez forte pour que ma présence soit remarquée.

— Nikki ? j'appelle à voix basse.

Aucune réponse.

Aucun mouvement, aucune autre respiration que la mienne. Je suis seule. Je le sais, je le sens. Il ne me reste plus qu'à trouver la source de cette musique. Je n'ai pas à fouiller longtemps dans les buissons.

C'est un téléphone, un vieux portable prépayé. La chanson est la seule musique enregistrée et tourne en boucle. C'est une alarme qui sonnera jusqu'à ce qu'on la coupe.

J'aurais dû me douter que Nikki n'allait pas surgir entre les arbres. Elle n'en a pas fini avec nous. Mais, au moins, je sais qu'elle est toujours là.

J'éteins le téléphone et je fais taire cette musique.

L'occasion est trop belle d'aller voir ce que Portia a caché dans les bois, mais je vais d'abord m'assurer que Felix dort.

Je repère l'arbre et me penche, fouillant dans le tas de feuilles. Je pensais trouver mon butin plus facilement. Apparemment, Portia ne s'est pas contentée de le poser par terre, elle l'a enterré. Enfin, je tombe sur un objet. On dirait du cuir.

Un portefeuille.

Ou plutôt un porte-cartes. Un accessoire très masculin à glisser dans la poche arrière de son jean. Et il n'est pas vide. Il est même si bourré de cartes de crédit qu'on ne peut pas le refermer complètement. Je sors la première et j'examine le nom.

Ian P. Welton

Inconnu au bataillon. Je tire la suivante.

Jonathan Ricker

Les unes après les autres, j'extrais toutes les cartes bancaires. Elles appartiennent toutes à des hommes. Je me demande si Portia les a volées chez elle, à des clients de son club de striptease, ou si elles appartiennent à des types croisés au cours de notre voyage. Ça n'a pas vraiment d'importance. Elle voulait s'en débarrasser, or la forêt est l'endroit rêvé pour faire disparaître ce genre de choses.

Portia est devenue une vraie voleuse.

Si elle se fait prendre, elle ne touchera jamais sa part de l'héritage.

Plus que deux jours

Felix se réveille avant le lever du soleil. Je me lève en même temps que lui, ce qui est plutôt surprenant après une nuit aussi courte. Quelle idée d'être allée crapahuter dans les bois!

À la maison, on se lève souvent en même temps pour aller se promener. Ensuite, on se prépare pour aller travailler et l'on se rend ensemble chez International United. C'est notre routine.

Désormais, tout a changé.

Ça a commencé la veille du départ. Comme d'habitude, Felix s'est réveillé le premier. Il s'habillait pour aller marcher quand j'ai ouvert un œil.

—Attends-moi, j'arrive, ai-je dit en m'asseyant sur le lit.

—Tu n'es pas obligée. Profites-en pour dormir encore un peu.

J'ai hésité. On allait passer deux semaines en voiture, c'était le moment ou jamais de se dégourdir les jambes. Mais la perspective d'une grasse matinée était tentante. Et mon adorable mari m'invitait à rester au lit comme s'il se souciait de mon bien-être.

Faux. J'avais tout faux. Mon mari voulait sortir sans moi pour pouvoir fumer. Il se fichait royalement de mon cycle de sommeil.

Et toutes ces fois où il se dévouait pour faire une course à l'épicerie, retirer des sous, faire le plein… Était-ce par pure bonté ? Ou cherchait-il seulement un moment de solitude pour prendre sa dose de nicotine ?

Ce qui m'amène à la grande question, celle à laquelle je n'ai toujours pas trouvé de réponse. Que me cache-t-il d'autre ? Mis à part, de toute évidence, son sale caractère, dont je n'avais pas pris conscience avant son coup de poing dans la voiture. Est-ce que tous ces signes auxquels les époux restent généralement aveugles alors que ça saute aux yeux du reste du monde m'auraient échappé ?

Ça y est, j'entre dans la pire catégorie possible : l'épouse débile.

Voilà toutes les pensées qui m'assaillent tandis que je fais chauffer la bouilloire pour nous préparer du café soluble. Portia et Eddie ne sont toujours pas réveillés.

Je désigne vaguement la forêt à Felix et chuchote :

— On va se promener ?

Il hausse les épaules nonchalamment, mais je sais que c'est du bluff. Il a besoin de sa cigarette matinale.

— On pourrait se baigner, histoire de se décrasser.

Il acquiesce d'un hochement de tête, et l'on s'éloigne dans le noir avec notre lavasse chaude. Ce café est immonde, mais l'air froid le rendrait presque potable.

— C'est la première fois que je dors aussi bien depuis le début du voyage, me dit-il comme si je lui avais posé la question. J'adore dormir à la belle étoile.

Je préfère ne pas réagir. J'aime mentir, mais il y a des limites.

— Ce voyage me fait réfléchir à toutes ces régions où je ne suis jamais allé, ajoute-t-il. Quand ce sera terminé, on pourrait continuer. Tous les deux, je veux dire.

— Tous les deux ?

Il passe un bras autour de ma taille.

— Quand on aura fini de tout payer, le crédit et nos prêts étudiants, il nous restera bien assez d'argent pour partir en vacances.

Ses prêts étudiants. Moi, je cumulais trois jobs d'été par an pour éviter d'emprunter. Et voilà qu'il compte ponctionner mon héritage pour éponger ses dettes.

Sans compter les cigarettes. Je suppose que je finance aussi son addiction.

— C'est une excellente idée.

On coupe à travers bois sur notre gauche pour rejoindre une autre clairière donnant sur le lac. Felix a emporté un petit sac de vêtements propres à enfiler après la baignade. Moi qui ai tendance à croire que les hommes pensent rarement à ces petits détails, je m'émerveille de cette délicate attention.

Le soleil commence à apparaître, point lumineux orangé à fleur de lac. On s'assoit pour le regarder se lever à l'horizon.

— Hier, ils ont vraiment cru qu'on se disputait.

Il me lance un regard et répond :

— C'était un peu le cas, non ?

— Qu'est-ce qui t'a énervé ?

Il hausse une épaule.

— Tu aurais pu me prévenir qu'on allait camper au lieu de me mettre devant le fait accompli.

Sa colère revient, claire comme de l'eau de roche. Je pensais que le moment était bien choisi pour évoquer le fait qu'il fume en cachette, pour lui dire que je suis au courant de son petit manège, mais je n'en ai plus envie. Pas tant qu'il sera en colère.

Je retire ma main de la sienne.

— J'ai eu tort. Je suis désolée.

Il se penche pour m'embrasser. Un baiser sec et chaste, car on ne s'est pas brossé les dents et on a l'haleine du café soluble. Presque un bisou de grand frère.

On n'a pas couché ensemble de tout le voyage, pas une seule fois. Peut-être à cause de Portia qui s'est souvent incrustée dans notre chambre, ou parce que les motels tuent la libido. Il faut dire qu'il y a plus excitant que de trimballer les cendres de grand-père dans tout le pays.

Non. En réalité, cela fait des mois qu'on n'a pas fait l'amour, trois mois et dix-neuf jours pour être exacte.

Mais bon.

— Allez viens, lui dis-je. Allons nous baigner.

On se déshabille, on entre dans l'eau, et ça n'a toujours rien de sexy. L'eau est d'abord froide, puis agréable. Si je devais qualifier mon mariage, j'utiliserais cet adjectif-là. Agréable. De manière générale.

Le lac est calme et limpide, pas une seule ride à la surface. Felix me suit jusqu'au niveau où l'on n'a plus pied. Je le mets au défi : c'est à celui qui tiendra le plus longtemps à nager sur place. Il m'asperge de gouttelettes, taquin.

— Pas question.

— Tu as peur de perdre, c'est ça ?

Oui. Felix a ce côté macho, parfois.

— Bon d'accord, cède-t-il.

Je mouline des bras et des jambes, il en fait autant.

Je l'observe avec attention. Et j'attends. Non pas qu'il se remette en colère, mais que les somnifères fassent effet.

Felix paraît normal pendant une trentaine de secondes. Puis :

— Beth.

— Quoi ?

— Je ne…

— Tu ne quoi ?

Il secoue la tête, se tourne vers la rive et se met à nager, mais je le retiens par le bras et demande :

— Ça ne va pas ?
— Je ne peux pas continuer…
— Bien sûr que si.

Ses paupières sont lourdes, il secoue encore la tête. Je lui ai mis la dose. Pas étonnant que les gens y deviennent accros. Et puis, c'est si facile de s'en procurer.

Aussi facile que d'appuyer sur sa tête pour l'enfoncer dans l'eau. Quand même, il se débat, parvient même à reprendre son souffle à la surface. Il m'attrape, je lis l'horreur dans son regard. Le sentiment de trahison.

Il a compris.

Je l'enfonce pour de bon sous l'eau. Et, au bout d'un certain temps, il cesse de se débattre.

Felix. Le pauvre, triste et tatillon petit Felix. Avais-je prévu mon coup depuis le début ?

Non. Mais j'ai toujours gardé les somnifères sur moi. Au cas où l'occasion se présenterait. Et elle s'est présentée. À présent, je dois m'assurer que son corps ne remontera pas à la surface.

Si je le leste, on saura qu'il a été tué. Pour déguiser sa mort en accident, je dois redoubler d'inventivité. Par chance, les pierres au bord du lac vont m'y aider. En outre, il est plus facile de déplacer un corps dans l'eau. J'ai peu d'efforts à fournir pour le coincer derrière quelques rochers. Ainsi, il restera sous la surface, et l'on croira qu'il s'est retrouvé pris dans les récifs et a fini par se noyer.

Je lui lance un ultime regard avant de m'en aller.

De toute façon, notre mariage n'aurait pas fait long feu.

Quand j'ai rencontré Felix, je n'avais plus personne. Mon père était mort, ma mère en prison, et Nikki avait disparu depuis des années. Quant à mon frère et ma sœur, ce n'était pas le grand amour entre nous trois. En toute franchise, je crois que je me sentais si seule que je me serais mariée au premier venu. Et c'est tombé sur Felix. C'est sur lui que j'ai jeté mon dévolu, et c'est lui que j'ai fini par épouser. Globalement, il a fait un merveilleux mari, jusqu'au moment où il a tapé du poing sur le tableau de bord, me rappelant que même l'homme le plus doux et le plus gentil au monde est capable de violence. Pas question d'attendre le jour où ce poing s'abattra sur moi.

Non, je n'ai plus besoin de Felix, plus comme avant. Je ne veux plus de lui parce que je vais retrouver Nikki.

Ma mère m'aurait comprise, car elle a eu la même prise de conscience envers papa. Elle n'avait plus besoin de lui. Encore moins s'il commençait à croire que Nikki était morte.

Rappelez-vous. Une épouse infidèle, c'est rédhibitoire. Et une meurtrière plus encore. Par conséquent, ni ma mère ni moi n'aurions pu être les héroïnes de cette histoire.

— Il faut appeler la police.

Voilà ce que j'ai dit quand Nikki a disparu : « Il faut appeler la police. »

Grand-père m'a regardée comme si j'avais perdu la tête.

Je me suis alors tournée vers Eddie. Il ne pouvait pas haïr notre grande sœur à ce point.

— On ne peut pas l'abandonner comme ça, ai-je insisté.

— Rappelle-toi ce qu'a dit la police la fois où elle a fugué, a répliqué mon frère.

Laquelle ? Nikki avait fugué plus d'une fois. La première datait de plusieurs années, et la police avait pris l'affaire au sérieux, car elle avait seulement quatorze ans, or les adolescentes disparues faisaient la une de toutes les chaînes à l'époque.

Ils l'ont retrouvée en moins de vingt-quatre heures. Elle se cachait chez une copine.

Lors de la deuxième fugue, les policiers ont été moins inquiets.

— Elle reviendra dans quelques jours, ont-ils promis.

La troisième fois, ils n'ont même pas pris notre déposition. Nikki finissait toujours par rentrer à la maison quand elle ne trouvait plus ça drôle ou qu'elle arrivait à court d'argent, les deux allant souvent de pair.

— Elle appellera papa et maman quand elle sera prête, m'a assuré Eddie.

— Non.

La situation n'avait rien à voir avec ses fugues habituelles. Chez nous, elle avait ses amis, sa famille, elle connaissait bien la ville. Ici, on était en pleine nature.

Et elle était enceinte.

— Il faut absolument la chercher!

— Mais où? Comment? marmonnait mon frère en rangeant ses affaires sans plus se soucier de Nikki. Laisse-la se débrouiller. Elle sait se servir d'un téléphone.

Je me suis alors tournée vers grand-père qui nettoyait notre semblant de vaisselle.

— Je t'en supplie. Je suis sûre qu'on peut la retrouver.

Il a posé sur moi un regard dur.

— Tu l'as aidée?

— Bien sûr que non! Pas du tout!

Son regard est devenu insistant, alors j'ai argumenté :

— Tu comptes vraiment rentrer à la maison sans Nikki? Comment penses-tu expliquer ça à maman?

Oui, c'était une menace. Je n'en avais pas vraiment conscience, mais je la brandissais comme une évidence.

— Nikki! Nikki! a crié Portia.

Sa sœur l'avait trahie, et pourtant elle voulait la retrouver et ne cessait de hurler son prénom. Et personne ne lui répondait.

Grand-père a poussé un soupir en regardant vaguement les bois. Il devait se demander quoi faire.

— Il faut appeler la police! ai-je insisté.

Nouveau soupir.

— Non, on va essayer de la retrouver. Ce n'est pas la première fois qu'elle fugue.

Il n'avait pas tort.

— As-tu une idée de l'endroit où elle a pu aller ?

J'ai souri. Oui, j'avais ma petite idée.

— Tu as vu *Thelma et Louise* ?

— Ta grand-mère adorait ce film. Moi, je ne l'ai jamais compris.

— Nikki l'adore aussi. Et il y a une scène dans le désert. Elle dit tout le temps qu'elle ira voir ce désert un jour.

— Dans ce cas, allons-y.

À l'époque, j'étais loin d'imaginer la taille du désert. Je ne savais même pas qu'il y en avait plusieurs. Mais on partait à sa recherche. C'était l'essentiel.

Felix a moins de chance. J'ai filé au campement pour rassembler ses affaires avant qu'Eddie et ma sœur ne se réveillent. Il n'était même pas 7 heures du matin. Comme quoi, l'heure d'été a du bon.

Ensuite, je suis retournée près de notre coin de baignade pour cacher ses vêtements de rechange dans un buisson, bien enfouis pour que personne ne puisse tomber dessus. Puis j'ai regagné le campement et préparé une nouvelle tournée de café soluble comme si je venais à peine de me lever, comme si je ne venais pas d'assassiner mon mari.

À m'entendre, on croirait que c'est facile. On croirait presque que tuer fait partie de mon quotidien. Mais c'est faux, je vous le promets.

Une chose est sûre, l'acte en lui-même n'est pas le plus difficile. La partie la plus complexe consiste à passer pour innocent. On finira par retrouver Felix. Et le problème sera bien différent de celui qu'il me posait de son vivant.

Portia se réveille la première. Elle se tient la tête en s'approchant de moi, visiblement en proie à une gueule de bois carabinée.

— Salut, me lance-t-elle.

— Bonjour.

Elle attrape une bouteille d'eau dont elle vide la moitié d'un seul trait. Je sirote ma deuxième tasse de café. J'ai rapporté la tasse de Felix et je l'ai même aspergée de produit désinfectant au cas où il resterait un fond de somnifère.

— Ce café est-il aussi dégueu au goût qu'à l'odeur ?
— Oui.
— Tu m'en sers une tasse ?

Elle préfère que je m'en charge, comme si elle était toujours la petite, le bébé de la famille.

Je m'exécute. Sa première gorgée la fait grimacer.
— Beurk.
— Je t'avais prévenue.

Elle se tourne vers le sac de couchage d'Eddie.
— Les deux garçons dorment encore, quel cliché.
— Un seul garçon.
— Ah oui, j'oubliais que Felix est un lève-tôt. (Elle balaie la clairière du regard.) Il a déjà rassemblé ses affaires ?

Je continue de siroter mon café.
— Il est parti.
— Parti ?
— Oui. Il m'a quittée.

Le choc la fige un instant.
— Oh, non ! Je savais que c'était tendu entre vous, mais pas… Je suis désolée.

Du bout de l'orteil, elle trace des cercles dans la poussière.
— Ce n'est rien.
— Il a dit quelque chose ?

Je sors le message de ma poche, celui que j'ai écrit hier. Car oui, j'ai pris ma décision hier. Je savais qu'on n'aurait pas de réseau ici. Il n'aurait pas pu m'envoyer de texto.

Je ne peux pas continuer ce voyage. Ça ne fait qu'enfoncer le clou. On en reparle à la maison.

— Quel enfoiré ! Il est reparti à pied dans les bois ?

— Je suppose. Il a dû appeler un Uber une fois arrivé à la route. Il a pu prendre l'avion à… je ne sais pas… À Portland peut-être.

— Connard.

J'opine vaguement.

— Ouais. Mais tu sais, quelque part… ça me rassure.

— Ah bon ?

— Que ça me serve de leçon : ce sont tous des salauds. C'est génétique, c'est tout. Il faut que je garde ça dans un coin de ma tête.

— Je suis bien d'accord, déclare ma sœur en me tendant sa tasse.

On trinque à la fin de mon mariage.

Ai-je l'espoir que mon plan fonctionnera ? Que je m'en tirerai ? Tout est une question de timing.

J'ai posé les bases, j'ai tout mis en place. La dispute bien visible. Le road trip auquel il n'avait pas envie de participer. Le message. La promesse de se retrouver à la maison. Quand je rentrerai et constaterai sa disparition, j'appellerai la police.

Sans corps, sans scène de crime ni motif d'homicide, ils en concluront qu'il m'a quittée. Ils n'auront aucune piste, sauf celle d'un mari qui en a marre de sa femme. Je ferai en sorte d'être particulièrement pénible envers les policiers pour bien étayer cette théorie. Et de passer pour la mégère que personne ne voudrait épouser.

Ils chercheront peut-être à localiser son téléphone, mais n'y parviendront pas. Ce qu'ils découvriront, s'ils prennent la peine de se renseigner, ce sont des appels manqués de son patron, de ses amis, de moi. Il sera le mec qui a décidé de s'en aller, de partir en road trip de son côté.

En admettant qu'on ne retrouve pas son cadavre avant.

Un jour, on le retrouvera. Il sera alors la victime noyée. Le mari sur le point de quitter sa femme, et qui a voulu se baigner dans le lac avant de mettre les voiles pour de bon.

C'est là que la situation risque de se corser. Peut-être que je m'en tirerai, peut-être devrai-je acheter mon innocence. Heureusement, l'héritage va bientôt tomber.

Désormais, il ne reste plus que nous. Les trois Morgan.

— Je savais qu'il ne tiendrait pas jusqu'au bout, dit mon frère en repliant les sacs de couchage, y compris celui de Felix. Il n'a pas le profil d'un baroudeur.

— Tais-toi. Arrête de parler de lui.

On finit de ranger en silence. Avant de partir, je fais un tour dans les bois pour aller au petit coin... et retrouver le téléphone prépayé.

Certes, cette histoire avec Felix m'a bien occupé l'esprit, mais je n'ai pas oublié cette musique pour autant. Je ne pourrai jamais l'oublier.

J'inspecte la zone où il me semble l'avoir laissé en regrettant de ne pas l'avoir ramassé cette nuit. Quelle idiote !

— Tu as perdu quelque chose ?

Portia. Elle m'a suivie jusqu'ici, sans doute pour récupérer le portefeuille ou enterrer un plus gros butin.

— J'ai caché du papier toilette ici hier soir. Je ne veux pas le laisser dans la nature.

— Ah, d'accord. Continue de chercher, je ne te dérange pas plus.

Et elle poursuit son chemin, son rouleau de PQ à la main.

Je ne retrouve pas le téléphone.

Avant de partir, j'ai les nerfs en pelote. Je fouille mon sac plusieurs fois, me creuse les méninges, vérifie partout autour du campement pour m'assurer que je n'oublie rien.

On parle rarement de cette étape-là. Celle du stress. Un stress électrisant, presque douloureux. À mon avis, c'est une forme de panique, car il est dicté par la peur. La peur de se faire attraper, la peur de s'y être mal pris. La peur que tous les autres complotent contre vous.

Cette dernière est la pire de toutes.

Mais je ne me roule pas par terre en hurlant. Je ne suis pas en hyperventilation, ni en pleine crise de panique ou de colère. En revanche, il me faut du mouvement. Je ne supporterai pas de rester ici une minute de plus.

—Quelle horreur! s'écrie Eddie en recrachant le café soluble. On dirait une infusion de… mildiou!

—Du mildiou?

—Ouais, répond-il à Portia sans développer son propos.

Une fois nos affaires rassemblées, on s'arrête au début du sentier pour jeter un ultime coup d'œil à la clairière. Elle est aussi propre qu'on l'a trouvée. Personne ne soupçonnerait que des gens y ont monté un campement pour la nuit.

—Venez, dit Portia. On s'en va.

Mon frère la suit, et je ferme la marche.

—Ces road trips sont vraiment nuls, marmonne Eddie. On perd toujours quelqu'un en cours de route.

C'est vrai.

Le chemin du retour est tranquille. On n'échange pas un mot jusqu'à la voiture, qui nous attend sur le parking. Tout semble normal, pas de pneu crevé, les portières se déverrouillent comme d'habitude sur un bip presque guilleret.

Plus que deux jours. Je ne pense qu'à ça. Plus que deux jours.

Il y a vingt ans, je ne savais pas combien de jours on allait encore rouler ni combien de kilomètres nous séparaient de l'océan. Après la fugue de Nikki, plus rien n'avait d'importance que le désert. L'océan attendrait.

Je parlais du désert comme s'il s'agissait d'une ville. Eddie ne m'a jamais corrigée, ça aurait dû me mettre la puce à l'oreille. La géographie n'a jamais été mon fort. Peut-être que mon frère n'en savait pas plus que moi, ou qu'il la mettait simplement en veilleuse. Mais grand-père savait, lui. Il n'en a rien dit et m'a laissée parler toute la journée de cet endroit appelé « Désert ».

Cette fois, on cause peu. On est trop occupés à consulter nos téléphones.

Après la page Instagram de Cooper, je parcours mes mails pour me renseigner sur les derniers licenciements au sein de ma boîte. Sandra m'écrit que les rumeurs vont bon train et qu'il est impossible de deviner qui sera le prochain sur la liste. Je commence à taper une réponse pour la remercier de me tenir informée quand la voix d'Eddie me fait sursauter.

— Non mais je rêve !

Je lève les yeux. Il vient d'ouvrir le coffre, puis le compartiment de la roue de secours.

Dedans, la petite caisse en bois. Les cendres de grand-père sont réapparues.

S'il était possible de rendre la vie à un mort rien qu'en le regardant fixement, on aurait ressuscité grand-père. C'est dire le temps qu'on a passé à scruter cette boîte en silence.

— Ce n'est pas possible, lâche mon frère dans un souffle.

Si. Puisque Nikki est là, pas loin. Au moins depuis hier soir. Je le sais grâce au coup du téléphone.

— Comme par hasard, dit ma sœur.

Eddie se tourne vers moi.

— Felix est parti hier soir. Tu penses que c'est lui ?

C'est la pire idée que mon frère ait jamais eue.

— Pourquoi Felix aurait-il volé les cendres pour les remettre en place après coup ?

— Je n'en sais rien. Qui sait, tu as peut-être épousé un barjo.

— Il n'est pas barjo.

Il est juste mort. De fait, ça ne peut pas être lui le coupable. Portia intervient.

— Ce doit être ces types de l'Alabama. Ils continuent de nous faire tourner en bourrique.

— Soit ça, soit c'est l'un d'entre nous, déclare Eddie.

On se toise du regard, c'est au premier qui flanchera. Je craque. On ne va pas rester plantés là cent ans. Il faut avancer. Je leur demande :

— Bon, vous comptez contempler ces cendres toute la journée ?

Mon frère et ma sœur échangent un coup d'œil d'un air de dire : « Elle est de mauvais poil parce que son mari l'a plaquée. »

Ça me va.

Eddie referme le compartiment, et l'on charge nos affaires dans le coffre. Ma sœur et moi, on a fait rouler nos valises sur le petit chemin, mais pas Eddie. Et il me semble qu'aucune roue ne s'est cassée. Il referme le coffre au moment où Portia dit :

— Je prends la place du mort.

La place du mort ?

Elle monte en voiture à l'avant, à côté d'Eddie. Alors qu'on a désormais les banquettes à nous toutes seules, alors qu'elle pourrait s'allonger, dormir, comme elle l'a fait pendant tout le reste du voyage. Mais non, voilà qu'elle s'intéresse soudain à la place du mort. C'est bizarre, non ?

Personnellement, je garde mon siège habituel, juste derrière Eddie et Portia. Et cette nouvelle configuration ne me plaît pas du tout.

Il ne se passe rien dans le sud-est de l'Oregon. N'y voyez aucun sarcasme, c'est la pure vérité. Une fois sur la route 95 en direction du sud, vous traversez le néant jusqu'à la frontière du Nevada. Une belle route, certes, mais après dix jours de voiture, j'en ai ma claque des jolis paysages.

La dernière fois que j'ai emprunté cette route, c'était un calvaire. Je ne pensais qu'à retrouver Nikki. Elle avait assez d'argent pour voyager et se payer une nuit dans un motel grâce aux billets volés dans le portefeuille de grand-père.

— Elle a peut-être pris le bus, a suggéré celui-ci. Les tickets ne sont pas chers.

C'était probable. Nikki était assez maligne pour savoir que le bus était le meilleur moyen de se rendre dans le désert. À moins qu'elle ait appelé nos parents. Ce qui n'était pas impossible, puisqu'elle l'avait envisagé peu de temps auparavant.

Mais l'aurait-elle vraiment fait ?

J'ai passé beaucoup de temps en voiture à y réfléchir, ça m'aidait à cesser de me flageller, ne serait-ce qu'une minute. Je n'ai jamais avoué aux autres que tout était ma faute.

Grand-père et Eddie ne devaient surtout pas le savoir. Ils auraient été capables de me ligoter, moi aussi.

Ma bêtise, je l'ai faite quand on était dans les bois. D'ailleurs, grand-père avait sa part de tort, puisque c'est lui qui m'a chargée d'escorter Nikki quand elle a eu besoin d'aller faire pipi. Il a préféré ne pas y aller lui-même, ç'aurait été inconvenant, surtout après les fausses accusations d'attouchement sur Portia. Pour Eddie aussi, c'était trop délicat. Il m'a donc envoyée l'accompagner.

On venait de finir de manger et on avait entamé nos chocolats chauds. Nikki avait à nouveau les mains attachées.

— Beth, je te défends de la libérer, m'a menacée grand-père.

Consigne à laquelle j'ai désobéi dès qu'on s'est retrouvées dans les bois.

— Je ne m'enfuirai pas, m'a promis ma sœur. Mais j'aimerais bien baisser mon froc moi-même.

Ce que je comprenais parfaitement. Et elle ne s'est pas enfuie. Elle m'a même expliqué comment renouer ses liens exactement comme avant.

— Serre un peu moins. Regarde les traces.

En effet, des marques rouges indiquaient l'endroit où la corde s'était enfoncée dans la peau. Je lui ai laissé un peu de marge pour pouvoir se masser. Et j'ai pris mon temps, car je voulais pouvoir discuter avec elle. J'avais enfin rassemblé le courage nécessaire pour lui dire que j'étais au courant.

— Tu es enceinte, pas vrai ?

Ses yeux se sont écarquillés. Elle était sous le choc.

— J'ai vu le test dans ton sac. Je ne fouillais pas dans tes affaires, je te le jure. Je cherchais ton lecteur CD pour Portia, elle avait peur et… (Les mots se déversaient en un flot continu, je voulais lui expliquer, pour qu'elle ne se fâche pas.) Et puis je l'ai vu.

Nikki a pris une profonde inspiration, remise de sa surprise, et prononcé les derniers mots que j'aie entendus de sa bouche.

—Putain. T'as pas intérêt à le répéter. Je te préviens.

À notre retour, grand-père a vérifié le nœud pour s'assurer qu'il n'avait pas bougé. De mon côté, la fatigue se faisait sentir. Je sais aujourd'hui que c'était l'effet des médicaments. À l'époque, je pensais simplement que la journée avait été longue. Grand-père devait fatiguer, lui aussi, car il a vérifié la solidité du nœud, mais pas si la corde était assez serrée.

Pour rendre à César ce qui lui appartient, Nikki jouait très bien la comédie, grimaçant au moindre mouvement.

À ce moment-là, j'étais à mille lieues de me douter qu'elle allait fuguer. Elle a disparu et n'est jamais revenue nous sauver.

Je me suis souvent demandé si c'était prévu. Peut-être avait-elle dans l'idée d'appeler la police, de prévenir nos parents ou même un garde forestier? Mais un incident l'en a empêchée. Elle s'est peut-être fait renverser par une voiture ou enrôler par un maquereau. Elle est peut-être tombée, s'est cogné la tête et a fini dans le coma.

Mais non, rien de tel ne s'est produit.

Elle est toujours là, quelque part.

Je ne le savais pas à l'époque. Je n'avais aucune idée de ce qui avait pu lui arriver. Tandis qu'on traversait l'Oregon, je m'inquiétais pour elle. Je lui en voulais d'être partie, mais je voulais surtout m'assurer qu'elle allait bien. Quand grand-père s'est garé sur le parking d'un motel pour la nuit, j'ai craqué.

—On ne peut pas s'arrêter! Il faut aller dans le désert.

—Je suis trop fatigué pour conduire, m'a-t-il répondu.

—Mais il le faut!

Les larmes roulaient sur mes joues. Elles étaient montées si vite que je m'étais laissé surprendre.

— Bordel, a soupiré mon frère.

J'entendais sa déception, mais je m'en fichais.

— Elle a fugué, Beth, a-t-il ajouté. Nikki s'enfuit tout le temps. Elle ne supporte pas la vie de famille.

De toute évidence, grand-père était d'accord avec lui puisqu'il restait sur sa décision de dormir ici.

Portia était recroquevillée à côté de moi sur la banquette. Elle avait pleuré et reniflé pendant tout le trajet, toujours hantée par la culpabilité d'avoir empoisonné nos chocolats. Malgré cela, elle s'inquiétait pour Nikki.

— Elle me manque, a-t-elle murmuré.

— On devrait continuer, ai-je insisté. Ou appeler la police.

— Nikki ne peut pas aller plus vite que nous, a protesté grand-père. Si elle a pris le bus, elle sera même plus lente. On arrivera probablement dans le désert avant elle.

Après ce genre d'affirmation, j'avais pour habitude de me tourner vers Nikki pour avoir sa confirmation. Sans elle, j'allais devoir faire mes propres choix. Elle n'allait pas prendre l'avion pour aller dans le désert, je savais au moins cela. Il semblait donc possible qu'elle ait pris le bus. Un bus pouvait-il rouler de nuit ? Je l'ignorais. Et je ne pouvais pas conduire moi-même.

J'ai failli leur avouer la vérité à ce moment-là.

Nikki est enceinte.

J'avais ces mots sur le bout de la langue, ils ne demandaient qu'à sortir. Cela aurait-il changé quoi que ce soit ? Grand-père aurait-il appelé la police ? Et si on la retrouvait, à quel point Nikki serait-elle fâchée que j'aie vendu la mèche ? C'était ce qui me faisait le plus peur. À son retour, elle m'en voudrait à mort.

Alors je n'ai rien dit.

On s'arrête juste à la frontière, comme la dernière fois. Techniquement, on est toujours dans l'Oregon, mais le Nevada n'est qu'à quelques minutes de marche. Et l'on retourne au même motel. Cette fois, j'en suis sûre, c'est le même. D'abord parce qu'il y a très peu d'hôtels dans le coin, ensuite à cause de l'enseigne.

— Tu le reconnais ? je demande à Portia.

Elle lève les yeux vers l'immense rongeur lumineux qui surplombe le *Castor Motel*.

— Évidemment.

Je me souviens aussi de la tirade de grand-père sur le castor, animal totem de l'Oregon, et sur son rôle capital pour l'écosystème. Rien de tout ça ne m'intéressait. J'aimais bien cet endroit parce qu'il aurait plu à Nikki. Cet énorme castor en néon lui aurait tapé dans l'œil.

— Combien de chambres ? s'enquiert Eddie.

— Une, répond ma sœur. Pour nous trois, ça suffit. À moins que l'un de vous n'ait envie d'être seul.

Je les regarde tous deux d'un air suspicieux et leur demande :

— L'un de vous a-t-il l'intention de me tuer dans mon sommeil ?

Mon frère lève les yeux au ciel.

— Je suis une trouillarde, dit Portia. Si j'essayais, tu saurais tout de suite que c'est moi.

Ce sera donc une chambre, et je décide de régler la note.

— C'est moi qui paie.

En plus de l'enseigne, je me souviens du petit bureau de la réception puisque c'est le seul où je suis entrée lors du premier road trip. Généralement, Nikki ou grand-père s'occupaient de réserver les chambres sans moi. Au *Castor Motel*, il m'avait laissée l'accompagner.

La pièce était fermée, minuscule et encombrée, avec une forte odeur de fumée. Derrière le comptoir, le réceptionniste avait les cheveux longs et une barbe, mais pas de moustache. C'était bizarre. Le type lui-même était bizarre. Ses yeux n'étaient pas de la même couleur, et son regard semblait traverser grand-père sans le voir.

Je n'accompagnais pas grand-père pour mater le réceptionniste, mais pour voir toutes les clés. Ce que grand-père ignorait, c'est que je voulais savoir quelles chambres étaient occupées ce soir-là.

Les numéros 4 et 9. Il nous avait confié la chambre 6.

En vingt ans, le bureau a subi quelques travaux. Il a été repeint en blanc, et l'odeur de tabac froid a été remplacée par un diffuseur de parfum pomme de pin. Une brune à la peau sombre occupe le siège derrière le comptoir. À peine suis-je entrée qu'elle me toise.

— Une chambre, s'il vous plaît. Pour une nuit.

Elle jette un regard derrière moi et observe notre voiture.

— Pour trois ? s'étonne-t-elle.

— Oui. C'est mon frère et ma sœur. On fait un road trip.

Je ne sais pas ce qu'elle va imaginer, alors je préfère mettre la situation au clair.

Sur un bref signe de tête, elle prend ma liasse de billets et s'empare d'une clé sur le vieux tableau. Certaines choses ne changent jamais. Un nouveau système de cartes magnétiques coûte bien plus cher qu'un pot de peinture. Elle nous confie la chambre 8.

— Merci, lui dis-je.

Le regard en biais, elle émet un vague grognement. Elle ne croit pas une seule seconde qu'on est de la même famille.

Les cendres sont toujours dans la voiture, Eddie les monte avec lui dans la chambre.

Contrairement à la réception, cette chambre n'a été ni repeinte ni rénovée. Elle est toujours bloquée dans les années 1980 avec sa décoration affreusement florale. Il y a des fleurs absolument partout. Les murs, les rideaux et même les deux têtes de lit en sont couverts. L'ambiance n'a rien à voir avec les castors.

— Si j'avais connu les années 1980, je me serais suicidée, marmonne ma petite sœur.

C'est amusant : la dernière fois qu'on est venus, elle avait adoré. Elle tournoyait dans la chambre comme au milieu d'un champ de fleurs.

Moi, je ne pensais qu'à une chose : inventer un moyen de sortir d'ici pour vérifier qui occupait les autres chambres. J'espérais très fort que ce serait Nikki. Y croyais-je vraiment ? Non. Je ne suis pas naïve à ce point, je ne l'ai jamais été. Même à douze ans, j'avais conscience que mes chances de retrouver ma sœur ici étaient faibles. Eddie ne manquait pas une occasion de me le rappeler.

— Tu es vraiment débile. Elle est partie. Elle ne s'est pas arrêtée ici pour dormir.

— Je veux quand même vérifier.

Mais je n'avais pas le droit de sortir, sauf accompagnée d'Eddie. À présent que Nikki s'était enfuie, grand-père me défendait de quitter la chambre seule ou avec Portia. Et mon frère était son bras droit. Son coéquipier. Il avait confiance en lui.

Heureusement, ma famille jouait à Risk. Je savais que, pour rallier un adversaire à mon camp, je devais lui faire un cadeau. Tout s'achète.

— Qu'est-ce que tu veux en échange ?
— Je veux que tu me foutes la paix.
— Non, sérieusement, ai-je insisté. Tu veux quoi ?

Eddie a réfléchi un instant, une expression de malice sur son visage, ravi de pouvoir fixer son prix. Après des négociations ardues, on s'est mis d'accord : je ferais ses corvées et lui donnerais mon argent de poche pendant un mois.

Grand-père nous a laissés aller au distributeur de boissons. Il n'était pas très tard et, comparé aux autres motels de ce road trip, le *Castor Motel* était presque familial. Une impression sans doute nourrie par les tapisseries florales et les films de Disney disponibles à la location.

Dès qu'on est sortis de la pièce, j'ai foncé vers la chambre 4 et frappé à la porte.

— Tu crois que Nikki va t'ouvrir ? m'a raillée Eddie.
— Si elle est là, oui.

L'homme qui m'a ouvert n'était pas ma sœur. Et elle n'aurait jamais adressé la parole à un type comme lui. D'abord parce qu'il était plus vieux que notre grand-père. Ensuite parce que la femme derrière lui, à moitié nue sur le lit, semblait deux fois plus jeune que lui.

— Oups, pardon. Je me suis trompée de chambre.

J'ai couru. Eddie me suivait de près. Il ne restait que la chambre 9. Cette fois-ci, j'ai hésité.

Mon frère a fini par frapper à ma place en marmonnant :
— Finissons-en une fois pour toutes.

Nikki n'était pas là non plus. Mais l'occupant de cette chambre allait tout changer.

La télévision est allumée, mais personne ne la regarde. On est trop absorbés par nos téléphones. Eddie est assis près de la fenêtre, car on a décidé de reprendre les tours de garde pour guetter le pick-up noir.

Après un tour sur le profil Instagram de Cooper – qui travaille tard ce soir –, je sors mon ordinateur portable et parcours mes mails ainsi que les dernières nouvelles de ma région. Je regarde aussi les informations de l'Oregon autour du Hells Canyon et celles du Colorado.

Aucune nouvelle de Krista. Aucun article sur la découverte d'un corps, pas un mot sur Felix. J'y passe un temps fou.

Surtout sur les réseaux sociaux. C'est pratique les jours où j'ai quelque chose à partager, sinon je perds mon temps à commenter la vie des autres. Oui, oui, c'est très bien, je suis contente pour toi – youpi, tu vis le rêve américain ! –, mais je n'ai rien de palpitant à dire à mon sujet. Je ne vais pas fanfaronner sur le meurtre de mon mari alors que j'ai de bonnes chances de ne jamais être soupçonnée. Ça n'intéresserait que les mauvaises personnes. Pour l'instant.

— Et si on faisait un selfie ?
— Non, refuse Portia.

—Aucun de tes amis ne verra la photo, je la posterai sur ma page.

—Moi, ça m'est égal, dit mon frère.

—Allez, approchez-vous.

Ils se postent à côté de moi, et l'on regarde tous notre reflet dans le petit écran. On n'est plus aussi jeunes, bronzés et sauvages que la dernière fois. On a l'air de trois losers qui tentent de faire bonne figure pour les réseaux sociaux.

Portia fronce les sourcils.

—Tu es sûre de vouloir cette tapisserie en arrière-plan ?

—Elle a raison, renchérit mon frère. On devrait aller dehors. On pourrait se mettre devant le castor éclairé au néon.

—Un fond neutre serait préférable, insiste-t-elle.

On met un moment à choisir le cadre parfait pour notre photo. On prend et on efface plusieurs clichés sur différents fonds, en intérieur et en extérieur. Devant la voiture, devant l'enseigne lumineuse du motel. Le castor est trop haut et trop grand pour se faire une place dans notre selfie. On a beau prendre la photo sous tous les angles, le résultat n'est pas au rendez-vous.

—Vous savez quoi ? craque Portia. La tapisserie était plutôt sympa, finalement. Ça donne un côté vintage.

Retour à la case départ. On prend la pose devant les motifs floraux de notre chambre. Clic. Vérification. Suppression. Clic. Vérification. Suppression. Jusqu'à obtenir une photo satisfaisante pour tout le monde.

—Tu le fais pour narguer Felix, pas vrai ? me dit ma sœur. Tu veux lui montrer que tu t'amuses.

—Exactement.

Je poste la photo avec la légende suivante : « En mode rock rétro avec les frangins. »

En quelques minutes, mon post récolte des dizaines de likes. Ma dernière publication date de quelques jours seulement, mais l'on croirait que je suis partie en Sibérie. Les gens de mon entourage ne se déconnectent jamais.

Je prends une douche et, en sortant de la salle de bains, je vois que Portia s'est endormie dans notre lit. Eddie s'apprêtait justement à éteindre sa lampe de chevet, mais il me demande d'abord :

— Je peux ?
— Oui, c'est bon.

Notre sœur est dans les bras de Morphée et reste sans réaction.

Je me glisse sous les draps, pose mon téléphone face cachée et m'endors immédiatement. Je suis réveillée par des coups frappés à notre porte.

Je dirais même qu'on tambourine. Trois fois. Le premier coup me réveille, ainsi que Portia et Eddie.

Mon frère est le premier à réagir. Il se lève d'un bond, passe par-dessus notre lit et se retrouve devant la porte. Les coups s'arrêtent.

— N'ouvre pas, lui dis-je.

Il ne m'écoute pas.

Je m'imagine un grand baraqué, une sorte de bûcheron à grosse barbe et chemise à carreaux. Bref, j'attends un cliché. Mais non, c'est une femme. Un petit bout de femme à la tignasse auburn.

— Dylan ? demande-t-elle.
— Hein ? répond mon frère.
— Dylan. C'est toi, oui ou non ?

La confusion d'Eddie se transforme en colère.

— Non.
— T'es sûr ?
— Certain.

Elle pivote sur ses talons, et mon frère claque la porte au moment où Portia ronchonne :

— Une petite femme qui frappe aussi fort, c'est dingue.

Tignasse auburn.

Comme la passagère du pick-up.

J'hésite à en parler quand Eddie se cogne l'orteil en regagnant son lit. Personne ne dit plus rien. Ils n'ont pas l'air de l'avoir reconnue. Peut-être que je me trompe.

— Cette nana ne vous rappelle pas quelqu'un ?

— Non, répondent en chœur Eddie et Portia.

Peut-être que je me fais des films. Une certitude, ce n'était pas Nikki.

Eddie se tourne et se retourne dans son sac de couchage, Portia pianote sur son téléphone, puis le silence retombe sur la chambre. Je commence à m'assoupir quand elle revient à la charge. Trois violents coups contre la porte.

Cette fois, ma sœur est la plus rapide. Elle rejette les couvertures et atteint la porte en une enjambée. Elle se met à hurler tout en ouvrant la porte :

— Mais bordel, il n'y a pas de Dylan…

Sur le seuil, ce n'est pas la femme aux cheveux auburn, mais deux hommes que je reconnais immédiatement. Le Parrain de l'Alabama et son chauffeur. Ils sourient.

Et puis, je la vois. La femme est derrière eux. Elle est venue tout à l'heure en éclaireur.

Portia essaie de refermer la porte, mais le plus jeune s'avance et la bloque.

Je saute du lit et j'attire ma sœur à l'écart, loin de ces types. Ils entrent. Le plus jeune referme la porte pendant que le Parrain regarde Portia.

— Tu disais, ma belle ?

Son accent sudiste m'avait déjà agacée lors de notre première rencontre. Ça n'a pas changé.

— J'ai dit : « Foutez le camp de ma chambre ! », crache ma sœur.

Le Parrain éclate de rire, imité par son comparse. Je me tourne vers la table de chevet et regrette de ne pas avoir attrapé mon portable.

Derrière moi, j'entends Eddie remuer et se lever du lit. Il serait temps.

— Bon, on se calme, dit le jeune type sans quitter Portia du regard comme face à une bête féroce. Toi, la tigresse, ne bouge pas, et on ne te fera aucun mal.

Ma sœur est en alerte. D'une main, je l'attrape par le dos de son tee-shirt et, de l'autre, je la prends par le bras. Elle ne bouge pas, mais je sens qu'elle hésite.

— C'est bien, ma minette.

— Comment tu m'as appelée ? enrage-t-elle, prête à lui sauter à la gorge.

— Ma min…

— Bon, ça suffit !

Eddie. Tout le monde se tait, et j'ai presque envie de rire, mais j'aperçois alors le pistolet que braque mon frère.

L'air me manque.

Un vieux souvenir remonte, aussi vif et brutal qu'un coup de poing. J'en suis sonnée.

Portia me pousse sur le côté, hors de la ligne de mire. L'espace est libre entre mon frère et les deux hommes qui ne sont pas armés. S'ils ont un flingue, il est trop tard pour le sortir. On se croirait dans un western.

— Eddie, dit le Parrain.

— Quoi, tu le connais ? bredouille ma sœur.

Mais il n'a d'yeux que pour le revolver dans les mains de notre frère.

— Range ça, on peut discuter.

— Vous déboulez dans notre chambre, et tu veux que je range mon pétard ?

L'autre hausse les épaules.

— On croyait vous avoir perdus quand vous êtes partis camper. Maintenant qu'on vous a retrouvés, je voulais éviter de refaire la même erreur.

Eddie pouffe.

— Excusez-moi, mais quelqu'un peut m'expliquer ce qui se passe ? intervient ma sœur.

Le Parrain fronce un sourcil à l'intention de mon frère. Le plus jeune ricane :

— J'en déduis que votre frangin ne vous a pas parlé de nous.

Tout ouïe, j'assiste à la scène bouche bée, comme si elle se déroulait dans un film. Mes méninges tournent à plein régime. Portia m'a parlé d'un soir où Eddie s'est énervé au téléphone pour une histoire d'argent. Et l'autre jour, à la station-service, je l'ai vu en pleine conversation téléphonique, visiblement agacé. La réponse m'apparaît soudain clairement.

— Eddie vous doit de l'argent, dis-je au Parrain.

— Bingo ! confirme le plus jeune.

— Ah, enfin quelqu'un d'intelligent dans cette famille ! soupire l'autre. Dans le mille, ma belle. Eddie nous doit du pognon.

— Et vous savez très bien que je vous rembourserai !

Portia lève les bras, excédée.

— J'en ai marre ! Allez tous vous faire foutre !

Sur ce, elle nous tourne le dos et disparaît dans la salle de bains dont elle claque la porte.

Me voilà seule avec le Parrain, son jeune acolyte et Eddie pour décider de la suite des événements.

Là, on parle.

C'est fou comme les préjugés peuvent induire en erreur. Par exemple, ce jeune mec de l'Alabama est plus malin que je ne l'aurais cru. Profitant de la diversion qu'offrait Portia, il a très lentement bougé sa main. Si lentement que personne n'a rien remarqué jusqu'à ce qu'il sorte son arme.

Nous voilà à présent dans une chambre de motel en présence de deux pistolets. Pour la scène de film, tout y est. On a Eddie, bon chic bon genre, et son flingue chromé. Moi, en short et vieux tee-shirt de Felix à l'effigie des Jaguars de Jacksonville. Un jeune type armé, avec une barbe et un tee-shirt de Lynyrd Skynyrd. Et enfin, le Parrain. La soixantaine, peut-être moins, avec une barbe grise et le contour des yeux ridé. Le seul d'entre nous à sourire.

—*Ex aequo*, s'amuse-t-il.

Pour la première fois depuis que j'ai tué Felix, je regrette presque son absence. Il était du genre diplomate, si gentil que personne ne le percevait comme une menace.

Sauf moi.

Le plus âgé me lance :

—On dirait qu'on est les seuls à ne pas être armés.

J'hésite avant de lui répondre :

— Il faut croire.

— Je m'appelle Nathan, se présente-t-il. Et lui, c'est mon neveu. Jonah.

— Et la femme ? je demande. Celle qui a frappé à la porte ?

— C'est ma copine. Elle nous attend dehors, m'informe Nathan.

— OK. Je m'appelle Beth.

— J'aimerais te dire que je suis enchanté, mais le contexte ne s'y prête pas vraiment.

J'esquisse un petit sourire qui me vaut un regard assassin de mon frère. Il ne voit ni mon cœur qui s'affole ni mes mains qui tremblent. Pourtant, j'ai peur. La porte de la salle de bains s'ouvre sur Portia. Elle s'est attaché les cheveux pour se dégager le visage et tient un spray qu'elle tend vers Nathan.

— Du gaz lacrymogène, explique-t-elle. Il faut toujours en avoir sur soi.

Nathan n'a pas l'air surpris, il ne perd pas son sourire.

— Calmons le jeu, les gars. On ne va quand même pas aller jusqu'au crime.

C'est le seul à faire preuve d'un minimum de bon sens. Je me racle la gorge.

— Résumons. Notre frère vous doit de l'argent.

— C'est ça, acquiesce Nathan. Autour d'une centaine, au doigt mouillé.

— Une centaine de dollars ?

— Non. Cent mille.

— Bordel, jure Portia. Mais pourquoi ? Eddie, t'es camé ou quoi ? Attends, laisse-moi deviner. T'es accro aux antalgiques ? T'es sous médocs ?

— Non, je ne me drogue pas.

— Et moi, je ne suis pas un dealer ! tonne Nathan, la voix rauque et un brin agressive.

Un lourd silence s'ensuit.

— Bon d'accord, j'ai fait quelques paris foireux, finit par admettre notre frère. J'ai misé sur des matchs de foot, des courses de chevaux.

Portia pousse un soupir à faire trembler les murs.

— Tu t'es endetté pour des paris? renchéris-je. Tu fous en l'air notre voyage à cause de dettes de jeu?

Je secoue la tête en me retenant de tuer Eddie avant que ces types ne s'en chargent.

Portia change de cible. Elle tend la bombe lacrymo vers notre frère.

Les flingues ne menacent plus personne. Eddie a laissé tomber le sien quand il s'est fait asperger de gaz, et Jonah a ri si fort qu'il a baissé son canon. Nous voilà assis, à l'exception d'Eddie, recroquevillé au sol. Il se frotte les yeux et tente de maîtriser ses haut-le-cœur.

— Faut pas pleurer. Tu survivras, tu sais, lui lance Portia.

Il articule un faible:

— Ferme-la.

Jonah se remet à rire, mais un regard de Nathan suffit à le calmer.

— Fini la rigolade. J'aimerais qu'on parle de mon argent. Comme vous avez pu le constater, je suis du genre raisonnable. Je n'ai encore fait de mal à personne, alors que ce ne sont pas les occasions qui manquaient pendant votre petit voyage.

Je ne laisse pas à Portia le temps de répondre.

— Qui vous a parlé du road trip? Eddie ou notre grand-père?

— Ton frangin. Mais, sachant qu'il ment comme il respire, j'ai eu du mal à le croire.

Eddie grogne. Il parvient à se relever et titube jusqu'au lavabo. On le regarde faire, puis on retourne à notre conversation.

— Sur ce coup-là, il ne vous a pas menti, leur dis-je. Notre grand-père est mort. Une fois qu'on aura transporté ses cendres à l'endroit qu'il nous a indiqué, on touchera notre part de l'héritage. (Avant qu'il ne demande à combien s'élève la somme, j'enchaîne.) À ce moment-là, Eddie aura de quoi vous rembourser.

— C'est ce qu'il a voulu nous faire croire.

— Et c'est la vérité. Au risque de passer pour des sauvages, sachez qu'on n'est pas là pour s'offrir du bon temps tous les trois. On est là pour le fric.

— Tous les trois ? relève Nathan. Je croyais que vous étiez cinq. Où sont passés les deux autres ?

— Nos moitiés n'ont pas apprécié le voyage, et on a eu quelques soucis de voiture.

— Ah, oui. La voiture.

— Un pneu crevé, un relais de démarreur qui disparaît... Je suppose que c'était vous ?

Il désigne son neveu avant de me répondre :

— Jonah commençait à s'ennuyer, on a voulu s'amuser un peu. On voulait s'assurer qu'Eddie savait qu'on restait dans les parages. Au cas où il aurait oublié ses obligations financières.

— Je n'oublie jamais ! s'étrangle mon frère.

— Tu m'étonnes..., ricane Jonah.

Portia perd patience.

— Il faut toujours que les mecs se comportent comme des gosses. Vous ne vous lassez jamais ?

Personne ne lui répond. Seul Jonah fait signe que non.

— Revenons-en à l'argent, dis-je. Eddie vous remboursera dès qu'on aura terminé ce voyage.

Nathan me sonde si longuement que j'en suis mal à l'aise, mais je m'efforce de ne rien laisser paraître. Il cherche à déterminer s'il peut me croire, en sachant que, de toute évidence, il ne peut pas faire confiance à mon frère.

Heureusement, cette fois, je ne mens pas.

— Et s'il ne me rembourse pas ? Tu éponges sa dette à sa place ? me défie Nathan.

Là encore, je dois reconnaître qu'il n'est pas idiot. Je réponds par l'affirmative. D'une part, parce que je n'ai pas le choix ; je sais que l'un de nous pourrait mourir ce soir si cet homme en décidait ainsi. Et, d'autre part, parce qu'on doit reprendre la route. Il me tarde d'en finir avec ce road trip.

— Absolument, dis-je. Je paierai pour lui.

Depuis que Nathan et Jonah sont repartis, c'est presque pire. Maintenant, il faut composer avec l'état de nerfs dans lequel nous a plongés cette soirée. Tout le monde est à cran.

— Tu les as laissés nous suivre ! s'indigne Portia.

Eddie, qui s'est un peu remis, lui répond :

— Tu m'as attaqué à coup de lacrymo !

J'interviens :

— Tu as intérêt à rembourser Nathan parce que je te jure que je ne débourserai pas un centime.

En réalité, je ne suis pas furieuse à cause de l'argent, mais pour la même raison que Portia.

On a tous nos secrets, c'est normal. Je me fiche de savoir que ma sœur vole des cartes de crédit ou qu'Eddie a une addiction au jeu. Moi-même, j'ai un secret plus lourd encore – au sujet de Felix –, mais le mien ne les affecte pas directement.

Alors que celui d'Eddie a un impact sur nous tous. Ça a bousillé une bonne partie de notre voyage, et il a attendu que son problème vienne frapper à notre porte d'hôtel pour nous en parler. C'est là toute la différence.

Je commence à croire que ce motel du castor est hanté. On est venus deux fois, et chaque fois les ennuis ont littéralement frappé à notre porte. Ce soir, c'étaient Nathan et Jonah. Il y a vingt ans, c'était l'homme de la chambre 9, celui qui m'avait ouvert lorsque je cherchais Nikki.

À première vue, il occupait la chambre 9 seul. Eddie s'est empressé de s'excuser :

— Désolé, on s'est trompés de chambre.

Et c'est tout. On est repartis au pas de course, et l'homme a refermé la porte. Moins de dix minutes plus tard, il est venu nous voir. Eddie lui a ouvert.

Il semblait tout droit sorti d'un film des années 1970 avec son épaisse moustache, sa chemise à motifs et sa veste bleue. Il a balayé notre chambre du regard, puis nous a dévisagés tous les quatre. Eddie, grand-père, Portia et moi.

— On peut vous aider ? a demandé grand-père en s'approchant.

— Excusez-moi. Deux enfants sont venus frapper à ma porte, je voulais simplement m'assurer que tout allait bien. Ça m'a paru bizarre, deux gamins seuls dans le couloir d'un motel.

Grand-père s'est tourné vers moi. Pas vers Eddie, juste moi.

— On s'amusait à toquer partout, c'est tout.

Il me fusille du regard, puis sourit à l'homme.

— Je suis en vacances avec mes petits-enfants. Ils me donnent du fil à retordre.

L'homme lui rend son sourire.

— Comme je vous comprends. J'ai moi-même des enfants qui m'attendent chez moi.

— Merci pour votre vigilance. C'est gentil.

— Je vous en prie. Je suis rassuré de savoir que tout va bien.

Et il est reparti. Eddie a refermé la porte, et grand-père nous a interdit de sortir de la chambre. L'affaire était réglée, en tout cas jusqu'au lendemain matin. Le même type était sur le parking, occupé à charger sa Honda bordeaux.

Il nous a fait signe :

— Bonjour !

Grand-père l'a regardé une seconde avant de répondre avec un hochement de tête :

— Bonjour.

L'autre s'est approché.

— Dites, vous n'iriez pas en direction du Nevada par hasard ? Je ne suis pas de la région et… disons que je ne suis pas doué pour lire une carte. Ma femme se plaint toujours de devoir demander notre chemin aux passants.

Si les GPS avaient existé à l'époque, cette conversation n'aurait jamais eu lieu. Il aurait trouvé une autre excuse.

— Où souhaitez-vous aller ?

— Reno, a-t-il répondu. Je me suis dit que je pourrais tenter ma chance là-bas avant de partir à Las Vegas.

— Désolé, je ne connais pas Reno, a marmonné grand-père en nous faisant signe de monter en voiture.

Puis il a salué l'homme avant de prendre la route.

Personnellement, j'avais la tête ailleurs, je me faisais un sang d'encre pour Nikki. Lorsqu'on avait téléphoné à nos parents la veille au soir, la voix de maman m'avait paru tendue, comme chaque fois qu'on l'appelait. Elle faisait comme si tout allait bien, et on lui a fait croire que notre grande sœur était déjà au lit.

Sur la route, grand-père avait l'air de plus en plus nerveux, il ne cessait de nous lancer des regards. Il a demandé plusieurs fois à Eddie de faire attention, sans expliquer pourquoi.

— Tu n'es qu'un traître, ai-je glissé à mon frère.

Il a souri.

Arrivés au cœur du Nevada dans le comté d'Eureka, on s'est arrêtés pour une pause-toilettes, essence et goûter. Un arrêt banal, à ceci près que Nikki n'était plus des nôtres. Et que la Honda bordeaux s'est garée juste à côté de nous.

Le type, toujours le même, est sorti de sa voiture pour nous saluer.

Grand-père a répondu sur un ton glacial :

—Vous êtes un peu loin de Reno, non ?

L'autre a haussé les épaules.

—Possible.

— Bon, puisque vous nous suivez, autant me dire comment vous vous appelez.

—Calvin. Je m'appelle Calvin Bingham.

Grand-père l'a longuement dévisagé, comme s'il se demandait s'il ne l'avait pas déjà croisé des années auparavant.

—Et en quoi peut-on vous être utiles, monsieur Bingham ? a-t-il demandé avec mépris.

Calvin a perdu son sourire. Il s'est métamorphosé. Son visage s'est fermé, et sa posture est devenue plus menaçante. Il n'avait plus l'air d'un joueur en route pour Vegas. Il avait juste l'air furieux.

—Où est la fille ?

—Pardon ?

—Il y avait une autre fille avec vous dans la voiture, me semble-t-il.

Grand-père a plissé les yeux.

—Vous êtes un pervers, c'est ça ? Vous aimez les gamines ?

—Non, pas du tout.

Ils ont échangé un long regard, et je me souviens m'être demandé si Calvin avait un meilleur fond que grand-père. J'espérais que oui, et j'espérais qu'il retrouverait Nikki.

Lorsqu'on est repartis, Calvin nous a suivis.

NEVADA

Devise de l'État :
Tout pour notre pays

Plus qu'un jour

Mis à part ses yeux encore rougis, Eddie s'est remis du gaz lacrymogène qu'il a pris en pleine face hier. Il ne parle plus à Portia, et réciproquement. Moi non plus, je n'ai pas très envie de parler à mon frère ni de me retrouver coincée avec lui en voiture, mais il faut bien que quelqu'un fasse l'arbitre.

Étrange façon de commencer la journée.

Après seulement quelques minutes de route, on entre dans le Nevada. Nous voilà à présent dans le désert. On s'arrête dans une station-service poussiéreuse. Le vent charrie des tonnes de sable, et de petits grains se coincent entre mes dents. L'après-midi est déjà bien entamé. On est partis tard, secoués par notre nuit blanche au motel, après une grasse matinée bien méritée. La chaleur n'est pas aussi écrasante que la dernière fois, et puis on est encore trop au nord.

Lorsque je ressors des toilettes de la station-service, Portia m'attend au coin du bâtiment, à l'abri du regard d'Eddie.

— Tu savais qu'Eddie avait un flingue, toi ? me demande-t-elle sans détour.

— Non, je n'étais pas au courant.

Elle fait la moue. Je devine les rides qui marqueront son visage plus tard.

— Pourquoi ?

Après une pause, elle finit par lâcher :

— Ça ne me dit rien qui vaille.

— À moi non plus, mais comment faire autrement ? On ne va quand même pas s'arrêter en si bon chemin.

— Bien sûr que non. Mais je parie qu'il ne rêve que de ça. Pour mettre la main sur le pactole à lui tout seul.

— Il peut toujours crever.

— C'est clair.

On retourne ensemble à la voiture, Eddie nous attend au volant. Cette fois, je m'installe à l'avant et Portia sur la banquette du fond, aussi loin que possible de son frère.

Nathan et Jonah ont peut-être causé nos problèmes de mécanique, mais ça n'explique pas tout. La disparition – et la réapparition – des cendres de grand-père, par exemple. La chanson préférée de Nikki diffusée à plein volume dans le monospace. Le téléphone planqué dans les bois. Tout ça, c'était notre sœur.

Elle est la seule raison pour laquelle j'irai au bout de ce voyage. L'argent n'est qu'un bonus.

Comté d'Eureka. Lors du premier road trip, on s'y est arrêtés pour manger. On en fait autant aujourd'hui. Je crois d'ailleurs qu'Eddie a pris la même sortie, mais j'ai un doute, tous ces villages en bord d'autoroute se ressemblent. Une fois la voiture garée, Eddie nous informe – il ne s'adresse qu'à moi – du temps dont on dispose pour le repas.

Portia se tourne vers moi et réplique :

— Hors de question de se gaver encore de fast-food dans la voiture. Je vais me trouver un endroit où manger une salade.

Elle traverse le parking, à l'opposé du *Burger King*, et se dirige vers la seule adresse susceptible de lui proposer une salade : chez *Bennigan's*.

Eddie regarde l'heure sur son téléphone : notre pause-déjeuner est minutée.

— Je ne savais pas que tu te baladais avec un flingue, lui dis-je.

— Chez moi, je ne le sors jamais. Mais j'ai préféré l'emporter pour ce voyage. (Il lève les yeux de son téléphone.) J'aurais peut-être dû vous en parler.

— Non... Tu crois ?

— C'est bon, maintenant vous êtes au courant.

Il s'éloigne vers le fast-food.

Une fois tout le monde en voiture, on reprend la route en silence. Eddie ne se plaint pas du fait que notre arrêt ait duré plus longtemps que prévu. Portia n'émet aucun commentaire sur l'énorme soda sucré qu'il sirote. Et moi, je ne dis rien du tout. Le silence s'éternise jusqu'à ce que mon frère prenne la sortie de Duckwater.

— Ça n'a pas changé, commente ma sœur. Tu ne trouves pas, Beth ?

Si.

— Ce sera notre dernière nuit.

Merci, Eddie, comme si c'était un scoop. On dormira au même endroit que la dernière fois, au *Motel des Pins*. On pousse le vice jusqu'à manger dans la même brasserie : *La Côte Rôtie*.

Portia commande une salade, Eddie un steak d'aloyau, et moi un sandwich avec un fondant au chocolat en dessert.

Une fois notre repas terminé, Eddie prend ses aises au fond de son siège, les mains sur le ventre comme le faisait papa.

— Je crois que cette fois, c'est la dernière. On ne refera plus jamais ce road trip.

Il jette un regard en coin à Portia qui se tourne vers moi.
— Il y a intérêt, répond-elle.
— Je pense qu'on devrait louer trois chambres ce soir.
Ma suggestion n'a pas l'air de surprendre mon frère.
— Je suis d'accord.

Notre petite sœur hausse simplement les épaules, sur quoi Eddie propose de payer à la fois l'hôtel et le restaurant. Il doit se sentir un peu coupable après ce qui s'est passé hier soir. À moins qu'il ne voie approcher la fin du voyage et se sente déjà l'âme d'un millionnaire.

J'aimerais pouvoir affirmer que le *Motel des Pins* est semblable à tous les autres motels en bord de route, mais non : il est pire. Ce n'est pas le genre d'endroit où l'on s'arrête pour se reposer quelques heures avant de reprendre le volant. L'établissement propose des tarifs à l'heure, à la nuitée, à la semaine ou au mois. Sur les coursives extérieures, certains clients ont installé des tables et des chaises de jardin en plastique, preuve qu'ils sont là pour un moment. Sur le parking, un homme est occupé à réparer une voiture montée sur chandelles. À en juger par l'épaisseur de la couche de poussière, le véhicule est là depuis un bout de temps.

L'espace d'un instant, je me demande s'il restera trois chambres libres.

Évidemment, suis-je bête.

Une fois seule, je commence à me demander comment tout ça va finir. Qu'en sera-t-il de tous ces secrets enterrés, littéralement. Finiront-ils par refaire surface ? Est-ce que quelqu'un s'en servira pour nous faire chanter et mettre la main sur le butin ? Pourquoi envoyer une personne en prison quand on peut lui piquer sa part d'héritage ? Comme la nuit d'Eddie en cellule de dégrisement. Quelqu'un pourrait utiliser cette info contre lui. Moi, par exemple. Si je n'avais pas d'autre choix.

En pleine réflexion, je reçois un texto de Portia.

J'entends Eddie dans la chambre d'à côté. Il s'engueule avec quelqu'un.

> Krista ?

Peut-être. Une histoire de fric.

> Comme par hasard.

Elle me répond :

C'est vraiment un sale con.

> Ça ne date pas d'hier.

J'entends d'autres voisins baiser. À choisir, je préfère encore l'engueulade d'Eddie.

> Sympa…

Dans combien de traquenards s'est empêtré notre frangin, au juste ? À quel point s'est-il endetté ? Jusqu'où est-il prêt à aller pour éponger son ardoise ?

Jusqu'à présent, je refusais de croire qu'il ait pu faire du mal à Krista. Ce n'est pas parce qu'elle ne donne plus signe de vie qu'elle est morte.

On ne peut pas en dire autant de Felix.

Felix. Quand je pense à lui, je ne suis pas vraiment triste. Plutôt mélancolique, comme lorsqu'on pense à un ami perdu de vue depuis des années. Alors qu'il est mort depuis à peine un jour et demi.

C'est la première fois que je passe la nuit seule depuis le début du voyage. J'entends tout : la télévision dans la chambre voisine, des gens qui discutent sur le parking, et ma propre respiration. Les bruits me dérangent.

Je sors le journal de Nikki et l'ouvre à une page où il est question du Dr Lang.

Le Dr Lang était mon médecin. J'ai commencé à le consulter après la disparition de ma sœur. Nikki ne l'a jamais connu.

J'enlève le rabat de la saga familiale et je caresse pensivement la couverture du journal.

Questions réfléchies pour jeunes filles réfléchies

Un titre ridicule. Absurde, même.

C'est ce que j'ai pensé quand je l'ai acheté. Dans une boutique discount, sur une étagère au milieu d'autres journaux intimes. J'étais venue m'acheter un carnet. Et puis, je suis tombée là-dessus. Au premier regard, j'ai su que Nikki l'aurait détesté. Elle aurait détesté les questions, le format… Elle s'en serait moquée. Je savais aussi précisément comment elle répondrait aux questions, et ça m'amusait.

C'était environ un mois après avoir rendu visite à ma mère en prison, un mois après qu'elle m'ait demandé de retrouver Nikki. Je crois que c'est ce qui m'a poussée à acheter ce journal, il y a neuf ans, le jour anniversaire de la fugue de Nikki. Voilà pourquoi j'ai répondu aux questions comme l'aurait fait ma sœur.

Mais je me suis permis une licence poétique, notamment pour les passages au sujet du Dr Lang. Et de Calvin Bingham, qui nous a suivis à bord de sa Honda bordeaux. Nikki l'a peut-être remarqué, peut-être pas, on ne le saura jamais,

mais j'aime croire que oui. J'aime penser qu'elle a voulu me protéger en ne m'en parlant pas.

J'aurais peut-être dû vous le dire avant, mais j'avais peur que vous ne le preniez mal. Que vous vous fassiez une mauvaise image de moi. Comme si j'étais une espèce de folle qui veut se faire passer pour une femme saine d'esprit. Mais c'est faux, je ne suis pas cinglée.

Vous le savez parce que vous me connaissez. Vous me comprenez.

Quand je lis ce journal, j'entends Nikki prononcer ces paroles. Ça me permet de la garder auprès de moi. C'est là qu'est sa place. Depuis toujours.

Demain, je n'en aurai plus besoin.

Avant, il y avait des cabines téléphoniques sur le parking du *Motel des Pins*. Je sors m'assurer qu'elles sont toujours là, et – ô surprise ! – elles y sont, à divers degrés de décrépitude. Parmi les quatre cabines d'origine, deux ont été rasées, la troisième n'a plus de combiné, et la quatrième semble être la seule en état de marche. Je passe du produit antibactérien partout avant de tester le téléphone. C'est de Felix que je tiens cette maniaquerie.

Il y a vingt ans, on a utilisé une de ces cabines pour appeler papa et maman. Personne ne se doutait que ce serait la dernière fois. Pour nous, c'était notre routine du soir. L'étape indispensable pour les empêcher d'appeler la police, le FBI ou la garde nationale.

De retour à la tête des opérations, grand-père a composé le numéro.

— Pas un mot au sujet de Calvin Bingham, ni de ta grande sœur, m'a-t-il dit. Sinon, je te ligote comme elle.

Pour information, Calvin dormait dans le même hôtel. Il nous avait suivis depuis la station-service. Si j'avais trouvé le moyen de l'approcher, je lui aurais tout raconté. Peut-être même au sujet de la grossesse de Nikki.

Mais impossible de m'échapper.

—Oui, oui, tout va bien, a dit grand-père au téléphone, comme chaque soir. Les gosses s'amusent comme des fous. Ils découvrent un tas de trucs dont ils ignoraient l'existence... Oui... Oui, ils mangent bien.

Il s'est tourné vers Eddie et lui a décoché un clin d'œil. Quand grand-père lui a tendu l'appareil, mon frère était tout sourire, le torse bombé.

—Salut! Oui, tout va bien. Ça va. On rentre bientôt... très bientôt... Bien sûr qu'on s'amuse, pourquoi on s'amuserait pas?... Oui, on mange plutôt bien... Je te le promets... D'accord, je te la passe.

Il m'a donné le combiné en me lançant un regard noir. Il me mettait en garde. Depuis que Calvin nous suivait, il n'avait de cesse de me menacer par des regards ou des paroles.

—Salut.

—Ma chérie, m'a dit ma mère. Comment vas-tu?

—Bien. Tu me poses tout le temps cette question.

—C'est normal pour une mère de s'inquiéter. Tu me manques tellement...

—Tu me manques aussi. Papa, tu es là?

—Oui, j'écoute.

Voilà comment se déroulaient nos coups de fil quotidiens, nos parents activaient le haut-parleur, et chacun parlait à son tour, parfois en même temps.

—Tu dors assez? m'a-t-il demandé.

—Oh, oui. On passe notre temps à roupiller dans la voiture.

—Et ta grande sœur? Elle supporte d'être enfermée comme ça tout le temps?

—Nikki? (Je me suis tournée vers grand-père qui fronçait les sourcils.) Oh, tu la connais... Elle saute partout et l'instant d'après elle dort comme une souche. Une bombe ne la réveillerait pas.

— Et là, elle dort ?
— Oui, elle est partie se coucher après le dîner.
— Ah.
— Mais je pense qu'elle sera réveillée quand on rappellera demain.
— J'espère.

J'avais envie de tout leur raconter. De leur révéler que Nikki était enceinte. J'étais sur le point de le faire quand grand-père m'a arraché le téléphone des mains.

— Vous savez comment sont les ados… Ils ont le sommeil lourd. Je vous passe Portia, elle a très envie de vous parler.

Il a porté le combiné à l'oreille de ma petite sœur, prêt à le reprendre s'il le fallait.

— Maman ! a crié Portia, comme chaque soir.

Grand-père ne me quittait pas de son regard sévère, bien plus effrayant depuis que Nikki était partie. Un regard monstrueux.

C'est ma faute, ma faute, ma faute.

Chaque fois que j'en voulais à Nikki d'avoir fugué, je me souvenais de l'avoir aidée. Et je ne pouvais pas le lui reprocher. Si mon papi m'avait ligotée, je me serais enfuie comme elle.

— On s'amuse tout le temps, a dit Portia à nos parents, répétant docilement sa leçon, et quand grand-père lui a repris le téléphone, elle a crié : au revoir !

— Vous voyez ? Tout va bien, les a-t-il rassurés. Les enfants sont en sécurité, ils sont sages et s'amusent beaucoup… Bien sûr que non. Je ne prendrai pas le moindre risque. Tu sais combien j'aime mes petits-enfants… Aie confiance en ton vieux papa, bon sang… D'accord, oui, je vous rappelle demain, comme d'habitude.

Il a raccroché délicatement comme s'il tenait un chaton. Après un dernier regard noir à mon intention, il a retraversé le parking en direction de notre chambre.

— Vas-y, m'a ordonné Eddie en désignant la même direction.

Il était devenu le petit soldat de grand-père.

Mais aujourd'hui, personne ne m'a forcée.

Je viens de mon propre chef devant ces vieilles cabines téléphoniques recouvertes de tant de graffitis que je ne distingue plus leur couleur d'origine. Ça me donne envie d'appeler quelqu'un, mais qui ?

Il ne me reste plus personne.

Dernier jour

Le lendemain matin, tout le monde est vivant, y compris moi-même. Et les cendres de grand-père sont toujours là. Notre dernière journée commence bien. Seule ombre au tableau : Portia a trop dormi, on dirait qu'elle a la gueule de bois.

On prend notre petit déjeuner dans un *Starbucks*. Ces cafés pullulent littéralement. On est installés à la table du coin. Eddie évoque le souvenir de cette fameuse journée lors du premier road trip sans craindre de nous porter malheur.

— Vous croyez que grand-père nous a réservé une surprise pour la fin du voyage ? nous demande-t-il.

Portia ajoute un morceau de sucre roux à son latte au lait d'amande et fait la grimace devant les sucrettes industrielles d'Eddie ; c'est le comble, vu les quantités de soda qu'elle a ingurgitées pendant ce voyage. Bien que sa réponse concerne mon frère, elle s'exprime sans le regarder.

— J'espère qu'on n'a pas fait tout ça pour rien. Sans même parler du reste, quelle idée de nous envoyer disperser ses cendres dans le désert ? On n'aurait pas pu les envoyer là-bas en avion ?

Je mords dans mon pain au chocolat, gras et sucré. Il me fallait au moins ça pour entamer cette journée.

— C'est Nikki, dis-je.

— Nikki ? répète mon frère. Tu crois qu'elle nous attend dans le désert ?

Affirmatif.

— Impossible, c'est trop subtil, objecte Portia. Pas son genre.

— C'est clair.

Je ne leur réponds pas.

— Peut-être que le notaire nous accueillera avec une mallette remplie d'oseille, spécule notre sœur.

Je me représente la scène. Je n'ai jamais rencontré Morton J. Barrie, mais je l'imagine petit avec de grosses lunettes et un nœud papillon. Un peu comme le bonhomme du Monopoly, en plus jeune et plus crétin, entouré de billets rangés par liasses, des billets tout neufs contrastant avec le sable et le sol poussiéreux.

Derrière lui, je vois la butte de sable. Je suis probablement la seule à la remarquer. On avait fait ça proprement.

— Une dernière prédiction ? Avant de décoller, dites-moi ce que vous imaginez, demande Eddie en froissant l'emballage de son sandwich avant de le jeter à la poubelle.

— Et ils vécurent riches et heureux, répond Portia. Ou, du moins, riches.

Je valide cet heureux dénouement, et ils ne tarderont pas à comprendre pourquoi.

— Ça me paraît bien, leur dis-je.

— Parfait. Dans ce cas, allons chercher le fric, déclare mon frère.

Portia et moi, on lui emboîte le pas. Dans son dos, Portia lève les yeux au ciel.

Trois heures. C'est à peu près le temps qu'il faut pour franchir cette dernière portion de route. Qui sait combien de temps on aurait encore roulé si Calvin ne nous avait pas suivis. Il n'essayait même pas de s'en cacher.

Eddie était assis avec moi sur la banquette du milieu pour s'assurer que je n'allais rien tenter. Il était devenu mon garde attitré, plus agaçant encore que d'habitude. Aucune sœur n'a envie d'être sous l'étroite surveillance de son grand frère.

Portia était sur la banquette du fond, elle dormait ou jouait dans son coin, ce qui laissait grand-père seul à l'avant. Un vrai moulin à paroles. Quoiqu'il s'adressait surtout à lui-même, en marmonnant.

— Il nous suit toujours, l'autre crétin ? Il nous suit, pas vrai ?... Oui, oui... Je le vois... Je vais ralentir pour voir comment il réagit. On en aura le cœur net... Je lève le pied, je ralentis juste un peu... Ah, tu vois ? Il ralentit aussi.

De temps en temps, il se retournait pour nous parler.

— Vous avez vu ? Il nous suit toujours.

Ce faisant, il me lançait un regard noir comme si j'y étais pour quelque chose alors que je n'avais jamais vu ce type de ma vie. Il était simplement furieux parce que j'étais dans le camp de Nikki, parce que tout tournait autour d'elle. Et à juste titre.

Puis il a reporté son attention sur la route et s'est remis à marmonner. Ça a duré une heure, deux heures, et la troisième était bien entamée quand il a aperçu le panneau.

ALAMO

Non, pas celui du Texas. Il s'agit ici du village d'Alamo dans le Nevada, près de la sortie sud de la route 93.

— On va mettre un terme à ce petit jeu, a-t-il déclaré en prenant la sortie.

Il a fallu que j'entre dans l'âge adulte pour saisir son goût pour le drame.

— Comment ça ? ai-je demandé.

Il ne m'a pas entendue et a continué à marmonner.

— Ce crétin. Foutu détective.

— Quoi ? me suis-je exclamée, plus fort cette fois.

— Un détective. Ça ne t'a pas sauté aux yeux ?

J'ai secoué la tête, à la fois pour essayer de comprendre et pour répondre à sa question. Non, personne ne m'avait prévenue que Calvin était un détective privé.

— Pourquoi nous suit-il, d'après toi ? Et pourquoi est-il à la recherche de Nikki ?

— Ouais, pourquoi ? a renchéri Eddie.

J'en étais toujours à secouer la tête, à tenter de reconstituer le puzzle.

— Mais qui l'envoie…

— Vos parents, évidemment. Je vous parie qu'il nous suit depuis le début.

Le soulagement m'a frappée aussi fort qu'un coup sur le crâne. J'aurais dû me douter que nos parents veillaient sur nous. Depuis le début.

Je suis sûre qu'Eddie était aussi soulagé que moi. Il avait l'air surpris lui aussi d'apprendre que Calvin était un détective, mais ça ne l'a pas empêché de me charrier.

— Pff, je n'arrive pas à croire que t'avais pas capté.

Grand-père a continué de rouler pendant une trentaine de minutes, assez longtemps pour nous éloigner de l'autoroute, des magasins et de toute trace de présence humaine. Calvin ne nous quittait pas d'une semelle. Il nous filait le train ouvertement. Quand on s'est enfin arrêtés, j'avais l'impression d'être au bout du monde.

Je ne me rappelle plus qui est sorti le premier ; je me souviens seulement de grand-père et Calvin face à face entre les deux voitures. Eddie, Portia et moi, on avait le nez collé au pare-brise arrière. Le monospace disposait de vitres qu'on pouvait entrebâiller. Mon frère en a ouvert une pour qu'on puisse épier leur conversation.

— Vous comptez nous suivre encore longtemps ? a demandé grand-père.

Calvin a souri, dévoilant une belle rangée de dents blanches sous sa grosse moustache.

— Non. Je vais simplement prévenir la police si vous ne me dites pas où est Nikki.

Grand-père a levé les mains pour calmer le jeu.

— Je ne vois pas de quoi vous parlez. Je suis en voyage avec mes petits-enfants.

— Ben voyons !

— Puisque je vous le dis...

— Ce n'est pas exactement la version de leur mère.

Maman. À ce moment-là, j'avais terriblement envie de lui parler, et je ne lui aurais pas menti. Je me suis penchée au-dessus du siège conducteur à la recherche du téléphone portable.

— N'y pense même pas, a grondé Eddie en me tirant en arrière.

Dehors, la discussion se poursuivait. Grand-père riait.

— D'accord, d'accord, vous avez gagné. Nikki a fugué pour rejoindre une copine. C'est la pure vérité. Elle se sauve constamment, vous n'avez qu'à demander à ma fille. Demandez-lui donc combien de fois Nikki a fugué.

Calvin n'a rien répliqué.

— Et justement on est en route pour la récupérer. Voilà ce qu'on vient faire dans ce trou. (Il a regardé autour de lui en faisant la grimace, comme si ça sentait mauvais.) Allez-y, suivez-nous. Vous verrez que Nikki va très bien.

J'aurais été capable de bondir hors de la voiture pour dire à Calvin que grand-père lui mentait. Nikki n'avait pas fugué pour retrouver une copine, elle s'était enfuie parce que grand-père et Eddie l'avaient ligotée.

J'allais le faire, je vous jure, quand Portia s'est mise à crier :

— Nikki ! On va retrouver Nikki !

Grand-père l'a entendue et a souri.

— C'est vrai. On va retrouver Nikki.

Calvin est alors retourné dans sa voiture, prêt à nous emboîter le pas.

L a route pour Alamo est d'une monotonie confondante, c'est un grand espace rempli de rien. J'aimerais ouvrir une parenthèse à ce propos : il m'a fallu traverser les États-Unis et leurs vastes zones de vide pour me rendre compte à quel point ce pays est immense.

À mi-chemin, Portia m'envoie un message depuis son siège à l'avant.

Je commence à stresser.

Dit-elle la vérité ou joue-t-elle la comédie ? Tout est possible. En fin de partie, tous les joueurs finissent par mettre cartes sur table.

Je réponds en affirmant :

Tu redoutes une tuile.

Une tuile ? Pire que ça. Je sens arriver un truc tragique. Horrible.

Comme la dernière fois.

Oui, c'était glauque.

—Sans déconner, vous vous écrivez des textos juste sous mon nez? s'indigne notre frère.
—Oui.
—Je lui reparlais de la dernière fois qu'on est venus ici, explique Portia.

La mâchoire d'Eddie se crispe, il marmonne :
—Et?
—Et... c'était nul. Vraiment nul. Non?
Si, c'était affreux.
—Hum, ouais, acquiesce-t-il.

Il est difficile de savoir ce que Portia comprenait lors du premier voyage. Avait-elle conscience qu'elle était un élément clé de l'épisode du désert? Une chose est sûre : plus tard, elle a compris.

Lorsqu'on est enfin rentrés à la maison, grand-père s'est coupé du monde jusqu'à la fin de sa vie. Nos parents se sont lancés à corps perdu dans des recherches pour retrouver leur fille aînée. On leur a tout raconté... ou presque. Notre sœur s'est enfuie en pleine nuit, et personne ne l'a revue depuis.

Ce qui est vrai.

Le mensonge est venu après.

On a prétendu ne jamais avoir vu Calvin Bingham, ne jamais lui avoir parlé. On n'était même pas au courant qu'un détective privé nous suivait. C'est ce que grand-père a dit, puis Eddie. Alors moi aussi. Même Portia a menti. Grand-père nous avait prévenus qu'il le fallait, sans quoi on terminerait tous en prison. À tout jamais.

Aux yeux de nos parents, Calvin était un escroc qui leur avait fait faux bond pour se payer une virée à Vegas. Aux dernières nouvelles, il suivait notre monospace au milieu du désert, puis plus rien. La seule personne à s'inquiéter pour lui fut sa secrétaire. Qui sait, peut-être le cherche-t-elle encore aujourd'hui, vingt ans plus tard. Ah, et son ex-femme aussi. Six mois après la fin du voyage, elle a appelé la police pour signaler qu'elle ne touchait plus sa pension alimentaire.

Mais tout ça, nos parents s'en fichaient. Le sort de Calvin Bingham leur importait peu. Ils n'en avaient que pour Nikki et l'ont cherchée jusqu'au jour où mon père a suggéré d'arrêter. L'idée n'a pas plu à ma mère, et vous connaissez la suite.

Pendant des années, la famille s'est recroquevillée sur son chagrin et a pleuré la disparition de Nikki ; et les mensonges se sont multipliés. Personne n'a informé nos parents que notre grande sœur avait pris le contrôle du voyage, empoisonné grand-père, lui avait fait du chantage avec l'appareil photo. Personne, pas même Eddie.

On ne leur a pas dit non plus qu'elle était ligotée le jour où elle s'est enfuie.

Et, vous le savez, j'ai gardé le secret de sa grossesse.

Vous n'imaginez pas combien mes parents s'inquiétaient, combien de fois ils ont appelé la police, à quel point leur vie tournait autour des recherches. Tous les soirs, j'entendais ma mère pleurer ou crier sur quelqu'un sans raison. Cette période était horrible. Je n'ai pas un seul bon souvenir de ces années-là.

Au bout d'un moment, ça ne peut plus durer. Soit on meurt, soit on tourne la page, mais la vie doit continuer. Eddie a passé son bac, il est parti étudier à Duke, et moi à l'université de Miami pour me rapprocher de Cooper. Portia vivait encore chez nos parents et entamait son adolescence. Quand je suis revenue à la maison, pendant l'été qui suivait ma première année de fac, elle était devenue quelqu'un d'autre.

Portia était en pleine période gothique, depuis les bottes au bout chromé jusqu'au rouge à lèvres noir. La première fois que je l'ai vue, je n'ai pas su quoi dire. Elle était affreuse.

— Rien que ça, ai-je finalement lancé.

Elle a tourné les talons.

Sa musique était affligeante : des groupes de rock aux voix éraillées et aux solos interminables, spécialement formés pour plaire aux adolescentes. Elle emportait un cahier partout avec elle. Un cahier noir dont elle griffonnait la couverture avec un stylo à l'encre argentée. Des symboles anarchiques, des têtes de mort, ce genre de choses.

Mais je ne m'inquiétais pas trop pour elle. On a tous nos phases. Moi-même, je traversais ma phase « première année de fac » sans vraiment m'en apercevoir. Je pensais être la plus intelligente, et le reste du monde était trop bête pour s'en rendre compte.

Cet été-là, quand je suis rentrée à la maison, j'ai entendu Portia appeler ses copines. On avait encore les téléphones fixes à l'époque. Portia n'avait pas encore de portable. Pas en 2006.

Elle était dans sa chambre, et moi dans la salle de bains qu'on partageait et qui donnait sur nos deux chambres sans être accessible depuis le couloir.

— Je te jure, disait Portia. Si mon grand-père n'avait pas fait ça, ma vie aurait été différente. Complètement différente.

Une pause.

— Voilà, exactement ! C'est énorme, non ? Ça change tout !

Oui, j'ai écouté aux portes. Il le fallait, car il me semblait qu'elle parlait du road trip et de notre sœur ligotée par grand-père. Quelques phrases plus tard, j'ai deviné qu'il ne s'agissait pas de ça.

— Tu peux comprendre. Toi aussi, tu as subi des attouchements.

Toi *aussi* ?

Il n'a jamais posé la main sur elle. Elle le savait, pourtant. Elle savait ce qu'était un attouchement, or grand-père n'avait jamais fait une chose pareille.

J'ai déboulé dans sa chambre.

Elle était étendue sur son couvre-lit noir, le téléphone à l'oreille, et regardait son plafond placardé d'affiches de groupes de rock.

— Hum, oui ?
— Raccroche, lui ai-je ordonné.
— Excuse…
— Raccroche, je te dis.

Elle s'est exécutée puis s'est redressée sur le lit, les bras croisés, la mine renfrognée.

— Pourquoi tu racontes à tout le monde que grand-père t'a touchée ?
— Tu m'espionnes, maintenant ? (Elle s'est levée d'un bond, furieuse.) J'hallucine, on ne peut pas être tranquille deux minutes dans cette baraque !
— Arrête ton cinéma, ai-je répondu en l'attrapant par le poignet pour qu'elle me regarde dans les yeux. Pourquoi tu vas raconter des trucs pareils ?

La réponse de Portia m'a fait prendre conscience que, finalement, elle avait peut-être grandi plus que je ne l'aurais cru pendant ce voyage.

Elle a souri, son rouge à lèvres noir révélant une belle rangée de dents encore jeunes et blanches.

— Et pourquoi pas ?

On retrouvera sans mal notre point de chute au milieu du désert. Pour ça, il faut une bonne mémoire. Or, je me souviens de tout. J'avais enregistré jusqu'au moindre détail, car je voulais retrouver ma grande sœur.

Grand-père a roulé tout droit jusqu'à une patte d'oie. Il a marqué une pause, sans clignotant, et jeté un coup d'œil dans le rétroviseur à Calvin, qui ne mettait pas son clignotant non plus. Grand-père a pris à gauche, le détective l'a imité.

Il a continué tout droit puis, très vite, s'est retrouvé à rouler dans le sable au lieu de virer à gauche pour suivre le coude que faisait la route. On était entourés d'immenses rochers aux formes plus insolites les unes que les autres. Comme dans *Thelma et Louise*. J'ai mis des années avant de découvrir que les scènes de désert avaient été tournées dans l'Utah et non dans le Nevada.

Grand-père a continué de sillonner entre les collines, soulevant de la poussière, et après en avoir contourné une particulièrement imposante, il a arrêté la voiture. Je n'aurai aucun mal à retrouver cet endroit.

C'est cousu de fil blanc, me direz-vous. Je dois reconnaître que je n'en penserais pas moins si l'on me racontait la même histoire. Mais c'est la vérité, et si vous pouviez voir ces rochers, vous comprendriez.

Dans le désert, il n'y en a pas deux pareils. De loin, ils se ressemblent tous, c'est vrai, mais pas de près. Grand-père s'est garé près d'un gros rocher rond devant deux immenses menhirs oblongs. Cette image s'est gravée dans ma mémoire.

Je me suis tournée vers Portia, assise derrière moi, et les ai pointés du doigt.

— Regarde, on dirait un gros lapin.

C'est ce que leur forme m'évoquait : deux longues oreilles et un petit museau. Tout excitée, ma petite sœur gloussait :

— Nikki est là ? Avec le gros lapin ?

Je n'ai pas répondu.

Grâce à ça, on retrouvera les lieux facilement. On prend à gauche, tout droit jusqu'au sable, on sillonne entre les collines et l'on contourne la plus grande avant de s'arrêter devant le lapin. L'endroit n'aura pas changé.

Il aura toujours des airs de bout du monde.

Eddie prend la sortie d'Alamo et fait une halte à la boutique d'une station-service.

— Dernier arrêt.

Dernier arrêt avant quoi ? Il ne le précise pas. Apparemment, il a décidé de faire la voix off de notre fin de voyage.

Pendant que notre sœur s'éclipse aux toilettes, Eddie et moi, on déambule dans la boutique. Je prends un grand café que je noie de sucre. Il vaut mieux. J'ai le pressentiment que cette journée se terminera soit trop tôt, soit jamais.

Mon frère passe en revue les ingrédients d'une boisson protéinée. Portia nous rejoint et se choisit une bouteille de Smartwater ; pas d'alcool pour aujourd'hui, apparemment. On fait le plein à tous les niveaux.

De retour sur la route, c'est moi qui donne les instructions à Eddie. Pour une fois, c'est agréable.

— Prends tout droit, puis à gauche à la patte d'oie. Ne suis pas la route, continue tout droit. Contourne les collines et arrête-toi devant les rochers en forme de lapin.

— C'est bon, je sais.

Ce trajet est plus long que je ne l'aurais cru, peut-être parce que je sais ce qui nous attend. La dernière fois, chaque virage offrait un paysage nouveau, mais cette fois, dès que j'aperçois les oreilles de lapin, mon estomac se serre.

— Là !

— C'est bon, je sais, grommelle Eddie.

— Tu t'en souviens ? je demande à Portia.

Elle me lance un regard noir, quoique mesuré.

— Beth, je n'étais pas un bébé.

Non, en effet. Elle était assez grande pour empoisonner notre chocolat chaud.

Quand Eddie éteint le moteur, c'est presque décevant. Il n'y a rien. Pas d'orchestre de bienvenue ni de grande bannière, rien pour célébrer notre arrivée. Personne ne nous attend, encore moins Nikki. Il n'y a que de gros rochers et cette butte de sable, protégée du vent par les oreilles de lapin.

Cette tombe.

Visiblement, Calvin Bingham n'a toujours pas été retrouvé.

— Ça n'a pas changé, fait remarquer Eddie.

Non, effectivement.

Je revois la scène comme si c'était hier. Calvin et grand-père s'affrontant entre les deux voitures, nous trois aux premières loges. On était dans le monospace, observant l'altercation depuis la banquette arrière. Eddie avait entrebâillé la vitre, celle qui avait un petit impact, pour écouter ce qu'ils se disaient.

— Où est-elle ? a demandé Calvin.

— Nikki ne devrait plus tarder maintenant.

—Vraiment ? Elle vous a donné rendez-vous ici précisément ? En plein désert ?

—Absolument.

Dans la voix de grand-père, on devinait comme une sorte de ricanement contenu.

Portia s'est penchée à mon oreille :

—Elle est où ?

—Elle ne viendra pas, idiote, lui a répondu Eddie.

—Si, elle va venir !

Les deux hommes l'ont entendue. Ils se sont tournés vers nous et ont vu le visage de ma petite sœur se crisper comme le font les enfants sur le point de pleurer.

—Où est Nikki ? a-t-elle hurlé.

—C'est ce que j'aimerais savoir, a renchéri le détective en toisant grand-père. Avouez que vous n'en savez rien.

—Foutez-moi la paix. Je sais où est ma petite-fille.

Calvin s'est gratté le front, l'air soudain fatigué et infiniment las.

—Génial. C'est parfait, merci pour ce petit tour dans le désert. (Il s'est dirigé vers sa voiture, puis s'est retourné une dernière fois.) Votre fille voulait seulement s'assurer que ses enfants allaient bien. Elle voulait éviter d'avoir à alerter la police. Vous savez, elle m'a parlé du décès de votre épouse et…

—Je vous interdis de parler de ma femme, a tonné grand-père.

—Écoutez, je ne devrais même pas vous adresser la parole. J'ai pour ordre de vous suivre et de m'assurer que les enfants se portent bien, que vous ne vous attirez aucun ennui. Je me fiche de ce qui peut vous arriver. J'appellerai les flics s'il le faut. Pour que vous leur expliquiez où est passée Nikki.

Il a chassé l'air d'un mouvement vague et s'est dirigé vers sa voiture.

—Stop !

Ce n'était pas grand-père.

J'étais tellement préoccupée par Portia que je n'ai pas entendu Eddie sortir du monospace. À présent, il était dehors, armé du pistolet de grand-père.

En voyant l'arme, Calvin s'est figé.

— Eh, du calme…

— Eddie! s'est écrié grand-père. Donne-moi ça.

Mon frère n'a pas bronché, il a simplement lancé un regard à grand-père en lui disant :

— Il va appeler les flics.

— Non, c'est promis! a paniqué Calvin. Je m'en vais. J'abandonne ma mission.

— Vous alliez les appeler. C'est vous qui l'avez dit!

— Non, j'ai dit que j'allais appeler ta mère et qu'elle préviendrait peut-être la police. Ou pas. On n'en sait rien, finalement.

Eddie ne bougeait pas.

— Ce n'est pas ce que vous avez dit.

— Eddie, a murmuré grand-père en faisant un pas vers lui, vers l'arme. Ce n'est qu'un détective privé. Il se fiche de savoir qui est Nikki et où elle s'est enfuie. Il se fiche que la police soit au courant.

J'étais pétrifiée. Je ne pouvais plus bouger, les yeux écarquillés, incapable de me détourner de cette scène irréelle dans laquelle mon frère était la seule personne armée.

— Menteur! a-t-il crié à Calvin qui levait les mains en l'air. Vous allez les appeler! Vous allez dénoncer mon grand-père!

— Non. Je te jure que non.

— Ils vont le mettre en prison et partir à la recherche de Nikki.

— Du calme, petit. Je te jure de ne pas…

Eddie a appuyé sur la détente.

Non pas une, mais trois fois.

Apparemment, on est tous comme ça dans la famille. Ou presque tous. À la moindre menace, on réagit par la violence.

De retour devant cette butte de sable, j'essaie d'imaginer les restes de la Honda. À l'époque, ce n'était déjà plus qu'un tas de ferraille. Je sens encore la chaleur du brasier.

Eddie est le premier à sortir de la voiture. Il tape dans ses mains.

— On y est !

Ma sœur et moi, on sort à notre tour. On se tourne vers ces immenses oreilles de lapin. On devrait le faire ici, notre selfie. Au milieu de nulle part. Eddie en polo et pantalon kaki, ses chaussures bateau tellement usées que c'en est embarrassant. Portia dans son minishort et son crop top, ses cheveux noirs noués à la va-vite. Moi en pantalon beige, débardeur et casquette, la casquette de Felix.

— Elles étaient plus grandes dans mon souvenir, fait remarquer Portia.

Dans le mien aussi.

Eddie s'approche des hauts rochers et s'accroupit entre les deux.

— Qu'est-ce que tu…

Je n'en dis pas plus et me contente de le regarder faire.

Ma sœur l'observe également, puis demande :

— Pourquoi tu creuses ?

Il ne répond pas, ne lève pas les yeux. Je n'ai aucune idée de ce qu'il cherche. Il y va à mains nues, comme si quelqu'un était enterré vivant.

La seule chose que je me rappelle avoir enterrée, c'est la voiture de Calvin dont le corps a brûlé avec le reste. On a tous mis la main à la pâte, jetant du sable sur la carrosserie pour étouffer les flammes. Toute cette fumée inquiétait grand-père. Il ne voulait pas que quelqu'un nous surprenne avant qu'on ait terminé.

Eddie continue de creuser avec ses mains comme un enfant qui fait des châteaux de sable. Et puis, il finit par tomber sur quelque chose. J'entends un froissement. Il chasse le sable et soulève l'objet.

C'est un sac en plastique. De ceux qu'on distribuait aux caisses des supermarchés avant qu'ils soient interdits.

— Qu'est-ce que c'est ? interroge Portia.

Il fait la sourde oreille et sort le contenu du sac, le geste fébrile.

Mon vieux tee-shirt. Celui que j'utilisais pour protéger les cendriers des motels. Celui qu'a emporté Nikki quand elle s'est enfuie. Et il est taché de sang. Du vieux sang coagulé, rouge-brun.

Tandis que mon frère déplie le vêtement, j'entends le verre des cendriers s'entrechoquer. Et il en sort autre chose.

L'appareil photo jetable.

— Tu te fous de moi ? lâche ma sœur dans un souffle.

Notre grand frère a l'air d'un enfant le jour de Noël.

— Je n'étais pas sûr qu'ils brûleraient, alors j'ai préféré les enterrer.

— C'est le sang de qui ?

Il m'ignore. Il n'a d'yeux que pour l'appareil photo qu'il retourne en tous sens. Pendant vingt ans, il a été protégé du soleil, de l'eau et de la poussière. Il a l'air flambant neuf.

—Tu sais qu'il n'y a aucune image, lui rappelle Portia. Nikki n'a pris aucune photo de moi.

—De toi, peut-être. Mais il n'est pas vide pour autant.

Mon regard passe d'Eddie à ma sœur, de l'appareil photo au tee-shirt souillé.

Nikki a utilisé l'appareil, mais pas pour photographier Portia. Seulement des arbres, des panneaux, des motels, histoire d'user de la pellicule pour mieux berner grand-père. Il n'y a rien de compromettant ni qui mérite d'être conservé.

—J'ai attendu vingt ans de pouvoir remettre la main dessus. Je vous jure, j'en ai fait des cauchemars.

—Dans ce cas, pourquoi ne pas être revenu plus tôt ? lui demande notre sœur.

Il ne lui répond pas. Plusieurs options me viennent à l'esprit. Je joue mentalement à Risk, en mission secrète, et j'explore les différentes stratégies possibles. Je repense à la route, à mes instructions. À Eddie qui s'énerve au volant : « C'est bon, je sais. »

—Tu ne connaissais pas la route, dis-je. Tu faisais juste semblant.

Eddie sourit.

—Merci de m'avoir indiqué le chemin. Chaque fois qu'on est revenus ici, grand-père et moi, on n'a jamais réussi à le retrouver.

—Grand-père ?

—Évidemment ! acquiesce-t-il en ricanant. Tu crois vraiment que l'idée du deuxième road trip lui est venue toute seule ? D'après toi, qui la lui a suggérée ?

—Mon Dieu…, souffle Portia.

Il était au courant depuis le début. Il savait qu'on referait ce voyage. Comment n'ai-je pas deviné plus tôt ? Comment ai-je pu être aussi bête ! Voilà ce qui arrive quand on n'est pas le cerveau de la bande.

— La bestiole nous a induits en erreur, s'esclaffe-t-il en pointant du doigt les grands rochers oblongs. On cherchait des oreilles de coyote ! On a dû passer devant ce lapin une bonne dizaine de fois.

C'est dire combien les buttes de sable passent inaperçues au milieu des rochers. Pas étonnant que la voiture brûlée soit toujours là, intacte sous son manteau de poussière.

Pendant tout ce temps, Eddie menait sa mission secrète, et je n'ai rien vu venir. On a tous une hantise : lui, c'était que quelqu'un retrouve de vieux cendriers, un appareil jetable et un tee-shirt couvert de sang.

— C'est le sang de qui, Eddie ? j'insiste.

Il regarde le vêtement en secouant la tête.

— Elle est là, ta Nikki. Pendant tout ce temps, elle était juste là.

Il remballe son matériel et retourne vers notre voiture pour tout ranger dans le coffre. Les cendres nous y attendent.

Je me tourne vers Portia, qui me regarde d'un air hagard.

— Je ne comprends plus rien du tout, marmonne-t-elle.

— Je l'ai retrouvée, confesse Eddie. Elle s'enfuyait dans les bois, mais je l'ai retrouvée.

Il se retourne vers nous, et dans ses mains, ce n'est pas la caisse de cendres qu'il a sortie du coffre. C'est son flingue.

En un éclair, j'opte pour la meilleure stratégie à ma portée : faire comme si mon frère n'était pas armé. Sans doute suis-je trop choquée par ce qu'il vient d'avouer.

— Comment ça, tu l'as retrouvée ?

Il s'appuie contre le pare-chocs comme s'il s'apprêtait à raconter une longue histoire.

— Quand j'ai couru à sa recherche ce matin-là, je suis tombé sur Nikki. Enfin, c'est plutôt elle qui m'est tombée dessus.

— Qu'est-ce que…

— Elle m'a attaqué. Nikki a surgi de derrière un arbre et m'a jeté ces foutus cendriers à la figure.

Je secoue la tête. C'est impossible. Il raconte n'importe quoi.

— Tu as dit que tu ne l'avais pas vue.

Le voyant soupirer, Portia s'écrie :

— Mais tu mens tout le temps, ma parole !

J'insiste :

— Eddie, qu'est-ce que tu as fait ?

— Écoute, parfois, on n'a pas le choix. Quand on se fait attaquer, on se défend. C'est comme ça, c'est l'instinct… Je ne pouvais pas faire autrement.

Je prends une profonde inspiration.

— Alors tu l'as frappée.

Il acquiesce d'un hochement de menton.

— Et après ?

— Elle est tombée par terre. Lourdement. (Eddie se détourne, il regarde les rochers. J'ai envie de m'insinuer dans ses pensées pour voir ce qu'il voit.) Mais elle était toujours consciente. Elle m'a donné des coups de pied.

J'attends.

— Alors j'ai ramassé un cendrier pour la frapper avec. (Son regard revient sur moi.) Au visage.

Nikki à terre, blessée, qui se débat comme une furie. Et mon frère qui lui défonce le crâne avec un cendrier en verre.

La scène me donne la nausée.

— Elle est morte, conclut-il.

Je nie en bloc.

— Non, non, non !

Il se redresse, le dos bien droit.

— Ne t'inquiète pas, ça s'est passé très vite.

La Terre tourne, ce n'est pas un scoop. Mais là, je la *sens* tourner. Aussi nettement que je sens la douleur d'un coup de cendrier.

— Grand-père était au courant ? s'enquiert Portia.

— Évidemment. D'après toi, pourquoi voulait-il garder la police en dehors de tout ça ? (Il marque une pause, secouant la tête.) Je sais que vous le preniez pour un monstre, mais vous vous trompiez. Il nous protégeait. Nikki allait tout gâcher. On allait tous devoir payer pour sa mort et pour ce qu'elle avait fait subir à grand-père. Elle l'avait empoisonné, elle avait volé tout son argent… On risquait la prison.

Je sens les larmes rouler sur mes joues.

— Non…
— C'est pour ça que tu as tué Calvin ? demande Portia. Tu venais de tuer Nikki, alors tu ne voulais pas qu'il alerte les flics, c'est ça ?

— C'était de la légitime défense, nous rappelle-t-il.

— Ce deuxième road trip, c'était pour ça ? insiste-t-elle. Pour retrouver ce sac en plastique ?

Eddie opine.

— Je ne pouvais pas le laisser là, il fallait que je le récupère. Sans ça, grand-père m'aurait simplement légué tout son argent, et on n'en parlait plus.

Et pas de second road trip. Mes questions seraient restées à jamais sans réponse. Je n'aurais jamais su la vérité sur ma sœur.

— Et Nikki, qu'est-ce que tu en as fait ? Tu l'as enterrée ?

— Je l'ai traînée jusqu'au lac, me répond-il.

Felix est avec elle, maintenant. Quoique, après vingt ans, il ne doit pas rester grand-chose du corps de ma sœur. Je lève les yeux vers mon frère et repense à l'appareil jetable.

— Eddie, lui dis-je.

— Je n'avais pas le choix…

— Eddie !

— Quoi ?

— Tu as photographié notre sœur morte, pas vrai ?

Pas de réponse. C'est inutile.

— Tu es un monstre.

— Arrête, Beth. Nikki était une connasse, voilà ce qu'elle était. Égoïste, menteuse et sournoise.

C'est faux. Les connards, c'est nous, pas Nikki.

Une fois de plus, j'ai envie de révéler son secret et d'apprendre à Eddie qu'en plus de tuer notre sœur il a tué son bébé. Mais j'en suis incapable. Et puis, à quoi bon ? Eddie n'en aurait probablement rien à foutre. Je fais un pas vers lui.

— Si Nikki était une connasse, égoïste, menteuse et sournoise, alors tu es quoi, toi ?

— Vivant.

L'enflure.

— Alors c'était ça, ton plan de psychopathe ? dit Portia. Venir jusqu'ici, récupérer les pièces à conviction et nous tuer ?

Ça peut paraître ridicule, mais plus rien ne m'importe désormais. Mon objectif, c'était Nikki. Ça n'a jamais cessé de l'être.

L'argent m'a distraite, je le reconnais. L'héritage m'a paru soudain très intéressant quand j'ai appris que ma boîte licenciait à tour de bras. Et mon mari m'a brièvement détournée de mon but, lui aussi, c'est vrai. Au moins, j'aurai compris que notre couple était voué à l'échec. Mais depuis le début du voyage, et même bien avant, mon seul et unique objectif était Nikki.

Grand-père est mort et a été incinéré il y a un mois. C'est le temps qu'il nous a fallu pour accorder nos agendas et prendre deux semaines de congé pour un road trip. J'ai passé tout ce temps à me préparer. J'ai accroché une carte des États-Unis dans le placard de notre petite salle de bains, celle que Felix n'utilisait jamais. J'ai planifié tout le voyage, pris soin de ne rien oublier, aucun des endroits où on s'était arrêtés la première fois.

J'ai appelé tous les musées et monuments qu'on avait visités pour m'assurer qu'ils étaient toujours ouverts au public. J'ai même contacté certains motels dont je me souvenais, au cas où on serait amenés à dormir au même endroit.

Au fond de moi, je savais que c'était la fin de mes recherches. J'allais retrouver Nikki. Je le sentais dans mes entrailles. Qui sait, j'ai peut-être ressenti ce que vivent les femmes enceintes. J'aimais bien ce parallèle. C'était un lien de plus qui me rapprochait de ma sœur.

Vous est-il déjà arrivé de désirer une chose si fort que vous finissez par faire comme si vous l'aviez obtenue ?

Par exemple, votre maison est loin d'être parfaite, mais à force de répéter à tout le monde que c'est la maison de vos rêves, vous finissez par y croire. Ou encore votre travail que vous ne quittez pas de crainte de ne rien trouver de mieux. Alors vous vous persuadez qu'il n'est pas si mal, finalement. En vrai, ce boulot est merdique, mais vous faites comme si.

Voilà à quel point je me suis convaincue que Nikki était toujours vivante. Je ne suis pas capable d'imaginer un monde sans elle. Partir vivre en Floride, suivre Cooper, écrire son journal… tout ça, c'était dans l'espoir de la retrouver. Il le fallait.

C'est ma faute, ma faute, ma faute.

Un jour, j'ai failli tout avouer à Felix. On venait de se fiancer. Il ignorait l'existence de ma grande sœur et pensait que mes parents étaient morts dans un accident de voiture. Une tragédie si banale qu'il y a cru sans discuter.

On sortait du cinéma. Un drame familial du genre à collectionner les Oscars, un film où tout le monde se ment et finit malheureux. C'est sans doute ce qui m'a donné envie de passer aux aveux pour ne pas finir malheureuse. Sur le chemin du retour, j'étais à deux doigts de tout lui révéler. Enfin, presque tout. En omettant le meurtre du détective privé par Eddie.

Mais le destin a frappé en diffusant la chanson préférée de Felix à la radio. Vous ne serez pas surpris d'apprendre que mon mari était un fan absolu des tubes des années 1980. Il s'est mis à chanter à tue-tête « Pour Some Sugar on Me » de Def Leppard, et j'ai raté l'occasion de lui parler.

Elle ne s'est jamais représentée, et ma culpabilité ne m'a jamais quittée.

C'est ma faute, ma faute, ma faute.

Au contraire, elle a pris de l'ampleur avec les années et atteint son apogée quand je suis allée voir ma mère en prison pour ce tête-à-tête digne d'un mélodrame.

Le deuxième road trip était pour moi l'occasion de réparer le tort que j'avais causé.

C'était du moins ce que je croyais, tout comme je croyais Nikki vivante. Je croyais qu'elle nous surveillait. Qu'elle attendait l'occasion de se venger. De moi ? Peut-être, je ne sais pas. En tout cas, de se venger d'Eddie. Voilà pourquoi je n'ai jamais cessé de la chercher, pourquoi je suis partie vivre en Floride, pourquoi j'ai écrit son journal avec ses mots.

C'était pour Nikki. Elle était mon moteur.

Je tombe à genoux sur le sol, aux pieds de mon frère.

Tout n'était que mensonge. Le pire mensonge qui soit. J'ai inventé une histoire où Nikki était là, près de nous, toujours en vie. J'y croyais vraiment.

Je lève les yeux vers mon frère, vers son arme rutilante, et je me sens prête. Peu importe que je meure aujourd'hui, puisque Nikki n'est plus là.

Sauf que… ça voudrait dire qu'Eddie a gagné.

Je me redresse et lui dis :

— Tu ne peux pas nous tuer. La police finira par t'arrêter.

Il esquisse un sourire.

— Il n'y a que nous ici, reprends-je. Tu crois que les flics ne comprendront pas ton manège ? Je ne suis pas sûre que la légitime défense soit de mise face à deux femmes désarmées.

Eddie continue de sourire.

La voix de Portia résonne alors dans tout le désert.

— Le bouton, le bouton, qui a le bouton ? harangue-t-elle comme un marchand de glaces.

Je me retourne pour la regarder jeter l'objet en l'air et le rattraper comme on s'amuserait avec une pièce de monnaie.

Le bouton appartenait à la veste de Calvin Bingham. Elle l'a gardé pendant toutes ces années.

— La partie n'est pas terminée, déclare-t-elle. Ça ne fait que commencer.

On sent clairement le vent tourner. Toute l'attention dirigée vers Eddie bifurque à présent sur Portia. Ainsi que le canon du pistolet, pointé sur elle et non plus sur moi.

— Où t'as trouvé ça ? demande-t-il.

Portia cesse de jouer à pile ou face pour prendre un air vexé.

— Je l'ai toujours gardé, même s'il n'avait aucune valeur. Ce truc ne peut rien prouver.

— Dans ce cas, pourquoi l'avoir conservé ? rétorque Eddie.

— Pour me rappeler à quel point je te hais.

— Moi ? Et Nikki alors ?

— Non, la vraie question, c'est : « Depuis combien de temps notre petite sœur attendait ce moment ? »

Son regard brille, et le soleil n'y est pour rien.

— Vous ne devinez pas ? Je vais vous le dire. J'attends ce moment depuis mes six ans.

Eddie recule d'un pas, et j'en fais autant alors que notre sœur n'est armée que d'un bouton.

— Je vous déteste tous les deux. Vous n'avez fait que vous servir de moi. C'est moi que grand-père a soi-disant tripotée, ce qui est totalement faux. C'est de moi dont vous faisiez votre alliée quand ça vous arrangeait pendant le voyage. C'est moi qui ai empoisonné les chocolats contre mon gré…

— Ça, c'était une idée de Nikki, rectifie Eddie.

— Ferme-la ! (Portia reprend son souffle.) Crois-moi, tu ferais bien d'écouter ce que j'ai à dire avant d'utiliser ton flingue.

Eddie hésite, y réfléchit, tente de comprendre où elle veut en venir.

— De quoi tu parles ? finit-il par demander.

Elle sourit. Un rictus cruel.

— De ta situation financière.

Il paraît soudain nerveux.

— Tu vois? se félicite notre sœur. Figure-toi que mon boulot m'a appris deux ou trois choses. Outre l'art de se mettre à poil, bien sûr.

— Se mettre à poil? Mais tu es serveuse.

— Non, elle est stripteaseuse, interviens-je. Continue, Portia.

— Exact, je suis stripteaseuse. Et l'un des trucs que j'ai appris, c'est que les gens ne savent pas garder un secret. (Elle sort son téléphone de sa poche.) Et généralement, ils sont rangés là-dedans.

— Tu as bu?

— Pas aujourd'hui, non, lui répond-elle. Et même si j'étais soûle, je pourrais mémoriser ton code et fouiller dans ton portable quand ça me chante.

Le téléphone.

Je me souviens alors du mien, retourné sur la table de chevet dans l'un des premiers motels du voyage. Toutes ces nuits où elle a dormi dans notre chambre ou dans celle d'Eddie, elle a eu tout le loisir de fouiner dans nos téléphones pendant notre sommeil. Quand j'y repense, elle me volait un tas d'objets lors du premier road trip sans même que je m'en aperçoive, alors qu'on était assises dans la même voiture.

Elle a toujours été la plus fourbe d'entre nous.

— Ce que je sais, reprend-elle, c'est que ta situation financière est désastreuse. Tes comptes sont à sec. Tu dois à la banque deux fois plus que la valeur de ta maison et... (Elle marque une pause, incline la tête et esquisse un petit sourire qui doit faire son petit effet sur ses clients.) La somme que tu dois aux deux paranos du pick-up noir n'est que la partie émergée de l'iceberg.

— Salope! crache Eddie.

Elle sourit.

— Mais le plus intéressant, ce sont tes comptes à l'étranger. Alors comme ça on est un pro de l'évasion fiscale?

— Pff, tout le monde le fait…

— Ce n'est pas légal pour autant. Et je n'ai pas l'intention de te laisser t'en tirer comme ça. (Elle s'approche de lui.) D'après toi, qui vont-ils soupçonner en découvrant nos deux cadavres ? Un inconnu dans le désert ou le frère endetté jusqu'au cou à cause de son addiction au jeu ?

Eddie ne répond rien.

— Voilà ce qui va se passer. J'ai mis en place un virement depuis ton compte courant. Dès qu'on sera rentrés et qu'on touchera notre part de l'héritage, tu me donneras tout ton argent.

— Et puis quoi encore !

— Si, si, je t'assure. Si jamais tu annules ce virement ou que tu cherches à l'empêcher d'une façon ou d'une autre, un mail sera automatiquement envoyé au fisc pour l'informer de tes magouilles. (Portia hausse les épaules.) Et tu ne toucheras pas un centime parce que tu seras en prison.

Eddie serre les dents.

— Cette foutue clause ! J'ai pourtant dit à grand-père de ne pas la mettre, mais il en voulait toujours à maman.

— Pas de bol, ironise Portia.

Franchement, si grand-père nous voyait aujourd'hui, il serait fier. Ses petits-enfants se sont débrouillés pour se prendre à leur propre piège. La seule issue possible : que l'un de nous meure ou finisse en taule.

— Bien joué, dis-je à ma sœur.

— Bien joué ? hurle Eddie. Tu trouves ça bien, toi ? Putain, t'es pathétique !

Effectivement, c'est moi la pathétique de la fratrie. Éternellement dans l'ombre de Nikki. J'ai fini par accepter ce rôle.

— Tu as monté un coup contre moi aussi ? je demande à Portia.

— Bien entendu. Tout ton argent sera transféré depuis ton compte vers le mien. Ton téléphone était encore plus accessible que celui d'Eddie. (Son regard de pitié me serre l'estomac.) Si tu empêches le virement, tu finis à l'asile. Franchement, Beth, ce journal… Il faut que tu te fasses soigner, ma pauvre.

Elle n'a pas tort sur ce point. Elle a même raison sur toute la ligne. On s'est servis d'elle. Portia n'était qu'un pion à l'époque, trop petite pour jouer ou pour se défendre.

— Ça suffit ! aboie mon frère en faisant un pas vers Portia, bouillonnant d'une rage palpable.

Il est dans le même état que l'autre soir, à l'observatoire, lorsqu'il s'est battu contre Clemson. Tôt ou tard, sa colère finit toujours par l'emporter.

— Et si je te tuais, tout simplement ? Je finirais peut-être au trou, mais au moins tu serais morte.

Portia s'avance vers lui et s'arrête à seulement quelques mètres.

— Vas-y. Tire.

Il a le bras tendu, le visage écarlate. Il sait que c'est fini, la partie est perdue. Avant même qu'elle ne soit terminée. C'est une leçon qu'on a apprise grâce à Risk ; et pourtant, on continuait de jouer jusqu'au bout. On n'avait pas le choix.

Eddie vise la poitrine de notre sœur. Une balle dans le cœur, donc. Pas dans la tête. En voyant son index se replier, je ferme les yeux.

Clic.

Clic.

Clic.

J'ouvre les yeux. Mon frère examine son arme.

— Bordel !

Portia glousse.

— Espèce de crétin, je n'ai pas seulement volé ton code PIN. J'ai aussi piqué tes balles.

Eddie abaisse son pistolet et prend une profonde inspiration. Son visage retrouve peu à peu une couleur normale.

Et il se met à rire.

Non pas un ricanement, mais un rire franc, qui vient du ventre. Ma sœur et moi, on échange un regard comme si l'on pensait la même chose : Eddie a définitivement perdu les pédales.

Lorsqu'il retrouve enfin son calme, il essuie ses larmes et nous annonce :

— Ça n'a aucune importance.

— Comment ça ? dis-je.

— Ça ne change rien. Rien du tout.

On est interrompus par la chanson.

« I Think I'm Paranoid » retentit au loin. Tout le monde se fige. On se retourne lentement dans la même direction. Le volume de la musique augmente.

Comme elle couvre le bruit du moteur, on aperçoit le monospace avant même d'entendre son vrombissement. La voiture vert-de-gris s'arrête juste devant nous, la musique à fond.

Derrière le volant, une femme blonde. Elle sort du véhicule, cheveux au vent, et avance droit sur nous.

Nikki.

Je le savais, je l'ai toujours su. Je le sentais au fond de moi et maman aussi.

Portia a un mouvement de recul. Moi, au contraire, je fais un pas vers elle, parce qu'elle doit me rejoindre, elle doit me voir, me serrer contre elle.

Au lieu de ça, elle se dirige vers Eddie qui l'accueille à bras ouverts. Et, sous mes yeux horrifiés, il l'embrasse sur la bouche. Et ce baiser n'a rien de fraternel. Il y a de la passion dans cette étreinte. Dans le même geste, il lui retire ses cheveux blond paille.

Une perruque.

Une tignasse noire cascade sur ses épaules.

Krista.

La déception me submerge à tel point que j'en ai les jambes qui flageolent. Et le cœur brisé.

—Surprise! s'exclame mon frère.

—C'est quoi, ce bordel? tonne ma sœur, rouge de colère.

—Heureusement que tu m'as volé mes balles, Portia. Sinon, j'aurais fait une grosse bêtise.

Krista fronce les sourcils et demande:

—Quel genre de bêtise?

Sa voix est dure, elle a perdu tout son pétillant.

—Ne t'inquiète pas, ma puce. Je t'expliquerai. (Eddie se retourne vers nous.) Je n'ai jamais eu l'intention de vous tuer. Mais s'il le faut, alors notre grande sœur disparue s'en chargera pour moi.

—Ça n'a aucun sens, proteste Portia.

Le couple échange un sourire radieux, puis notre frère explique:

—Est-ce qu'il vous arrive de regarder les séries documentaires de Netflix sur les pires crimes jamais commis?

La conversation prend un tour étrange. J'échange encore un regard avec ma sœur.

—Eh bien, vous devriez, reprend-il. Vous connaissez Ruby Ridge, Waco, Columbine, les cinq de Central Park? Ces affaires ont un point commun: les médias ont complètement déformé la réalité. Une vaste mascarade. L'histoire que vous connaissez est à mille lieues de la vérité. (Il se tourne vers sa femme.) Pas vrai, chérie?

—Absolument.

—Tenez, l'affaire Richard Jewell par exemple. L'attentat des JO. Ça vous parle?

Tout le monde s'en souvient, sauf peut-être Portia. Quelques années avant le road trip, on vivait tous à Atlanta, à quelques kilomètres du parc où a eu lieu l'explosion. C'était la première fois que je suivais un attentat médiatisé. On passait nos journées devant la télévision, à regarder en famille les Jeux olympiques et l'évolution de l'enquête comme si l'un n'allait pas sans l'autre.

— Les médias l'ont traité en héros, puis en suspect numéro un, rappelle Eddie. Ils le déclaraient coupable parce que c'est lui qui a découvert la bombe. Pour eux, il avait le complexe du sauveur. Un ramassis de mensonges ! Le pays entier pointait du doigt un pauvre innocent.

Il a raison. Richard Jewell était considéré comme coupable, personne n'en doutait. Même le présentateur de la NBC se mettait à l'accuser. Nos parents buvaient les paroles de ce journaliste.

— Je vous laisse imaginer comment les médias traiteront l'histoire d'une jeune folle disparue depuis vingt ans, qui revient tuer son frère et ses sœurs dans le désert. Mais il faut un survivant pour raconter ce drame, pas vrai ? (Il se désigne avec le canon de son arme.) Et puisque je suis le seul homme, plus grand et plus fort que mes sœurs, il est parfaitement logique que ce soit moi.

Mes pensées se bousculent, j'ai du mal à me remettre du choc que vient de me faire subir Krista. Mais, peu à peu, leur stratégie commence à avoir du sens.

Qui de mieux placé pour se venger de nous que notre sœur abandonnée dans les bois ? Une sœur démente, furieuse et désormais meurtrière. Tout le monde cherchera une femme aux cheveux blond paille. Elle a forcément été repérée par les caméras à travers tout le pays. Les journalistes s'en donneront à cœur joie.

— Vous aviez tout prévu depuis le début, lance Portia.

— Exactement, acquiesce Krista. D'après vous, qui a volé les cendres ? Gravé la date dans le tronc d'arbre ? (Son regard s'attarde sur moi.) Ou caché ce portable dans les bois ?

— Je dois reconnaître que tu m'impressionnes, Beth, ajoute mon frère. On t'a fait tourner en bourrique pendant des jours, et tu es toujours là. Ton délire autour de Nikki va tellement loin que je suis épaté de te voir encore debout.

Eddie et Krista ont l'air si heureux, si fiers d'eux. Quand elle passe les bras autour de son cou, j'aperçois le pistolet coincé dans son short.

Mais bien sûr. C'est celui-ci qui nous est réservé, pas celui d'Eddie. Si tant est qu'il faille en arriver là.

— Mais vous nous laisserez la vie sauve, leur dis-je en comprenant leur plan au fur et à mesure, si on accepte de vous donner l'argent.

Eddie pointe sur moi son arme déchargée.

— Tiens donc, on dirait que la débile a un cerveau, finalement.

— Crétin! lâche ma sœur. Je peux t'envoyer en taule. Et tu n'auras que tes yeux pour pleurer.

— Mais tu mourras d'abord. Donc non, je n'irai pas en taule. Si tu peux fouiller dans mon téléphone, la réciproque est vraie. Ce message aux impôts ne quittera jamais ta boîte mail.

Elle ne dit plus rien, elle sait qu'il a raison. L'étau se resserre encore, et ce n'est pas agréable.

Pour la deuxième fois de la journée, je me surprends à dire :

— Bien joué.

— Merci, Beth, répond-il. Mais quand j'y pense, je me dis que toi, tu pourrais mourir quand même. Ce serait tellement poétique ; ton nom serait associé à tout jamais à celui de Nikki.

Ce qui fait glousser Krista.

— Vous êtes cruels, leur dis-je.

— Que veux-tu, la vie est cruelle! se défend banalement Eddie. Bon, on est d'accord? Vous me filez toutes les deux votre part de l'héritage ? (Il montre la voiture où se trouvent le tee-shirt ensanglanté et les cendriers.) Et n'oubliez pas : si l'une de vous tente quoi que ce soit, je vous mets la mort de Nikki sur le dos. Ce ne sera peut-être que temporaire, mais votre vie sera temporairement un cauchemar. Surtout pour toi, Beth, puisque c'est ton tee-shirt.

Quelle que soit l'issue, on l'a dans l'os, et Eddie remporte la partie. S'il nous tue, Nikki sera incriminée. Si l'on fait le moindre faux pas, il nous fera porter le chapeau du meurtre de notre sœur. Finalement, c'est lui le plus malin.

Portia croise les bras, le menton fier, comme le faisait Nikki.

— T'as gagné, salaud.

On arrive au bout du voyage, et je ne toucherai pas un centime. Mon mari est mort, ma grande sœur aussi. Il ne me reste plus qu'à rendre les armes.

— Prends l'argent, dis-je.

— Portia, donne-moi ton téléphone. Allez.

Elle le lui lance. Le portable rase la poussière et atterrit aux pieds de notre frère qui le ramasse et réclame :

— Le code.

Ma sœur hésite.

— Le code, répète-t-il.

Il ne me rappelle plus notre père. Maintenant, je croirais entendre grand-père.

Portia finit par céder. Eddie fait glisser son pouce sur l'écran, supprime le message destiné au fisc et confie le téléphone à Krista qui le glisse dans sa poche avec un sourire, sans chercher à comprendre.

Intéressant.

— Bien, bien, bien. Ce n'était pas si difficile, se félicite mon frère. Et tout le monde a la vie sauve aujourd'hui.

— Oh, mon chéri, dit Krista en levant vers lui ses grands yeux noirs. C'est là que tu te trompes.

Il s'apprête à répondre, mais il n'en a pas le temps. Ma belle-sœur est plus rapide. Elle passe la main dans son dos pour sortir l'arme coincée dans la ceinture de son short. La suite s'enchaîne à une telle vitesse que j'ai du mal à suivre.

Krista lui tire une balle dans la tête.

Eddie tombe avec un bruit sourd. J'ai l'impression que l'onde de choc se propage jusque sous mes pieds, ça me donne la nausée.

Krista se retourne vers nous, le visage maculé de sang. Mon frère gît là, encore chaud, et je ne peux pas m'empêcher de penser qu'il l'a bien cherché.

— Oh, mon Dieu! bredouille Portia en se couvrant la figure, et elle répète ces mots en boucle. Oh, mon Dieu! Oh, mon Dieu!

On va mourir. Elle va nous tuer toutes les deux.

Les mots refusent de sortir, mais si je pouvais parler, je demanderais à Krista de commencer par moi. C'est égoïste, mais je ne veux pas voir Portia mourir.

— Désolée, les filles, dit-elle en s'approchant de nous. Enfin, pas si désolée que ça, tout compte fait. Vous avez été odieuses avec moi pendant ce voyage. Vous n'auriez pas dû. Bien sûr, je vous aurais tuées quand même, après ce que vous venez de voir. Plutôt crever que de vous faire confiance.

— Non, attends, murmure Portia.

— Mais si vous aviez été plus sympas, au moins, les derniers mots que vous auriez entendus n'auraient pas été : « Je vous emmerde ».

Krista tire dans la tête de Portia.

Exécutées. On est sommairement exécutées.

Je fais un pas en arrière par pur réflexe, une sorte d'instinct de survie. Je recule, car c'est ce que vous feriez si l'on braquait une arme sur vous.

Et puis, je me force à ne plus bouger. Je ne fuis pas, je ne cherche pas à la dissuader ni à lui prendre le pistolet. Je la regarde droit dans les yeux, cette femme que je ne reconnais pas. Au visage constellé de sang et aux yeux couleur de terre. Dans ces yeux, plus le moindre éclat doré.

C'est la véritable Krista.

Son plan fonctionne à merveille. Tout se déroule comme elle l'avait prévu.

— Tu allais nous tuer, qu'on accepte tes conditions ou non. Y compris mon frère. Il allait y passer aussi.

Je la regarde sourire et j'ajoute :

— C'est l'argent, hein ? Tu fais tout ça pour l'argent.

— Et comment ! Tu sais ce que ça fait d'être pauvre ? Qu'on te montre du doigt ? Qu'on se moque de toi ?

Je fais signe que non.

— Moi, oui. Je sais ce qu'on ressent quand on n'a aucune fringue à sa taille parce qu'elles viennent toutes du Secours populaire. Et quand le seul repas de la journée sera un quignon de pain. (Une pause. Elle reprend son souffle.) Quand j'ai compris que ton abruti de frère allait dilapider toute sa fortune dans les jeux de hasard, j'ai su qu'il devait mourir. Que vous alliez tous y passer. Des occasions pareilles, ça ne court pas les rues.

Sur ce point, elle n'a pas tort. Je lui souhaite presque de s'en tirer. Elle fera bien meilleur usage de cet argent que nous trois réunis.

Seulement, je ne pense pas qu'elle en aura la possibilité.

—Juste une chose, lui dis-je. Je ne te demande qu'une seule chose.

Krista me regarde et attend.

Je pourrais lui dire qu'elle aura beau tout coller sur le dos de Nikki, ça ne durera qu'un temps. Richard Jewell a fini par être innocenté. Même la NBC a dû le dédommager pour les diffamations prononcées par le journaliste.

Il arrivera la même chose à ma belle-sœur.

Son plan paraît solide, mais il ne tiendra pas la route très longtemps. Si j'étais joueuse comme mon frère, je parierais que la police mettra moins d'une semaine à découvrir la vérité. Il suffit d'un seul écart, d'une seule caméra surprenant Krista sans sa perruque – ou, mieux, au moment où elle l'enfile – pour qu'elle soit fichue. Qui sait, peut-être que Netflix en fera le sujet d'un documentaire sur une affaire criminelle.

Mais je ne lui dis rien de tout ça. Tôt ou tard, elle le découvrira à ses dépens.

Non, moi, j'ai une faveur à lui demander.

—Dis à ma mère que je n'ai jamais cessé de chercher, s'il te plaît.

On dirait que je la supplie. En même temps, c'est un peu ce que je fais.

Krista ne répond rien. Pas un mot. Son index se replie doucement sur la gâchette.

Je ferme les yeux. J'attends le silence. Je suis prête.

On y est, c'est la fin, et l'on ne sait toujours pas qui est l'héroïne de cette histoire. Vous allez devoir le découvrir sans moi.

Remerciements

On raconte que le deuxième roman est de loin le plus dur. Que c'est un calvaire par rapport au premier. J'ai écouté d'une oreille distraite les mises en garde des uns et des autres avant de commencer à travailler sur *On te retrouvera*, et évidemment, je n'en croyais pas un mot. Après tout, j'avais écrit plusieurs romans avant la publication de *Pas de secrets entre nous*. Je n'en étais pas à mon coup d'essai. Maintenant que j'ai mis le point final à mon deuxième roman, je peux l'affirmer sans l'ombre d'un doute : ce n'est pas un mythe.

En conséquence, j'ai de nombreuses personnes à remercier. Sans elles, ce deuxième roman n'aurait jamais vu le jour. À commencer par ma merveilleuse agente, Barbara Poelle qui a supporté mes incessantes récriminations au cours de l'écriture de ce livre. Pourtant, contre toute attente, elle est encore mon agent ! Je ne pourrais être entre de meilleures mains.

Merci à mon éditrice, Jen Monroe. Avec une patience et un talent infinis, elle m'a guidée pas à pas pour m'aider à faire de mon premier jet un roman digne de ce nom – et elle a vaillamment supporté elle aussi les moments où je me roulais par terre. Merci à Lauren Burnstein, mon attachée de presse chez Berkley, qui est capable d'accomplir en un jour le travail qu'il me faudrait une semaine pour abattre. Merci à Fareeda Bullert et Jessica Mangicaro, les magiciennes du marketing chez Berkley qui font des miracles. Je ne sais pas comment elles s'y prennent au juste, mais elles ont toute ma reconnaissance.

Merci à mon correcteur, Scott Jones, qui ne s'est pas contenté de supprimer les coquilles de mon texte mais a vérifié scrupuleusement chaque information – je lui dois une fière chandelle !

Un grand merci à Joel Richardson et à toute l'équipe de Michael Joseph au Royaume-Uni : ils ont déployé des efforts incroyables pour donner toutes les chances à mon roman de rencontrer ses lecteurs.

J'ai rencontré beaucoup d'auteurs talentueux au cours de ces dernières années. Certains d'entre eux m'ont fait le privilège de faire partie de mes premiers lecteurs et leurs recommandations me sont toujours d'une aide précieuse. Merci infiniment à Mary Kubica, Christina McDonald, Kaira Rouda, Wendy Walker, Hannah Mary McKinnon, Samantha Bailey, Michele Campbell, Mark Edwards et Maureen Connelly. Vos petits mots ont une valeur inestimable ! Je remercie aussi tous les libraires que j'ai eu l'occasion de rencontrer cette année. Merci tout particulièrement à Garden District Books, à la Nouvelle-Orléans, Murder by the Book à Houston, Anderson's à LaGrange dans l'Illinois, Book Passage à Corte Madera en Californie, et Boswell Book Company dans le Milwaukee.

Merci mille fois à Pamela Klinger-Horn, Britton Trice, Mary O'Malley, Daniel Goldin, la famille Petrocelli et McKenna Jordan pour leur indéfectible soutien.

Merci aux blogueurs, aux Instagrameurs et à toutes celles et ceux qui prennent le temps d'écrire des critiques sur mes romans. Les auteurs n'existeraient pas sans vous ! Merci aux lecteurs, les merveilleuses personnes qui ont ce livre entre leurs mains. Merci d'avoir fait ce voyage en ma compagnie. Les mots me manquent pour exprimer ma reconnaissance à votre égard.

Je n'aurais jamais été publiée sans l'aide de mes deux compagnes d'écriture : Rebecca Vonier et Marti Dumas,

qui sont toujours d'une grande sincérité. Quelle chance j'ai de pouvoir compter sur vous ! Je remercie aussi mes collègues de travail qui ont encouragé ma nouvelle carrière.
Enfin, tous mes remerciements à ma famille : je n'en serais pas là sans votre soutien et votre amour.

Découvrez le nouveau roman de Samantha Downing

La course à l'excellence se paye au prix fort…

Teddy Crutcher, enseignant du prestigieux lycée privé Belmont, ne recule devant rien pour que ses élèves atteignent l'excellence. Il vient de recevoir le titre de Meilleur professeur de l'année. Sa femme serait fière de lui – même si cela fait bien longtemps qu'elle n'a pas donné signe de vie.
M. Crutcher tient à pousser ses élèves sur la voie de l'excellence et rien ne pourra l'en empêcher. Pas même les cadavres de ses collègues fraîchement retrouvés dans le campus, pas même Zach, cet élève brillant qui s'intéresse d'un peu trop près à sa vie privée. Qu'on se le dise, tous ceux qui se mettront en travers de son chemin risquent fort de le regretter…

« Un roman captivant, rythmé et merveilleusement sombre. » B.A. Paris

« Samantha Downing entraîne ses lecteurs dans les couloirs labyrinthiques de la Belmont Academy : le genre d'endroit où tout le monde est suspect et où on ne sait plus à qui se fier. Un thriller psychologique glaçant. » Megan Miranda

Achevé d'imprimer en janvier 2024
Par CPI Brodard & Taupin à La Flèche
N° d'impression : 3055334
Dépôt légal : mai 2022
Imprimé en France
38122203-2